Gerd Friederich
Sichelhenke

Gerd Friederich

# Sichelhenke

Historischer Kriminalroman

Silberburg-Verlag

**Gerd Friederich,** aufgewachsen im hohenlohischen Langenburg und schwäbischen Bietigheim an der Enz, unterrichtete nach Erststudium in Würzburg (Deutsch, Kunst, Geschichte, Geografie) an allen allgemeinbildenden Schularten. Berufsbegleitend absolvierte er Studien in Tübingen (Pädagogik, Philosophie, Psychologie, Landeskunde) und Nürnberg (Malerei). Er arbeitete als Lehrer, Heimerzieher, Personalchef, Schulrat, Lehrerausbilder und veröffentlichte viel Fachliteratur. Jetzt lebt er im Taubertal, schreibt historische Romane und malt Porträts und Landschaften.

1. Auflage 2012

© 2012 by Silberburg-Verlag GmbH,
Schönbuchstraße 48, D-72074 Tübingen.
Alle Rechte vorbehalten.
Umschlaggestaltung: Anette Wenzel, Tübingen,
unter Verwendung des Gemäldes »Gestörte Nachtruhe«
von Johann Peter Hasenclever.
Druck: Gulde-Druck, Tübingen.
Printed in Germany.

ISBN 978-3-8425-1185-9

Besuchen Sie uns im Internet
und entdecken Sie die Vielfalt unseres Verlagsprogramms:
**www.silberburg.de**

# Sichelhenke
# Sichelhängen/Niederfallet

Sobald die letzte Garbe feierlich eingeheimst ist, die Schnitter auf dem Feld zum Gebet niedergefallen sind und ihre Sicheln und Sensen wieder in der Scheune aufgehängt haben, findet Mitte September nach altem Brauch ein Schmaus statt. Das Sprichwort sagt: Vor Sichelhenke ist kein Tanz.

## Die Hauptpersonen

*Fritz Frank*     ist Schultes (Schultheiß, Bürgermeister), Lindenwirt, Großbauer und Weingärtner in einem und damit der erste Mann in Enzheim.

*Minna Frank*     trägt als Frau des Schultes mit Würde die Bürde der ersten Dame von Enzheim. Sie ist auf dem Lindenhof für das Gesinde, die Küche, die Schweine und das Kleinvieh zuständig.

*Frieder Frank*     will als ältester Sohn den Vater beerben. Manchmal hilft er seinem Vater in den Weinbergen. Aber in der Hauptsache ist er auf dem Lindenhof für die Landwirtschaft zuständig, zusammen mit dem Oberknecht Karl.

| | |
|---|---|
| *Christian Frank* | erlernt als zweitältester Sohn beim Onkel in Oberriexingen die Kunst des modernen (sortenreinen) Weinbaus. Er soll zum Jahresende auf den elterlichen Hof zurückkehren. |
| *Lina Frank* | ist die zweitälteste Tochter des Schultheißen und hat im Mai in den Nachbarort geheiratet. |
| *Magda Frank* | ist längst aus der Schule und hilft der Mutter in der Küche und in der Linde. |
| *Wilhelm Frank* | geht in die achte Klasse und kommt nächstes Frühjahr aus der Schule. |
| *Karl* | war schon in vielen Stellungen. Dem Schultes dient er als Ober- und Rossknecht. |
| *Paula* | hat sich bei der Lindenwirtin als Küchen- und Obermagd verdingt. |
| *Hansli Wägeli* | kommt aus der Schweiz. Er ist auf dem Lindenhof für das Großvieh verantwortlich. Nur reiche Bauern können sich einen »Schweizer« leisten, einen Fachmann fürs Milchvieh. |
| *Johann Läpple* | wird an Sichelhenke ermordet. |
| *Anna Läpple* | hält sich sehr bedeckt. Hat sie ihren Mann auf dem Gewissen? |
| *Oskar* | ist Rossknecht beim Läpple. |
| *Frieda* | schafft als Magd auf dem Läpplehof. Sie muss etwas wissen, schweigt aber. |
| *Johannes Abel* | ist als Pfarrer allseits beliebt. |
| *Albert Wilhelm* | hat im letzten Herbst die zweite Dienstprüfung bestanden. Daraufhin wurde er vom Provisor (= provisorischer Lehrer, Hilfslehrer) zum Unterlehrer befördert. Er ist zugleich Dirigent des Liederkranzes, Ratsschreiber |

| | und Mitarbeiter des *Enzheimer Intelligenz-Blattes*. |
|---|---|
| *Gottlob Vorderlader* | ist Scharwächter (Hilfspolizist). Er wohnt im Wengerttor und hat eine Mordswut auf den Läpple. |
| *Agathe Vorderlader* | sorgt sich um die Zukunft ihrer Familie. |
| *Amtsbote Heinrich* | hinkt, weil er im Krieg einen Streifschuss am Knie erlitten hat. Er ist als Amtsbote die rechte Hand des Schultes. Zugleich dient er dem Pfarrer als »Kirchendusler«. |
| *Otto Schäfer* | heißt der Ochsenwirt. Weil er Posthalter ist, sagen manche Leute auch Postwirt zu ihm. Sein Sohn hat Margret Frank geheiratet, die älteste Tochter des Schultes. |
| *Paul Knöpfle* | hat ein loses Mundwerk und besitzt die Weinstube Rebstöckle am Weinmarkt. |
| *Elsa* | arbeitet als Schankmagd im Rebstöckle. |
| *Christian Finkenberger* | ist ein findiger Kopf. Als Erster in Enzheim hatte er die Idee, ein Fuhrunternehmen zu eröffnen. Jetzt will er sogar der Postkutsche Konkurrenz machen. |
| *Hans Schmidlin* | verdient seine »Brötchen« als Bäcker und Verleger des *Enzheimer Intelligenz-Blattes*. |
| *Anton Baumeister* | heißt der neue Provisor aus dem Badischen. |
| *Andreas Buder* | gehörte noch im letzten Jahr zu den Dorfarmen. Mit Unterstützung von Pfarrer und Schultheiß hat er sich als Stockmacher eine neue Existenz aufgebaut. |

# Stadtplan von Enzheim

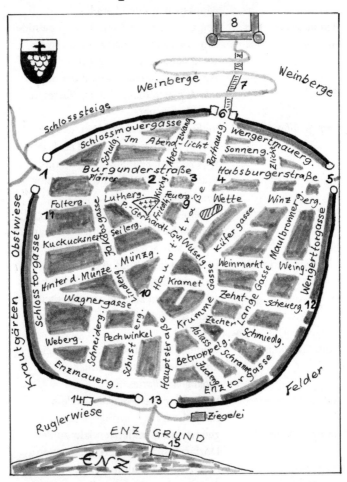

1  Schlosstor
2  Kirche
3  Ochsen
4  Rathaus
5  Wengerttor
6  Nachtwächterturm
7  Schlossstaffel
8  Schloss
9  Volksschule
10 Linde
11 Läpplehof
12 Zehntscheuer
13 Enztor
14 Waschplatz
15 Flößerlände

# Enzheim an der Enz

Im Süden Deutschlands fließt die Enz, ein Nebenfluss des Neckars. Als Große und Kleine Enz kommt sie doppelläufig aus dem Schwarzwald, rauscht nach Norden, vereint sich, nimmt in Pforzheim die Nagold auf, besinnt sich und dreht nach Westen ins Schwäbische ab. Rechter Hand, im Süden, liegt das Strohgäu und linker Hand, im Norden, der Kraichgau, und genau dazwischen dehnt sich, enzdurchflutet, die Grafschaft Enzheim-Habsburg-Burgund aus, das geografische, geschichtliche, politische und kulturelle Zentrum Europas.

Unter Karl dem Großen dienten die Herren von Enzheim als hohe Beamte den trutzigen Schwaben und den mächtigen Franken. Keine dreihundert Jahre später, zur Stauferzeit, regierten sie im Auftrag ihrer Kaiser über ganz Europa. Die Nachfahren Friedrich Barbarossas balgten sich um diese kleine, aber feine Herrschaft an der Enz, doch den Sieg trugen die Enzheimer davon. Sie jagten ihre Adligen durch die Spieße und kürten selbstherrlich einen eidgenössischen Edelmann zum Landesherrn von Volkes Gnaden. 1478 kaufte sich das Kloster Maulbronn in Enzheim ein und erwarb ein Viertel der viel gerühmten Weinberge hoch über der Enz. 1514 schlossen die Enzheimer einen Vertrag mit den Habsburgern, die Enzheim dafür zur Stadt und zur Residenz der Grafschaft Enzheim-Habsburg erhoben. 1612 erwarb Graf Gottfried VI. durch Heirat mit Sieglinde von Burgund die Grafschaft Burgund-Bessoin hinzu. So kam französische Lebensart an die Enz. 1805 fielen die rechtsrheinischen Teile der Grafschaft im Zuge der napoleonischen Flurbereinigung an Württemberg, die linksrheinischen an Frankreich.

Die politische, wirtschaftliche und kulturelle Bedeutung Enzheims ist, wie Kenner wissen, die Ursache dafür, dass der Südwesten Deutschlands bis heute blüht und gedeiht. Hier wächst ein vorzüglicher Rotwein und gärt ein süffiges Bier. Hier gedeiht der famose Enzheimer Apfel-Birnen-Most, der weit und breit konkurrenzlos ist. Hier ist die Wiege des badisch-schwäbisch-fränkischen Gewerbefleißes, und hier blühen Geist und Grips in fünftausend kreativen Köpfen.

Im Mittelpunkt der alten Grafschaft liegt nach wie vor das Städtchen Enzheim. Im Zentrum Enzheims steht das Gasthaus zur Linde. Und dort regiert Fritz Frank, Lindenwirt, Schultheiß (andernorts sagt man Bürgermeister) und reichster Bauer und Weingärtner im Ort, der erste Mann im Stadtrat und, nach dem Pfarrer, der zweite im Kirchenkonvent. »Frank von Enzheim«, pflegt er sich vorzustellen, »Frank wie frank und frei«, und lacht dröhnend dazu.


## Samstag, 11. September 1841

»Siedichs Donderwetter!* Was stinkt denn da so gottserbärmlich?« Fritz Frank, Schultes und Lindenwirt, steht auf, marschiert in der leeren Schankstube auf und ab, schnüffelt wie ein Bär auf Honigsuche in alle Ecken und beschnuppert sich. Witternd zieht er die Luft ein.

»I riech nix«, bekennt der Scharwächter arglos.

Der Schultes schließt die Fenster. Vielleicht hat draußen einer geodelt. Er setzt sich und atmet tief durch. »Sapperlott, jetzt stinkt's no meh!« Er steht schimpfend wieder auf, irrt kreuz und quer durch den Raum und folgt mit geblähten Nüstern der irritierenden Duftspur. Neben dem Hilfspolizisten bleibt er stehen und hechelt. »Du bisch der Stinker!« Entsetzt weicht er zurück. Im Vergleich zu diesem Gestank duften sieben Iltisse und ein frischer Misthaufen wie eine Flasche Kölnisch Wasser.

---

*Bitte Erläuterungen am Ende des Buches beachten!*

»Ka net sei, ka net sei!«, braust der Scharwächter auf. Er habe sich heute schon gewaschen.

Der Schultes reißt alle Fenster auf und schreit nach einer Magd.

Obermagd Paula kommt aus der Küche gerannt. »Wo brennt's?«

»Riech amol.«

Paula hält sich sofort die Nase zu. »Gülle und Schnaps«, näselt sie mit erstickender Stimme, torkelt ein paar Schritte, schnappt nach Luft wie ein Fisch auf dem Trockenen, klemmt mit Daumen und Zeigefinger gleich die Nase wieder zu. Wortlos deutet sie auf den Scharwächter, rollt die Augen, als falle sie in Ohnmacht, und flüchtet in die Küche.

»Steh uff!«, brüllt der Schultes den Scharwächter an.

Der Hilfspolizist gehorcht aufs Wort, aber der Stuhl ist trocken, der Hosenboden auch.

Nach ausgiebigem Gezerf und Gezänk gesteht der Mann im blauen Amtskittel mit den roten Litzen, dass er, weil heute Sichelhenke ist, von Scheune zu Scheune gehen musste, um nach dem Rechten zu sehen. Das sei schließlich seine Pflicht als Sicherheitsorgan der Stadt Enzheim an der Enz.

»Und do hen se di mit Schnaps, Wei und Moscht abgfüllt.« Der Schultes fragt nicht, er stellt es amtlich fest. Deshalb spricht er nach der Schrift oder versucht es zumindest, wie immer, wenn er amtet. Und das wollen wir gnädigerweise als Hochdeutsch durchgehen lassen. Er kennt alle seine Enzheimer in- und auswendig. Darum kann er bei diesem reichlich geübten Säufer in Uniform den nüchternen vom betrunkenen Zustand unterscheiden.

Den mündlichen Bescheid weist der Scharwächter mit aller Bestimmtheit als böswillige Unterstellung zurück. Er habe bloß elf Schnäpse und fünf Gläser Wein gekriegt. Ja, und dreimal habe er aus einem Mostkrug trinken dürfen. Die Leute würden immer geiziger.

»Hasch Gülle gsoffe in deim Rausch?«

»Noi!« Der Hilfspolizist fuchtelt mit den Armen und ringt um Worte, weil die Zunge so schwer im Gaumen hängt. Mit letzter Kraft bringt er endlich hervor, dass ihn der Geselle vom Küferschorsch absichtlich stolpern ließ. Und dabei sei er versehentlich in die Jauchegrube gefallen. Aber sofort habe er sich am Laufbrunnen auf dem Marktplatz Gesicht und Hände gewaschen, weil er ein reinlicher Mensch sei.

Der Schultes flucht sein ganzes Repertoire an Verwünschungen und Beleidigungen alphabetisch rauf und runter. Aus moralischen Gründen können sie nur auszugsweise wiedergegeben werden: »Allmachtsdackel! Hosescheißer! Katzemelker! Oberdubbeler!! Rauschkugel!!!«

Wild wie ein Stier stößt er die Tür zur Küche auf und erteilt Paula die Weisung, das Dienstpersonal, das in der Scheune beisammen ist und Sichelhenke feiert, müsse sofort zum Appell in der Linde antreten. Der Scharwächter werde ausgemistet! Und zwar jetzt! Von den Schweißfüßen bis hinter die dreckigen Ohrlappen. Gefahr im Verzug! Sonst könnte morgen schon in ganz Enzheim die Seuche ausbrechen.

Die dienstbaren Geister treten vollzählig in der Linde zum Befehlsempfang an, die Gesichter leuchtend rot vom Alkohol und von der immensen Schufterei der letzten fünf Wochen an der frischen Luft. Grinsend halten sich die Mägde und Knechte die Nasen zu und schnappen mit offenem Mund nach Luft, wie ein taubstummer Gesangverein bei der Generalprobe.

»Aberjetza«, der Schultes baut sich vor seiner Mannschaft auf, »machet mir dees so.« Man nennt ihn heimlich auch den Aberjetza, weil er eine Vorliebe für dieses Wort hat.

Die Mägde erhalten die Order, im Sutrai sofort einen Zuber mit lauwarmem Wasser sowie Bürsten und Striegel bereitzustellen. Auf unterdrücktes Murren fügt er an, dass bis morgen Abend um acht, wenn die Linde wieder öffnet, noch genügend Zeit zum Feiern in der Scheune und auf der Enzwiese bleibt.

Zuerst müsse der Rossknecht den Saufkopf dreimal in der Viehtränke untertauchen, damit der Dreck eingeweicht wird.

»Vorwäsche«, lacht der Knecht, »kapiert.«

Dann soll er ihn splitterfasernackt ausziehen und im Zuber mit der Wurzelbürste abschrubben.

»Soll i Seife nemme?«

»Noi, die isch zu deier. Aberjetza hat mei Frau an alte Essig, der wo scho nomgschnappt isch.« Sie solle ihm damit ein starkes Essigwasser herrichten, damit es dem ganzen Lumpenzeug, das auf dem Scharwächter herumkrabbelt, schwindelig wird.

Mit dem scharfen Essig müsse man den Stinkstiefel abbürsten und seine Haare spülen. Es könnte nämlich leicht sein, dass der Herr Hilfspolizist bereits von Flöhen, Läusen und der Krätze befallen ist. Notfalls solle sich der Knecht nicht scheuen, schwarze und braune Krusten mit Scheuersand zu bearbeiten und den Kopf des Scharwächters mit dem Pferdestriegel zu filzen. Und zum Schluss solle er ihn nochmal kräftig in der Viehtränke wässern.

»Soll i no de sauber Wäsch zum Trockne uffhenke und bügle?«, lacht der Knecht.

Der Scharwächter, der bisher nicht wusste, wie ihm geschieht, legt Widerspruch ein. So dürfe man nicht mit ihm umspringen, denn er sei eine Amtsperson.

»Amtsperson?«, höhnt das Stadtoberhaupt, »Quadratsdackel, Saufloddel, Hosebronzer!« Er winkt verächtlich ab. »Wenns Dommsei weh dät, no müsstescht du dr ganz Tag schreie.«

»Paula«, weist der Schultes seine Obermagd an, »du gehsch zum Wengerttor.« Sie solle, wenn der Knecht den Scharwächter entblößt hat, der leidgeprüften Ehefrau die stinkenden und dreckstarrenden Kleider ihres Göttergatten bringen und dafür saubere Wäsche holen.

Der Scharwächter will opponieren, aber der Schultes droht, ihm sein Amt noch heute Abend abzuerkennen, wenn er sich widersetze.

Während der Scharwächter Zeter und Mordio schreit, weil der Knecht ihn samt Kleidern mit harter Hand in der Viehtränke eingeweicht und im Sutrai entkleidet hat, eilt die Obermagd durch die menschenleeren Gassen zum Wengerttor. Sie atmet durch den Mund und streckt mit sichtlichem Ekel einen Ferkelkorb weit von sich. Darin liegen Stiefel, Hose, Kittel und Hemd des Badegastes.

Der Weg ist steil und beschwerlich. Aus allen Gehöften dringt das Geschrei der Dienstboten, die unter den aufgehängten Sicheln und Sensen hocken, baladern, bechern und das in Enzheim übliche Schmalzgebäck verputzen. Paula mault vor sich hin: »Aberjetza, aberjetza!« Gerade dann, wenn auch sie einmal die Hände in den Schoß legen könnte, bruddelt sie, müsse sie in die Oberstadt. Sie stapft wütig die Hauptstraße hinauf, ärgert sich über die gute Laune der Feiernden, streckt am Rathaus dem in der Linde weilenden Schultes die Zunge raus, knurrt ein saftiges »Leck mich …« und schnauft die Habsburger Straße hinüber bis zum Wengerttor. Es ist zweigeschossig und hat ein kleines Türmchen mit aufgesetzten Zinnen. Dort oben, wo früher die Musketen abgefeuert wurden, wenn sich der Feind von Norden her näherte, flattert Wäsche im Wind.

Außer Atem klopft sie so lange an die Tür, bis die Scharwächterin aufmacht. Sie ist eine verhärmte Frau im mehrfach geflickten Schaffschurz, barfuß, mit einem Kopftuch, das sie im Nacken verknotet hat. An ihrem Schürzenzipfel hängt ein kleiner Bub, eine Rotzglocke über der Lippe.

»O jegesle«, die Hausfrau schlägt vor Entsetzen fast die Füße über dem Kopf zusammen, »i sieh scho.« Sie rümpft die Nase. »Isch dees älles, was vo dem Drecksack übrig isch?«

Bevor sie die Magd hereinbittet, ruft sie ihrer Wilhelmine zu, die auf dem Misthaufen vor dem Nachbarhaus spielt: »Helmle, glei gohsch ra von derre Mischte, du Drecksau!«

Paula überkommt Mitleid. Die treue Seele tröstet und berichtet. Sie lässt nichts aus, beschreibt den Suff, das Güllebad, den Gestank, die Vorwäsche, die Hauptwäsche und die Desinfektion.

Die Scharwächterin schüttet der Magd ihr Herz aus. Die ewige Geldnot, die Armut im Haus, die Angst vor der Zukunft bringe sie um den Verstand. Jedes Mal, wenn ihr Gottlob nicht rechtzeitig heimkomme, packe sie das Grausen. Dann sitze sie bibbernd in der Küche und male sich aus, wie sie ihre sieben

Sachen packen und mit ihren neun Wuserle als Bettlerin von Haus zu Haus ziehen müsse. Eigentlich sei ihr Mann bloß ein Dubbel. Wenn er nüchtern sei, kümmere er sich rührend um die Kinder. Wäre da nicht der regelmäßige Suff, könnte sie gut mit ihm zusammenleben. Habe er jedoch ein paar Schnäpse intus, verwandle er sich in einen Hanswurscht und versaubeutele noch den letzten Notgroschen. Wenn der Schultes ihrem Gottlob einmal ein Licht aufstecken würde, wäre sie dem Herrn Stadtvorsteher auf ewig dankbar.

Die Stiefel ihres Mannes werde sie gleich schrubben, trocknen und einfetten, verspricht sie. Er habe aber nur das eine Paar, also müsse er solange barfuß laufen. Dann holt sie geflickte Strümpfe, genäht aus braunem Leintuch, ein langes Nachthemd und einen Stuckplätz. Auch für die Hose und den Kittel gäbe es leider keinen Ersatz. Deshalb solle sich ihr Mann nach dem Bad den Stuckplätz um sein Gemächt wickeln. Für den kurzen Heimweg werde das in der Dämmer genügen. Gleich mache sie sich daran, Hose und Amtskittel zu waschen. Denn morgen früh müsse ihr Mann auf den Läpplehof. Die Läpple sei schon zweimal dagewesen. Aus Sorge um ihren Johann, den man seit geschlagenen drei Stunden nirgendwo mehr gesehen habe.

Paula verspricht der Scharwächterin, beim Schultes ein gutes Wort einzulegen und macht sich auf den Rückweg. Als sie in die Hauptstraße einbiegt, sieht sie von weitem den Schultes vor der Linde stehen und mit sich selber schwätzen.

Der Herr Stadtpräsident sinniert: Heute ist die Linde zu, weil sowieso niemand kommt. Und morgen Abend macht sie wieder auf, aber da läuft vermutlich auch nicht viel. Denn aus allen vier Himmelsrichtungen hört er seine Enzheimer bechern und frohlocken. Diese Feste in den Gassen und Höfen ärgern ihn seit Jahren, weil dann keiner mehr ins Wirtshaus geht. Bevor der Mond scheint, sind am Sichelhenkensamstag viele schon abgefüllt. Leider, leider. Das sei Brauch, sagen sie, und gehöre zur Tradition. Kaum ist der letzte Halm gesichelt, rennen sie vom Feld direkt in die Scheunen und saufen im Dreck und Speck, bis es am Himmel und in ihren Köpfen Nacht wird. Sogar die Vögel sind besoffen.

Spatzen und Meisen picken an Birnen und Äpfeln, die überall herumliegen und zu gären beginnen. In Schlangenlinien fliegen sie von Baum zu Baum, torkeln von Ast zu Ast und zirpen ihre Sauflieder. Und am Sichelhenkensonntag muss man nach dem Festgottesdienst, so will es der Brauch, den Dienstboten ein festliches Mahl servieren. Erst am Sonntagabend vertragen die ersten wieder ein Bier oder einen Wein in der Linde. Zum Glück ist die Weizen- und Roggenernte noch einigermaßen zufriedenstellend ausgefallen. Auch Äpfel und Birnen gibt es heuer genug. Dafür wird die Weinernte miserabel. Eigentlich sollte man am Montag ... Sein Ärger schlägt in Wehmut und Demut um.

Und wie er so die Lage bedenkt, steht auf einmal die Paula vor ihm, zeigt auf die geringe Ausbeute in ihrem Korb und berichtet.

»Dann kriegt er halt a alte Hos von mir«, verkündet der Schultes milde. Ein paar aussortierte Schuhe seien vielleicht auch noch da. Keiner in Enzheim soll sagen können, das Stadtoberhaupt lasse seine Bürger verkommen.

»Minna!« Er schreit und schreit, aber nichts rührt sich. »Wo scharwenzelt die scho wieder rum?«

Paula zuckt die Achseln. »Vielleicht hockt se mit em Frieder bei de Dienstbote in dr Scheuer und feiert mit.« Frieder ist der älteste Sohn des Lindenwirts und für die Landwirtschaft zuständig. Christian, der zweitälteste, lernt in Oberriexingen den sortenreinen Weinanbau und kommt demnächst auf den elterlichen Hof zurück. Dass er dann das Sagen über die Weinberge haben wird, ist ausgemacht.

Paula verschwindet im Sutrai und liefert die Wäsche ab. Derweil geht der Schultes in die Scheune, wo sich, außer der Obermagd und dem Rossknecht, alle versammelt haben, die auf sein Kommando hören.

Der Scharwächter habe bloß eine Hose und ein Paar Schuhe, sagt der Schultes zu seiner Frau. »Sei so gut und such dem arme Kerle äbbes Alts raus. Vom Großvater sind no a paar Sache do.«

»Armer Kerle?« Minna Frank giftet. Wenn einer in der Gülle badet und sich auf der Miste wälzt, sei das eine Drecksau.

»Koi gotzigs Stückle sott mr derre Drecksau gä.« Dennoch steht sie mühsam auf und wackelt auf ihren krummen Beinen zum Scheunentor hinaus.

Kaum ist sie draußen, stößt die Paula lachend zur Lindenschar, schnappt sich ein Glas Wein und berichtet, dass der Scharwächter mit seinem langen Nachthemd und dem Stuckplätz zwischen den Beinen wie ein Hosenbamber aussehe.

»Stuckplätz?«, fragt Hansli Wägeli, den man im Städtle nur den Schweizer nennt. Dieses Wort sei ihm nicht geläufig.

»Ja«, sagt Paula und erzählt, was sie im Wengerttor gehört und im Sutrai gesehen hat.

»Na und?« Der Schweizer zuckt die Achseln und bekennt in kehligem Schwyzerdütsch: »Ich habe auch keine Unterhose.«

Ein kurzes, verlegenes Lachen, dann sind sich alle in der Runde schnell einig: Auch in Schwaben brauchen Männer keine Beinlinge unter der Hose. Frauen erst recht nicht, weil sie drei bis fünf bodenlange Röcke übereinander ziehen. Wenn's mal pressiert, sei eine Unterhose nur hinderlich. Nicht alles, was vornehme Franzosen und stotzige Offiziere voräffen, müsse man nachmachen. Es genüge vollauf, wenn sich die Männer die Hemdenzipfel zwischen die Beine schieben. Und die Frauen könnten ihr Geschäft nicht mehr im Stehen verrichten, wenn sie eine Unterhose tragen müssten. Auf dieses neumodische Zeug könne man hierzulande also gut verzichten.

In dem Augenblick betritt der Scharwächter die Scheune, flankiert von der Lindenwirtin und dem Rossknecht.

Großes Gelächter. Sogar die Lindenwirtin verzieht das Gesicht zu einem breiten Grinsen, als wolle sie sagen: Schaut her, welch rarer Vogel uns da zugeflogen ist.

Im weißen, mehrfach geflickten Hemd steht der geschniegelte und gebügelte Hilfsgendarm mit blank gebürstetem Gesicht und hängenden Schultern vor ihnen. Abwärts eine stockfleckige Tuchhose, knöchellang, eng anliegend, schreiend gelb mit besticktem Hosenlatz, zu Napoleons Zeiten durchaus salonwürdig. Aus den Hosentaschen hängen die Strümpfe. Die bloßen, vom Schrubben geröteten Füße stecken in schwarzen, flachen Schuhen mit Zierschleifchen. Salonschleicher sagt man in Enzheim dazu. In solchen Tretern sind einst die vornehmen Herren übers Parkett geschlichen, gepuderte Perücken voller Maden auf dem Kopf und Rüschen an den Manschetten. Um die nassen Haare hat er den Stuckplätz wie einen Turban gewickelt.

Der Badegast will gerade nach dem Wein greifen und sich in die lachende Runde setzen. Da kläfft ihn der Schultes an, er solle sich schleunigst vom Acker machen und auf direktem Weg heimgehen. So sei es mit seiner Frau ausgemacht. Und wenn er heute irgendwo nochmal hängen bleibe und ein Maulvoll trinke, außer Wasser natürlich, dann werde er ihm zeigen, wo der Bartel den Most holt.

# Sonntag, 12. September 1841

*I*m Sonntagsstaat sitzen sie um den Küchentisch. Der Schultes und seine Frau. Ihr ältester Sohn Frieder. Magda, die einzige noch ledige Tochter. Wilhelm, Minnas Nestkegele, dem sie viel durchgehen lässt und das im Frühjahr aus der Schule kommt. Dann der Ober- und Rossknecht Karl, die Obermagd Paula, der Schweizer und elf weitere Dienstboten für diverse Haus-, Feld- und Weinbergarbeiten. Die Eltern beider Wirtsleute, die früher mit am Tisch saßen, sind schon vor Jahren gestorben. Der Schultes hat ihrer, wie's Brauch ist in Enzheim, gerade beim Tischgebet gedacht.

Die Stimmung ist gedämpft. Die Restsüße gärt noch in den Gedärmen und wattiert die Gedanken. Außerdem lässt man vor dem Frühstück das Erntejahr Revue passieren. Und dabei kommt kaum Freude auf.

Spätestens seit der ersten Heuernte, der Heuete, erinnert der Schultes in seiner kurzen Ansprache, habe jeder gewusst, dass ein schwieriges Jahr bevorsteht. Wegen des langen, harten Winters und der strengen Fröste im Frühjahr sei die Saat zwei bis drei Wochen später aufgegangen als sonst. Das Gras habe sogar erst Mitte Juli zu blühen begonnen. Und weil man für den ersten Grasschnitt warten müsse, bis die Wiesen in voller Blüte stehen, es dann aber oft geregnet habe, sei die Heuernte und die Zeit danach eine einzige Flickschusterei gewesen. Statt acht bis neun Wochen, wie in den Vorjahren, seien nur fünf für die Getreideernte nach der Heuete geblieben. Denn erst nach Jacobi habe man die erste Mahd setzen können.

»Ja«, sagt der Schweizer, der die Sense wie kein anderer schwingen kann, darum seien die Mäher an den trockenen Julitagen schon nachts um drei losmarschiert. Die Sense auf dem Rücken, den Wetzstein am Gürtel, habe man etwa eine Stunde bis zu den weit entfernten Wiesen gehen müssen, etwas später gefolgt von den Mägden und Knechten, die vorher das Vieh versorgten. Während eine Gruppe Nachzügler die frische Mahd zusammenrechte, wendete die andere das vortags gemähte und schon welke Gras und setzte es auf Häufen.

Schließlich, ergänzt der Oberknecht, habe man den Wagen umgerüstet, mit Leitern vergrößert, mit Dielen verlängert, damit mehr Heu geladen werden konnte und weniger Fuhren nötig waren. Dafür mussten die Männer nun das Heu hoch hinauf gabeln, über die aufragenden Wagenseiten wuchten, wo es die fleißigen Frauen gleichmäßig luden. Eine staubige und stickige Arbeit. Bei der Heimfahrt gingen die langen Kerle neben dem hochbeladenen Heuwagen und stützten mit Gabeln die schwankende Fracht während der Fahrt. Die kleineren griffen in die Radspeichen, weil die Feldwege aufgeweicht und gefährlich waren.

Der Lindenwirt erhebt sich. »Und das war noch nicht einmal die Hälfte der Schufterei.« Denn jetzt habe sich die Getreideernte nahtlos angeschlossen. Während der letzte Heuwagen entladen worden sei, habe der Schweizer die Sicheln und die Kornsensen mit Rechenaufsatz gedengelt. Am nächsten Morgen um drei sei die Schufterei für alle weitergegangen. Wochenlang, bis gestern Nachmittag der letzte Getreidehalm geschnitten, die letzte Garbe in die Scheuer gebracht war. Und die Lindenbäuerin, er sieht seine Frau an, während sie verschämt zu Boden schaut, habe seit Mitte August zusammen mit der Justina, die schon das fünfte Jahr am Hof sei, Hanf gerauft, gebündelt, getrocknet, geriffelt und auch noch das erste Leinöl gepresst. Sogar Kirsch- und Träublesaft hätten sie gemacht, Beeren zu Mus und Gelee verarbeitet, Obstessig hergestellt, Schneidbohnen eingedünstet und Gurken, Perlzwiebeln und Champignons eingelegt.

Er dankt allen für die gute Arbeit. Fünf Wochen lang täglich sechzehn Stunden, den Sonntagsgottesdienst ausgenommen, bei dem viele während der Predigt eingeduselt seien. Die Ernte sei heuer zwar nicht besonders gut, aber niemand sei zu Schaden gekommen. Deshalb seien der gestrige Umtrunk in der Scheune, das heutige Festessen nach der Kirche und der Tanz am Nachmittag der verdiente Lohn.

Umständlich nestelt er seine Geldkatz auf. Er weiß, was sich gehört. Dem Oberknecht, dem Schweizer und der Obermagd drückt er einen Gulden in die schwieligen Hände und knurrt ein aufrichtiges Dankschön. Oft erst bei Anbruch der Nacht habe er seine Leute in den Lindenhof torkeln sehen, von der schweren Arbeit und vom langen Weg gezeichnet, kaum noch fähig zu stehen, geschweige denn zu gehen. Dennoch mussten der Oberknecht und der Schweizer im Schein der Petroleumlampen die stumpfen Sensen für den nächsten Tag dengeln und Paula die Mägde zum Füttern, Melken und Misten in den Stall treiben.

Ruhig und voller Hochachtung würdigt der Schultes das Geleistete. Dann schüttelt er den übrigen Knechten und Mägden die Hand und gibt jedem und jeder einen halben Gulden als Zehrgeld für den Hahnentanz.

Schultes Fritz Frank setzt sich gerührt und wünscht allen einen guten Appetit. Zunächst gibt es Brotsuppe und Habermark. Das füllt den Magen und kann auch von den Älteren, die kaum noch Zähne im Mund haben, unzerkaut geschluckt werden.

Für ein Weilchen hört man nur das Klappern der Löffel, das leise Kauen und Schmatzen der Hungrigen. Dann ein Wispern, ein verhaltenes Kichern, ein erstes Lachen, die eine oder andere nicht ganz ernst gemeinte Bemerkung.

Horch! Es klopft zaghaft an der Küchentür. Alle Köpfe schnellen hoch, die Augen richten sich wie auf Kommando aus. Die Tür öffnet sich sacht. Im Rahmen steht der Scharwächter in weißem Hemd und gelber Hose, die Salonschleicher an den Füßen, die Haare sauber gekämmt.

Großes Gelächter.

»Napoleon isch auferstanden«, spottet der Oberknecht.

»Schwätz koin Bäpp!«, wehrt sich der Scharwächter. »Mein Kittel und mei Hos send no net trocke.«

»O verreck«, staunt der Schultes, »du bisch ja nüchtern.«

Der aufgeräumte Hilfspolizist entschuldigt sich. Die Läpple sei schon wieder dagewesen. Sie vermisse ihren Mann.

Die Knechte und Mägde lachen, kichern, grinsen bis hinter beide Ohren.

»No such en halt.« Der Schultes bleibt ernst.

Mehrfache Zurufe: »Unter älle Heuschober gucke!« – »Fehlt au oine vo seine Mägd?« – »Koi Sorg, der isch net verloffe.«

Schon öfter sei der Läpple auf Nachtstreife gewesen, meint der Schultes sachlich. Also bestehe noch lange kein Grund zur Sorge. Nach der Kirche werde er dessen Frau selber befragen.

Der Scharwächter ist von dem Gekichere und Gelächter ganz schalu. Er zieht das Genick ein und tritt den geordneten Rückzug an, begleitet von muntern Sprüchen.

Dann wendet man sich vergnügt wieder dem Frühstück zu. Jetzt gibt es Milch, Kaffee und Most. Dazu Brot, Marmelade, Luckeleskäs und selbstgemachte Wurst.

Pfarrer Abel ist heute gut in Fahrt. Er predigt seine Enzheimer in Grund und Boden, denn er ist ein erfahrener Hirte. Er weiß, dass seine Schäfchen müde sind von der harten Arbeit und voll des süßen Weines. Also trägt er dick auf, damit sie nicht eindusseln.

Der dürre Heinrich, Amtsbote der Stadt Enzheim und zugleich Schläferschreck mit der pfarramtlichen Dienstbezeichnung Kirchendusler, springt in der Kirche umher. Der fadenscheinige schwarze Anzug, den ihm sein Onkel vor zwanzig Jahren vererbt hat, glänzt am Hintern und an den Aufschlägen. Eine lange Stange mit beiden Händen fest gepackt, Empore und Kirchenschiff im Visier, hinkt er die Bankreihen auf und ab. Mit Adleraugen sieht er, wenn jemand vom Schlaf übermannt wird. Kaum klappt einer die Augenlider zu, schon schnellt der Heinrich vor und rammt dem Hammel die Stangenspitze in die Rippen. Ein triumphierender Blick, ein zufriedenes Lächeln: wieder drei Kreuzer verdient. Das ist der Tarif für einmaliges Duseln, zu zahlen gleich nach dem Gottesdienst, direkt an den Stangenheinrich. Aber bei bestimmten Kunden, er kennt sie alle aus Erfahrung, wartet er ein bisschen, ein hämisches Grinsen im Gesicht, bis der Schläfer zu ruseln beginnt. Dann sind vier Kreuzer fällig. Außerdem gilt an Sichelhenke ein Sondertarif. Wer nochmal duselt, muss weitere sechs Kreuzer blechen, wer zum zweiten Mal ruselt, sogar acht Kreuzer. So wird Sichelhenke für den Hinkenden, der nur einen kleinen Garten und keine Wiesen und Felder hat, auch zum Erntefest.

Mit Hilfe der gewaltigen Worte des Pfarrers und der kräftigen Stupfer des Kirchenduslers ist die Herde wach. Keine lauten Schnarcher lenken von der Predigt ab. Erwartungsvoll schauen alle zur Kanzel hinauf. Dort steht Abel im schwarzen Talar und spricht seinen Bauern aus dem Herzen, aber nicht nur ihnen.

»Sauwetter heuer«, beginnt er. Ein Jahr der Naturextreme sei das bisher gewesen. Zum Jahreswechsel enorm viel Schnee, vier Fuß hoch auf dem Schlossberg. Hochwasser am 18. Jänner. An der Flößerlände der höchste Wasserstand der Enz seit den Franzosenkriegen. Die fortgerissenen Stämme verursachten große Schäden und lösten schwere Überschwemmungen aus, weil sich das Holz verkeilt hatte. Wieder Frost und Schnee bis Anfang Mai, verderblich vor allem für die Winterfrüchte und die Reben. Leinsamen und Sonnenblumenkerne gingen nicht auf, die Wintergerste nur wenig. Dann, Anfang Juli, ein schwerer Orkan. Auf der Lug zerstörte der Sturm die tausend Jahre alte Eiche. Dennoch brachten Weizen und Roggen eine mittelmäßige Ernte. Beeren gab es reichlich. Die bevorstehende Obsternte werde nicht schlecht ausfallen. Auch die Kartoffelernte dürfte passabel werden, die Weinlese dagegen miserabel.

»Aber«, der Prediger hebt den Finger und die Stimme, »vergessen wir nicht, dass wir letztes Jahr alles in allem eine sehr gute Ernte hatten, weit über dem langjährigen Durchschnitt. Auch drei Jahre zuvor, 1837 also, wurden Scheunen und Fässer randvoll. Und 1834 und 1835 hatten wir sogar zwei Rekordernten hintereinander. Wer mit den reichen Erträgen der Vorjahre gut gewirtschaftet hat, der wird heuer über die Runden kommen.«

Er wird leise, weil er weiß, dass jetzt alle wach sind und gespannt seine Schlussfolgerung hören wollen.

»Eigentlich haben wir keinen Anlass, über die Ernten in diesem Jahr zu jammern. Und doch, ich seh's euren Augen an, ist in etlichen Familien Schmalhans Küchenmeister. Warum? Allein von Sichelhenke 1840 bis Sichelhenke 1841 sind fünf Familien ausgewandert. Drei nach Amerika, eine mit der Ulmer Schachtel ins Donaudelta und eine mit Fuhrleuten ins Oberamt Ravensburg, wo ehemals klösterliche Ländereien seit Jahren brachliegen. Unsere Einwohnerzahl hat sich folglich binnen Jahresfrist von 1084 auf 1051 verringert, trotz der zahlreichen Geburten. Wir werden Jahr für Jahr weniger, weil unsere irdische Ordnung aus den Fugen ist. Reiche werden immer reicher, und Arme werden immer ärmer. Wie soll einer Rücklagen aus guten Ernten bilden, wenn er nichts zu ernten hat? Ist es christlich, statt vier Prozent Zinsen zehn zu nehmen und die Verschuldeten gnadenlos in die Gant zu treiben? Darf es sein, dass den Verarmten das Bürgerrecht aberkannt wird, damit sie der Gemeinde nicht auf der Tasche liegen? Ich fordere Sie alle auf, meine lieben Brüder und Schwestern in Christo, Nächstenliebe zu üben. Gemeinsam sind wir stark. Weil wir heuer weniger zu dreschen und zu keltern haben, bleibt viel Zeit, nachzudenken über das, was wir verbessern können. Vielleicht sorgen wir endlich für Sauberkeit auf den Straßen. Das schafft Arbeit und bringt gesünderes Leben in unsere Stadt. Vielleicht sollten wir eine Kasse gründen, die tatkräftigen Mitbürgern Geld zu niederen Zinsen leiht, damit sie etwas Neues wagen können. Ideen gibt es genug. Ich jedenfalls will meinen Beitrag leisten. Am Reformationstag, er fällt heuer auf einen Sonntag, werde ich euch am Nachmittag erzählen, was mir Fachleute gesagt haben.«

Der Schuster, den der Pfarrer gegen Entgelt die Orgel treten lässt, damit er seine elf Kinder über die Runden bringen kann, legt sich ins Zeug. Die Lunge der Orgel ist der lederne Blasebalg, der sich langsam bläht und aus den Nähten seufzt.

Der Unterlehrer zieht das Kornettregister, weil die Orgel dann so schön hiecht. Zum schmetternden Trompetenklang singen Kirchenchor und Gemeinde gemeinsam den Choral »Nun danket alle Gott«, wie immer in Festgottesdiensten zur Erntezeit.

Die Besucher des Gottesdienstes strömen nach Abkündigung und Schlusssegen dem Ausgang zu. In zwei Reihen. Männlein rechts, Weiblein links. So sitzen sie auch in der Kirche. Fast alle sind schwarz gekleidet; nur ein paar Gockeler spreizen sich und balzen an heiligem Ort mit farbigem Wams zur gelben Lederhose.

Die meisten Frauen tragen sonntags noch die Enzheimer Tracht: schwarze Schuhe, weiße Strümpfe, langer, schwarzer Taftrock, weißer, bestickter Goller. Darüber ein vorn offenes, kurzes Büble aus schwarzem Samt oder Leinen. Auf dem Kopf eine schwarze Bändelhaube. Die Mägde erkennt man an den schwarzen Kopftüchern, selber gehäkelt oder genäht, meist aus billiger Baumwolle.

Die Männer promenieren in schwarzen Schuhen, weißen Strümpfen und schwarzer, langer Tuchhose oder gelber Kniebund-Lederhose. Dazu ein weißes Hemd, darüber ein rotes, blaues oder schwarzes Wams mit vielen Knöpfen. Und als Überzieher einen schwarzen Kittel. Die Hutmode des herrlichen Geschlechts hat im Gegensatz zu den Frauen in den letzten drei, vier Jahrzehnten ständig gewechselt. Farbenprächtiger Dreispitz, den mancher Enzheimer vom Vater geerbt hat. Zweispitz mit aufgeschlagener Krempe. Breitrandiger Reisehut, in der Kirchenversion allerdings ohne aufgesteckten Federbusch. Neumodischer runder Filzhut, wie ihn der Schultes bevorzugt. Oder, wenn's ganz vornehm sein soll, ein schwarzer Zylinder. Einen Deckel zu tragen ist für alle Enzheimer über vierzehn Pflicht. Natürlich nehmen ihn die Männer ab, so lange sie in der Kirche sind.

Hennadepperle um Hennadepperle schieben sich die Kirchgänger mit hängenden Armen, in der Faust das Opfergeld, zum Opferkasten hin, einer offenen Kiste, die auf dem Boden steht. Den Blick geradeaus, mustern sie das Gewand direkt vor ihrer Nase. Ist es neu? Eine aushausige Person! Ist es alt, gar fadenscheinig? Nisten schon die Motten drin? Ein armer Schlucker, der auf der faulen Haut liegt.

Aus den Augenwinkeln registrieren sie, wer auf Armlänge in der Schlange des anderen Geschlechts steht. Und immer wieder ein schneller, ängstlicher Blick in den Kasten. Die Ohren spielen nach allen Seiten. Was wird gespendet? Wie viele Münzen fallen in den Kasten? Nur eine? Gottlob, ein normaler Mensch. Was, zwei oder drei auf einmal? Pfui! Ein Protz. Hat's wohl nötig. Muss seine Sünden abbüßen.

Wer da was spendet, sieht man nicht, weil die Münzen hälinge aus den Fäusten fallen. Aber man hört es. Silbergeld klimpert fröhlich und hell, wenn es aufschlägt. Kupferkreuzer klingen dumpfer. Hosenknöpfe sind auch dabei; die hört man gar nicht.

Doch vor dem Kasten steht ein Kastenknecht. Er stiert in die Kiste, damit ihm nichts entgeht. Ein Hosenknopf? Er knipst sein Hirn an. Tatsächlich, da liegt es, das harmlose weißliche Knöpfle, aus Kuhhorn gestanzt. »Halt!«, schreit er, »wer war das?« Er schaut auf. Keine Antwort. Er schluckt. Wer wohl wollte dem Herrgott nur einen Hosenknopf gönnen? Er blickt in lauter fragende, abweisende, ärgerliche, unschuldige Gesichter. Soll er eine Vermutung äußern? Sofort verwirft er den Gedanken. Um Himmels willen! An einem der folgenden Abende bekäme er einen Sack über den Kopf und viele Hiebe auf den Ranzen. Der überlistete Wachmann seufzt brunnentief, läuft rot an vor Zorn und hört die nächsten Münzen im Kasten springen.

Direkt hinter der Tür lauert der Kirchendusler. Er hat ein Gedächtnis wie ein Notizbuch. Darum braucht er keine Buchführung. Er packt die Dusler und Rusler am Arm, zieht sie aus der Schlange und fordert seinen Stupferlohn.

Auf dem Kirchplatz sammeln sich die Enzheimer in Grüppchen. Wie immer am Sonntag, weil hier die wichtigste Nachrichtenbörse des Städtchens ist. Gesehen und gesehen werden. Wer hat den Gottesdienst geschwänzt? Natürlich, der Läpple, wieder einmal. Ist wohl hinter den Weibern her. Kein Wunder sieht seine Frau heute so verhärmt aus. Der Bäcker Schmidlin trägt ein neues Gewand! Macht jedes Jahr die Brötchen kleiner und verdient sich eine goldene Nase mit seinen teigigen Backwaren und dem *Enzheimer Intelligenz-Blatt*. Die Hämmerle, vulgo Häfnerbäuerin, hat eine neue Bändelkapp aus Samt und Seide. Seit sie im Mai ihren Knecht geheiratet hat, gurrt sie wie ein junges Täubchen.

Ein paar fromme ältere Frauen kreiseln, schauen und raffeln: Wer steht neben wem? Wer redet mit wem? Wer heiratet wen? Wer ist schwanger? Sie hecheln das Neueste durch.

»Je frömmer, je schlechter«, echauffiert sich der Ochsenwirt mit einem scheelen Blick auf die Schädderhexen. »Wo s sogar de Deifl graust, do sen die Schneddergoiße om de Weg.« Und der Paul Knöpfle, dem die Weinstube Rebstöckle gehört, lästert, falls die einmal sterben würden, müsse man deren Gosch extra totschlagen.

Die Schulentlassenen, die nicht verheiratet und noch nicht volljährig sind, verabschieden sich rasch, denn eben stürmt der Unterlehrer aus der Kirche und rennt im Schweinsgalopp hinüber in die Schule.

Eigentlich ist der Schulmeister für die Sonntagsschule zuständig. Aber der kränkelt schon seit Längerem. Deshalb hat man auch diese Aufgabe dem Unterlehrer aufgehalst. Dabei muss der schon seit Monaten die beiden Volksschulklassen mit hundertsechzig Kindern auf einem Haufen unterrichten. Zugleich ist er Ratsschreiber, Dirigent des Gesangvereins und Mitarbeiter des *Enzheimer Intelligenz-Blattes*. Zum Glück hat er im Frühjahr das zweite Dienstexamen bestanden und konnte vom

Provisor zum Unterlehrer befördert werden. So verdient er jetzt etwas mehr, auch wenn er ständig hetzen muss und ihn die viele Arbeit schier um den Verstand bringt. Jedes Mal, wenn der Knöpfles Paul den armen Lehrer flitzen sieht, sagt er mitleidig: »Der hat koi Zeit meh zum Koche, der frisst d Äbire roh.«

Jedenfalls müssen alle Ledigen, die älter als vierzehn sind, bis zum Mittagessen in der Sonntagsschule das Lesen, Schreiben und Rechnen bimsen, damit sie die Kulturtechniken nicht verlernen. Weil die Frommen im Städtle Blut und Wasser schwitzen, die Burschen und Mädchen könnten zusammenschlupfen, sind die Schülerinnen und Schüler sittlich fromm geschieden. Und so hocken die Buben rotzfrech im Schulsaal im Erdgeschoss und lärmen, statt still zu rechnen, während die Mädchen kreuzbrav im Obergeschoss schreiben. Nur der Lehrer saust ständig von einem Stockwerk ins andere und wird langsam zum Hirsch.

Die Verheirateten, die Verwitweten und die Hagestolze sind jetzt auf dem Kirchplatz unter sich. Sie stehen zusammen, zu zweit, zu dritt, zu viert, auch mal zu acht, Männlein und Weiblein gemischt.

Der Schultes schwätzt mit dem Buder, der im letzten Jahr mit dem Stockmachen angefangen hat. Er will wissen, wie sich das Geschäft entwickelt.

Der Neuhandwerker strahlt über beide Ohren. Endlich könne er seine Familie ernähren und im nächsten Jahr sogar beginnen, den Kredit an die Stadtkasse zurückzuzahlen. Spazierstöcke und Peitschenstecken verkauften sich gut. Der Finkenberger, der mit seinem Fuhrwerk täglich auf der Staatsstraße 1 nach Ludwigsburg, Stuttgart und Heilbronn unterwegs sei, vertreibe die Stöcke und Peitschen gegen Provision. Inzwischen, der Buder reckt sich voller Stolz, stelle er auch Stockpfeifen her; zu Ostern habe er die ersten nach Stuttgart verkauft.

Der Stadtvorsteher hört nachdenklich zu. »Ja, unser Pfarrer hat recht«, meint er endlich, »wir müssen den Leuten zureden, dass sie ein Handwerk oder ein Geschäft anfangen. Meine Enzheimer sind mutlos geworden. Die vielen Missernten seit der großen Hungersnot vor zwanzig, fünfundzwanzig Jahren haben sie trübsinnig und griesgrämig gemacht. Sie jammern von früh bis spät und lassen den Kopf hängen. Auswandern ist für sie der einzige Ausweg aus dem Schlamassel.«

Während er das sagt, sieht er mit einem Auge, wie der Scharwächter die Läpple am Ärmel packt. Sie wehrt sich. Vergeblich. Der Hilfspolizist greift hart zu und schleppt sie ab.

Und schon stehen die zwei neben dem Schultes.

»Ihr Ma isch no net dahoim«, sagt der Scharwächter.

Andreas Buder lächelt nachsichtig und geht weg.

Die Läpple, eine junge, hübsche Frau, kratzt sich verlegen unter der Haube. Sie habe ihren Johann überall gesucht. Keine Spur weit und breit. Trotzig und lauernd schaut sie dem Schultes von unten ins Gesicht.

Der Statthalter von Enzheim sinniert. Dabei besichtigt er ausgiebig das Sicherheitsorgan seiner Stadt. Die gestern geerbten Salonschleicher an den Füßen sind noch der vornehmste Teil. Über der löchrigen schwarzen Hose, unter den Achseln mit einer Hanfschnur verknotet, trägt er einen schwarzen, speckigen Kittel. Der ist ihm entschieden zu lang und viel zu weit. Die Kitteltaschen baumeln auf Kniehöhe. Die Schulternähte enden über den Ellbogen. Zweimal sind die Ärmel umgeschlagen.

Der Schultes rollt die Augen. Ihn verdrießt es, wenn ein Diener seiner geliebten Vaterstadt zum Fetzatriegel verkommt. Wie ein Blitz aus heiterem Himmel legt er los: »Du siehsch aus wie a zugschlagene Saustalltür!«

»Was gfallt dir jetza scho wieder net?«

Eine Schnapsfahne beschlägt dem Schultes die Pupillen. Ihm schwillt der Kamm. »Wo isch dei Frau?«, kläfft er ihn an. »Hol se sofort her.«

Die Läpple will sich verdrücken, doch der Schultes befiehlt ihr zu bleiben.

Sie gehorcht, bleibt aber stumm und sieht zu Boden.

Die Scharwächterin eilt herbei, ihr Mann stolpert hinterdrein.

»Wo hat dein Mann den Schnaps her?«

Aus der Wohnung habe sie allen Alkohol verbannt, sagt die arme Frau, die in sauberen, wenn auch geflickten Kleidern dasteht, ein schwarzes Tuch über den blonden Haaren. Aber auf dem Heimweg von der Linde sei ihr Mann beim Nachtwächter vorbei. Der habe ihm eine alte Hose und einen abgelegten Kittel für den Kirchgang geliehen. Ihre Wäsche sei noch nicht trocken, und mit der gelben Hose habe er sich nicht zum Gottesdienst getraut. Der Nachtwächter sei groß und kräftig, deshalb seien die Kleider ihrem Mann leider viel zu weit. Der Herr Bürgermeister möge das entschuldigen.

Sie fängt zu weinen an. »Schultes«, sie schluchzt auf, »Schultes, du musch mir helfe. Mein Gottlob versauft unser letztes Geld.« Sie packt den Stadtvorsteher am Ärmel. »On am End vom Geld isch halt no zu viel Monat übrich.«

Den Schultes beutelt es. Am liebsten würde er dem Scharwächter ein paar Dachteln verpassen. Doch er beherrscht sich. Hier ist kirchlicher Boden, seiner kommunalen Gewalt entzogen. Vor allem zerfließt er vor Mitleid. Die verhärmte Frau vor ihm war einmal bildschön. Alle jungen Männer der Stadt prügelten sich einst um sie. Er auch. Als sie in die Schand kam, hat sie aus Verzweiflung den Gottlob Vorderlader geheiratet. Dass der Schultes diesen Säufer Jahr für Jahr im Amt des Scharwächters bestätigt hat, trotz Eskapaden und Saufereien, liegt letztlich daran, dass er noch immer eine gewisse Zuneigung zu dieser Frau spürt. Er will sie nicht mit ihren Kindern im Stich lassen.

»Gang heim, Agathe, und guck nach deine Wuserle«, sagt der Schultes milde. »Dein Mann bleibt heut bei mir.« Etwas Passables zum Anziehen werde sich finden. Über Mittag sei er sein Gast. Dann habe sie einen Esser weniger am Tisch.

Er wendet sich an ihren Mann: »Und nach dem Essen gehsch du mit mir zum Hahnentanz auf die Ruglerwies. Du hasch heut Dienscht.«

Der Scharwächter, der sich hinter dem Rücken seiner Frau versteckt, zieht eine Blätsch.

Der Schultes sieht es. Da packt ihn die Wut. »Aberjetza! Bisch du dr Hilfsgendarm oder i? An de Feiertäg hasch du au Dienst. So isch's seit hondert Johr. Aber nüchtern! Dees weisch du ganz genau. Gnad dir, du Bähmulle, wenn du heut an Alkohol bloß agucksch. No schlag i dir deine Läuf ab, dass dein Arsch im Eimer heimtrage musch.«

Und die Läpple fragt er barsch, wo sie ihren Mann schon gesucht habe.

Im Rebstöckle und im Ochsen habe sie ihn gesucht, antwortet sie. Aber da sei er seit vorgestern nicht gewesen.

Dann müsse sie ihm gleich nach dem Mittagessen Bericht erstatten, befiehlt der Schultes, und zwar in der Linde. Höchstpersönlich. Wenn ihr Johann bis dahin nicht zurück sei, werde er ihn suchen lassen.

Das Festessen steht auf dem Tisch, verteilt auf Platten, Schüsseln und Pfannen. Zu jedem Sitzplatz gehört ein Holzteller, ein Löffel und ein Kupfer- oder Messingbecher. Nur der Hausherr besteht auf seinem bemalten Porzellankrug mit ziseliertem Zinndeckel.

Der Schultes setzt sich an seinen Stammplatz, an der oberen Stirnseite des Tisches, auf einen breiten Stuhl mit Armlehnen. Auf der langen Fensterbank lässt sich der Schweizer nieder, auf der Stuhlreihe der Oberknecht. Dann folgen zu beiden Seiten des Tisches die Knechte, nach Dienstjahren sortiert. Die Lindenwirtin nimmt ihrem Mann gegenüber am unteren Tischende Platz, eingerahmt von ihren Kindern Magda und Wilhelm. Ihr zur Linken hockt die Milchmagd, zur Rechten die Obermagd Paula. Die übrigen Mägde schließen zu den Knechten auf.

Der Schultes spricht das traditionelle Gebet: »Lieber Herr Jesus, sei unser Gast, und segne alles, was du uns bescheret hast.«

Die Obermagd spielt den Mundschenk bei den Männern, wie immer an den Festtagen. Sie geht reihum und erfragt die Wünsche: Wein, Bier, Most, frisch gepresster Apfelsaft, Milch oder Wasser? Für die Frauen ist die Milchmagd zuständig.

Als Paula hinter den Scharwächter tritt, blickt der Schultes kurz auf und sagt ruhig, aber bestimmt und in Schriftdeutsch: »Ab heut kriegt der Scharwächter keinen Alkohol mehr in meinem Haus. Keinen Wein, erst recht keinen Schnaps, kein Bier, keinen Most. Nur noch unvergorenen Saft, Milch oder Wasser. Das ist zu seinem Besten. Wer sich nicht an diese Regel hält, verlässt auf der Stelle meinen Hof.«

Eine kleine Schrecksekunde.

»Em Glas versaufet meh wie em Necker on en dr Enz«, erläutert der Schultes seine Weisung.

Erstaunen auf allen Gesichtern, dann hier und da ein Grinsen.

Die beiden Mägde sind fertig und stellen die Krüge auf den Tisch. Wer ausgetrunken hat, muss sich nun selber bedienen und den Krug, wenn er leer ist, an den Fässern in der Ecke wieder füllen. Nur Bauer und Bäuerin werden weiterhin vom Oberknecht und von der Obermagd umsorgt.

Der Lindenwirt wünscht allseits einen guten Appetit. Die Männer ziehen ihr Messer aus dem Stiefelschaft oder Hosenbund, während die Frauen nach den ausgelegten Küchenmessern greifen. Die Schlacht um die besten Bratenstücke ist eröffnet.

Jetzt zählt jede Sekunde, denn wie in der Mühle gilt: Wer zuerst kommt, mahlt zuerst. Also schaufeln und schlucken sie, was der Löffel hergibt, damit sie auch beim Nachschlag vorn dabei sind.

Dem Scharwächter schmeckt's nicht. Es hat ihm die Sprache verschlagen. Der Appetit ist ihm vergangen. In der dunkelblauen Joppe, die ihm der Hausherr geliehen hat, und der grauen Hose vom Oberknecht fühlt er sich wohl. Dennoch stiert er lustlos auf seinen Teller. Er will nicht hören und sehen, was um ihn ist. Finstere Zeiten sieht er auf sich zukommen. Die Welt ohne Betäubungsmittel ertragen? Die Not in der eigenen Familie mit wachen Sinnen erdulden? Er seufzt brunnentief. Der Schultes hört es und grinst.

Aber sonst herrscht eitel Sonnenschein am Tisch. Man schmatzt und schwatzt, bechert und bäffzget. Man lobt das gute und reichliche Essen. Die Soße tropft aus vielen Mündern.

Der Schweinebraten ist zart. Die goldgelben Spätzle, an denen die Bäuerin nicht mit Eiern gespart hat, türmen sich auf drei Platten. Soße gibt es reichlich. Auch Kartoffelschnitz darf man nehmen, so viel man will. Dazu Sauerkraut und grüner Salat in rauen Mengen.

Die Löffel schaben im Akkord über die Holzteller. Die Bratenspieße und Schöpfkellen sind schon handwarm, weil sie keine Sekunde liegen bleiben. Die Krüge werden ständig nachgefüllt.

Nach geraumer Zeit schiebt der Schultes seinen Teller von sich und unterbricht das Geseire. Er wischt mit dem Handrücken über den Mund, nimmt noch einen Schluck und räuspert sich.

»Aberjetza, wo hasch de Läpple scho gsucht?«, fragt er den Scharwächter.

Erstauntes Aufhorchen.

»I?« Der Angesprochene blickt irritiert auf.

»Ja, wer denn sonst! I muss en doch net suche. Und dass de Läpple en de Wirtschafte scho gsucht hat, des hat se ja selber gsagt.«

»Du weisch doch, dass der Sappermenter immer an de Weiber rumschraubt«, antwortet der Scharwächter verdrießlich.

»Was willsch do damit sage?«

»Dass der vo alloi hoimkommt.«

Einhellige Zustimmung am Tisch. Der Läpple sei kein Kind von Traurigkeit. Vergebliche Liebesmüh, den zu suchen.

»Vielleicht macht er grad sei elfts Kind«, sagt ein Knecht vorlaut.

»Der hat doch bloß zwei«, korrigiert eine der Mägde.

»Eigene«, spottet es spontan aus der Dienstbotenschar, »aber acht Kuckuckseier.«

Genüsslich werden alle Schandtaten des Aushäusigen aufgezählt. Erst habe sich der Mädlegucker mit dem Heiraten viel Zeit gelassen, dann eine Blutjunge zur Frau genommen, die schöne Anna. Trotzdem sei er immer wieder ausgeflogen, ab und an sogar drei, vier Tage am Stück. Aber das habe bisher keine Sau gekümmert.

»Dusma. S könnt ja au äbbes passiert sei«, beharrt der Hausherr. Dass der Bauer ausgerechnet zur Sichelhenke fehlt, das sei doch wohl neu. Wer anders als der Hausherr soll den Knechten und Mägden für die schwere Erntearbeit danken? Wäre es nicht möglich, dass der Läpple irgendwo liegt und Hilfe braucht.

Betroffene Gesichter.

Vielleicht, schlägt der Ober- und Rossknecht nachdenklich vor, sollte man den Erdefetz auf seinen Feldern suchen. Denn läge er hilflos irgendwo im Ort, hätte man ihn längst entdeckt. Aus dem Hahnentanz mache er sich nichts mehr, fährt Karl fort, dafür sei er zu alt. Darum sei er bereit, einen Gaul zu satteln und die Felder des Vermissten abzureiten, wenn ihm die Läpple einen Knecht zur Seite stelle, der ihre Äcker und Wiesen kennt.

Auf das Angebot werde er dankbar zurückgreifen, sagt der Lindenwirt, wenn die Läpple keine Entwarnung gebe.

Dann servieren vier Mägde unter heftigem Steißgewackel Schüsseln voller Schneeballen. Das süße Naschwerk aus einer Soße von Sahne, Milch, Eigelb, Zucker und Zimt mit den darauf schwimmenden Bergen aus geschlagenem Eiweiß ist die Götterspeise im Hause Frank. Kaum sind die Glasschälchen und Löffelchen verteilt, schon fallen alle über die kühle Köstlichkeit her.

Doch halt! War da nicht ein Klopfen an der Tür? Die Milchmagd springt auf und öffnet.

Draußen ist die Läpple und heult. Nein, sie wolle nicht stören.

Der Schultes steht wortlos auf, geht hinaus und schließt die Tür hinter sich.

»Mein Johann isch no net dahoim.«

»Aberjetza«, versucht der Schultes zu trösten, »suche mr en halt.«

Sie schaut ihn unter Tränen groß an.

»Wer kennt eure Feldr on Wiese am beschte?«

»Dr Oskar.«

»Er soll en Gaul sattle und glei herkomme. Mein Karle reitet mit em zu eure Felder und Wiese naus und guckt nach em Johann.«

Während sie schluchzend das Haus verlässt, bleibt der Schultes nachdenklich im Flur stehen. Merkwürdig. Er schüttelt den Kopf. Da hat einer alles Glück dieser Welt. Eine hübsche Frau, zwei gesunde Kinder, einen prächtigen Hof und offensichtlich so viel übriges Geld, dass er es verleihen kann. Sagt man wenigstens. Zu Wucherzinsen, behauptet man allerdings.

»So an Granadeseckl wie den geits sonscht nirgends meh«, schimpft der Lindenwirt vor sich hin.

Der Rossknecht kommt aus der Küche und wischt sich den Mund mit der Hand ab.

»Weiß scho«, sagt er zu seinem Bauern, »i sattel de Braune. In zwei Stund sen mr wiedr do.«

Schultes und Scharwächter zotteln an den wenigen Tischen und Buden vorbei, die vom Enztor abwärts zur Flößerlände aufgeschlagen sind. Zum Erntedankfest findet hier der größte Krämermarkt der Region statt, aber an Sichelhenke werden nur Süßigkeiten, Kuchen, Bratwürste und allerlei Krimskrams angeboten. Kleinigkeiten, die man noch für den Herbst braucht.

Gerade stehen sie vor dem Stand des Seilers, da macht ein gellender Pfiff darauf aufmerksam, dass sich auf der Ruglerwiese etwas tut.

Buben und Mädchen, getrennt nach Schulklassen, sausen barfuß übers Gras. Eltern, Großeltern und Geschwister feuern sie an, belohnen die Sieger mit einem Lächeln und trösten die Verlierer.

Dann sind die unverheirateten Burschen an der Reihe. Zuerst die Vierzehn- bis Siebzehnjährigen, danach die Achtzehn- bis Einundzwanzigjährigen. Dass die schulentlassenen Mädchen jetzt ganz genau hinschauen, ist den Läufern gewiss. Darum legen sich die mächtig ins Zeug. Sie wollen ihrer heimlichen Liebsten ein Zeichen von Kraft und Stärke geben, nur das treibt sie an, denn Preise gibt's auch jetzt nicht zu gewinnen.

Gleich darauf werden Kühe gesattelt. Jeder, der sich traut, eine Kuh zu reiten, darf teilnehmen. Prinzipiell auch Frauen, aber so lange es diese Veranstaltung gibt, hat's noch keine probiert. Denn die sonst so zahmen Kühe sind auf einmal störrisch, bockig, schlagen aus und tun alles, um die Reiter abzuwerfen.

Das Publikum kommt in Stimmung und kommentiert lautstark den Kampf der verwirrten Viecher gegen die stärksten Bullen unter den Männern.

In der Zwischenzeit haben ein paar Knechte in der Nähe der Flößerlände eine neun Fuß hohe Stange aufgerichtet. Darauf thront ein gedeckelter Korb, in den ein Hahn gesperrt ist. Unter dem Korb hängt an Schnüren ein Brettchen, auf dem ein Zinnbecher steht, der mit Wasser gefüllt ist.

Die Musikanten stellen sich am Tanzkarree auf. Wieder ist der Unterlehrer im Einsatz. Im letzten Herbst, bevor der Schulmeister ernstlich erkrankte, hat der Unterlehrer eine Blaskapelle gegründet, zusammen mit drei Bauern, dem Schneider und dem Maurer. Er selber bläst die erste Trompete und dirigiert eine zweite Trompete, zwei Hörner, eine Posaune und eine Tuba. Polka, der neue Tanz aus Polen, ist die Lieblingsmusik des Sextetts. Aber auch Dreher, Hopser, Galopp und den Zwiefachen haben sie drauf.

Der Unterlehrer, die Trompete in der Hand, zählt den Takt vor, und die Musik setzt ein.

Burschen stolzieren mit ihren Mädchen auf die Wiese und beginnen zu tanzen. Dabei sind die Paare bestrebt, unter den Korb zu kommen. Dann muss der Bursche hochspringen, sich auf die Schultern seines Mädchens stützen und versuchen, den Becher mit dem Kopf herunterzustoßen. Dabei werden beide natürlich nass. Aber gerade das ergötzt die Zuschauer. Der letztjährige Sieger des Hahnentanzes rennt, als Geißbock verkleidet, zwischen den Tanzenden umher und will ihnen aus einer Gießkanne die Schuhe mit Wasser füllen. Das Paar, das zuerst den aufgehängten Becher dreimal herunterschubst, ist Sieger. Der Bursche erhält als Preis den Hahn, sein Mädchen einen Kuss von ihm und ein buntes Halsband.

Noch ist es keinem Tanzpaar gelungen, den Becher zu kippen, doch die ersten Zuschauer biegen sich schon vor Lachen. Manche johlen und schreien, andere dirigieren und kommentieren. Das erste Paar zieht die Schuhe aus, weil sie vor Nässe triefen.

Der Schultes und der Scharwächter bleiben neben den Polkabläsern stehen. Der Hilfsgendarm ist nüchtern, verzieht aber das Gesicht wie eine beleidigte Leberwurst. Die ständige Bewachung behagt ihm offensichtlich nicht. Dafür freut sich der Schultes am Hahnentanz, den er in seiner Jugend selber gewonnen hat.

Eben fällt zum ersten Mal der Becher, da sieht der Stadtoberste aus den Augenwinkeln, dass es auf der anderen Seite der Tanzwiese unruhig wird. Der Amtsbote winkt herüber.

Der Schultes schaut und beschattet seine Augen mit der Hand. Ist er gemeint? Er eilt auf den Stangenheinrich zu, der ihm entgegenhinkt, Elsa im Schlepptau, die früher in Diensten des Schnellreichs war, der im letzten Jahr der Hehlerei überführt wurde. Jetzt bedient sie in der Weinstube Rebstöckle.

»Was isch, Heinrich?«

»Mir hen oin gfunde, Schultes.« Der Amtsbote ist aufgeregt und durcheinander. Er ist nicht in der Lage, einen klaren Satz hervorzubringen.

»Wen?«

»En Ma.«

»Wo?«

»In de Brennnessle.«

»Mach koine Faxe.«

Elsa schiebt sich vor und sagt hastig, sie habe noch vor dem Hahnentanz den Hund vom Knöpfle ausführen müssen. Bei der Foltergasse, wo Steine aus der alten Stadtmauer lagerten und viele Brennnesseln seien, habe der Köter gejault und sei plötzlich auf und davon. Dann sei er hin- und hergerannt, habe sich seltsam aufgeführt, sei immer wieder in den Brennnesseln verschwunden. Ein paar Schritte habe sie dem Hund folgen können. Dann habe sie jemand liegen sehen. Nicht genau, weil sie sich nicht näher hingetraut habe. Aber die Schuhe habe sie ganz genau gesehen. Da sei ihr die Angst ins Genick gefahren, und sie sei auf und davon. An der Wette habe sie den Amtsboten Heinrich getroffen. Der sei mit ihr wieder zurück.

»Und, wer isch's, Heinrich?«

»I ben net näher no. Er leit uff dr Seit. Vielleicht isch er bloß bsoffe.«

»Bleib do«, sagt der Schultes zur Elsa. »Und du«, er deutet auf den Amtsboten, »gohsch mit mir!«

Er winkt dem Scharwächter. Zu dritt machen sie sich auf den Weg.

Wenn man der Schlosstorgasse bis zur Foltergasse folgt, dann ist auf der rechten Seite, gleich nach der Abzweigung zum Kuckucksnest, ein leerer Platz, auf dem Steine, Schutt und Holz gelagert sind und die Leute ihr altes Glump hinschmeißen: durchgerostete Pflugscharen, morsche Wagenräder, zerschlissene Schuhe sowie allerlei Hausrat und Gerätschaften. Alles, was sich halt nicht mehr reparieren lässt. Die Jahresringe des Lebens eben. Gegen die Nachbargrundstücke, eines gehört dem Läpple, und zur Gasse hin haben sich brusthohe Brennnesseln ausgesamt.

Dorthin führt der Amtsbote seine Begleiter. Brennnesseln sind niedergetrampelt, bestimmt von mehreren Personen. Sie folgen der Spur. Da liegt ein Mann im Arbeitshäs: Schaffhose und Kittel, dazu eine grüne Schürze umgebunden. Er liegt auf der Seite, als habe er sich schlafen gelegt und mit Zweigen und Grünzeug gegen die Kälte zugedeckt.

Der Schultes stößt mit dem Fuß an die derben Stiefel des Liegenden und ruft: »Aberjetza, steh uff!«

Kohlmeisen und Spatzen stieben davon, aber der Mann rührt sich nicht.

»Heinrich, tu amol die Äscht weg«, befiehlt der Schultes.

Der Amtsbote bückt sich und wirft die ersten Zweige beiseite, bückt sich erneut und weicht entsetzt zurück. »Dr Läpple«, stößt er hervor und wird kreidebleich.

Der Scharwächter guckt zu. Er rührt keine Hand. »I mein, der tut koin Schnaufer meh«, stellt er fest.

Der Schultes und der Amtsbote drehen den Läpple auf den Rücken. Auf der Brust ist ein Blutfleck, mittendrin steckt eine Sichel. Offensichtlich ist der Vermisste mit der Sichelspitze erdolcht worden. Direkt ins Herz. Gerade so, als habe man an ihm die Sichel aufgehängt.

Der Schultes zieht vorsichtig die Sichel aus dem Körper. Es blutet nicht nach.

»O, der isch scho lang hee«, stellt er fachmännisch fest und betrachtet die Sichel. Ein ganz normales Werkzeug. Auf dem Griff ist ein großes L eingebrannt. L wie Läpple, zweifellos. »Mit dr eigene Sichel heegmacht werre«, sagt er kopfschüttelnd, »dees isch koi Vergnüge.«

»Guck, Schultes!« Der Scharwächer deutet mit langem Finger auf den Kopf des Toten.

Dem Läpple fehlt das linke Ohr.

»Wahrscheinlich abgschlage mit dr Sichl«, vermutet der Amtsbote.

Er sucht und wird schnell fündig. In den Brennnesseln, nur zwei, drei Fuß vom Kopf entfernt, liegt das Ohr.

»Da hen zwei gschtritte«, sagt der Schultes, »der erschte Schlag hat sei Ohr verwischt, der zweite mitte ins Herz troffe.« Die geknickten Brennnesseln würden auch darauf hinweisen.

»Dr Läpple ohne Käpple, des geits doch net«, stellt Heinrich nach einer andächtigen Pause fest.

»Des dät mi scho interessiere, wer die Kapp hat.« Der Schultes reibt sich nachdenklich das Kinn.

»Solle mir se suche?«, fragt der Scharwächter, hofft er doch, dem Stadtregenten bald wieder aus den Fängen zu entwischen.

»Später«, sagt der Schultes, »isch net eilig. Aber guck amol, der hat ja sei Tascheuhr mit em Uffziehschlüssele no dra.«

Der Stadtpolizist bückt sich, zieht dem Toten die silberne Uhr aus der Hosentasche, knöpft die schwere, silberne Uhrenkette aus dem Kittel und überreicht Uhr samt Kette dem Schultes. Der schaut das Schmuckstück von allen Seiten an. Auf der Rückseite ist ein JL eingraviert. Johann Läpple. Der vordere Glasdeckel, der die Zeiger schützt, lässt sich mit dem Fingernagel öffnen. Die Uhr tickt noch. Aus eigener Erfahrung weiß der Schultes, dass solche Uhren etwa einen Tag und eine Nacht laufen, wenn man sie nicht erneut aufzieht.

»I will sehe, wann se stehe bleibt«, sagt er und steckt sie sich in die Tasche. »Morge bring i se dr Läpple.«

Der Schultes gibt seinen Begleitern den Auftrag, den Toten wieder mit Ästen abzudecken und hier zu warten. Er informiere Pfarrer Abel und die Läpple. Die werde bestimmt bald da sein und ihren Johann sehen wollen. Zu ihrem Hof seien es ja nur wenige Schritte. Wenn die Frau dagewesen sei, sollen sie die Leiche so schnell wie möglich zum Läpplehof schaffen.

»Ja bin i jetzt scho an Leicheträger?« Der Scharwächter macht ein trotziges Gesicht.

»Han i dees behauptet?« Der Schultes wird ungeduldig. »Einer von euch geht nachher, wenn d Läpple da gwä isch, nüber zum Läpplehof und holt zwei Knecht und a Leintuch.«

»Zu was braucht's a Tuch?« Der Scharwächter ist widerborstig.

Der Schultes rollt die Augen und ringt um Fassung. »Zum Rossbolle ufflese, du Allmachtsbachl!«

Der Scharwächter ist beleidigt. Doch Heinrich grinst und flüstert seinem Kollegen zu, der Herr Bürgermeister möchte, dass man die Leiche nicht offen durch die Gegend trägt, sondern zugedeckt.

Das Stadtoberhaupt wendet sich zum Gehen, dreht sich aber noch einmal um. »Wenn i von dr Läpple hör, dass se die traurig Nachricht kriegt hat, bevor dr Pfarrer do gwä isch, no schlag i euch so in Bode nei, dass euch dr Herrgott am jüngschte Tag mit de Ochse wieder rausziehe muss.«

Dann befiehlt er dem Scharwächter, keinen Schritt von der Seite des Amtsboten zu weichen. Dem Heinrich aber trägt er auf, den hochwohlgeborenen Gottlob Vorderlader nicht aus den Augen zu lassen. Alkohol sei und bleibe verboten.

»Heinrich, nach dr Kirch um sechse bringsch die eigschnappt Leberwurscht heim zu seinre Frau. Morge früh um siebene will i euch zwei in dr Linde sehe. Aber nüchtern!«

Zum Pfarrhaus ist es nicht weit. Die Foltergasse hinüber, dann die Luthergasse entlang, nach links die Kirchgasse hinauf. Schon ist man da.

Der Pfarrer dürfte zuhause sein, denn auf der Festwiese hat man ihn nicht gesehen. Abel gönnt den Leuten, die fünf Wochen lang bis zum Umfallen schuften mussten, die Entspannung und den Hahnentanz. Aber er hat schon so oft zugeschaut, dass er sich nichts mehr daraus macht.

Abel öffnet kichernd die Tür. Als er das verdutzte Gesicht des Schultheißen sieht, bricht er in schallendes Gelächter aus. Er bittet den unverhofften Gast ins Studierzimmer und erklärt, er lese gerade den Roman *Münchhausen*. Eine putzige Geschichte sei das, urkomisch und schrullig.

Bevor der Schultes auch nur ein Wort sagen kann, nimmt der Pfarrer das aufgeschlagene Buch wieder zur Hand und erzählt, dass auf Schnick-Schnack-Schnurr, einem baufälligen Schloss, der alte Baron von Schnuck-Puckelig-Erbenscheucher lebe, der sein Vermögen verwirtschaftet habe. Bei ihm wohne seine angejahrte Tochter Emerentia und ein Schulmeister, dem die neue Lehrmethode so den Verstand verwirrt habe, dass er meint, er stamme von den Königen von Sparta ab. In dieses Kleeblatt hirnverbrannter Menschen sei eines Tages der Enkel des berühmten Lügenbarons Münchhausen hineingeschneit und habe wieder Leben ins verstaubte Schloss gebracht.

Abel lacht und lacht über dieses Zerrbild des heruntergekommenen Adels, während der Schultes schweigt und keine Miene verzieht.

»Verzeihung, Herr Bürgermeister«, der Pfarrer wird ernst und sieht seinen Besucher nachdenklich an. »Hat es Ihnen die Petersilie verhagelt?«

»Es ist einer gestorben. Wahrscheinlich schon gestern.«

»Wer?«, fragt Abel bestürzt.

»Der Läpple.« Haarklein berichtet der Schultes, was er gesehen hat und was er vermutet.

»Im Streit ermordet, meinen Sie?«

Das Stadtoberhaupt nickt.

Abel sitzt ein paar Minuten reglos da und schweigt. Er muss seine Erregung dämpfen und seine Gedanken sortieren.

Dann sagt er nachdenklich: »Natürlich muss ich gleich die schreckliche Nachricht der armen Frau Läpple überbringen. Aber was sagen wir der Gemeinde? Und wie sagen wir es? Auf sechs Uhr habe ich heute Morgen den zweiten Gottesdienst angekündigt, wie immer an Sichelhenke. Ich denke, den darf ich keinesfalls absagen. Oder sind Sie anderer Meinung?«

Der Schultes beschwört Abel, die Abendvesper zu halten. Sichelhenke sei ja nur Halbzeit zwischen Heuete und Erntedank. Deshalb müssten morgen die Erntearbeiten unbedingt weitergehen. Die Kartoffellese, die Obsternte und die Öhmd, die zweite Heuernte, seien fällig. Die Weinberge sollte man dringend zum letzten Mal hacken und überschüssiges Laub von den Rebstöcken brechen, damit die wenigen Trauben, die es heuer gibt, gut reifen. Und bald müsse man mosten, schnapsen, keltern, dreschen und schlachten. Das alles solle der Herr Pfarrer von der Kanzel herab den Leuten sagen, damit sie nicht vor lauter Schreck die Hände in den Schoß legen.

»Und Sie, lieber Herr Bürgermeister, sollten schleunigst zurück zum Hahnentanz. Es ist nicht gut, wenn wir dort beide nicht vertreten sind. Da reimen sich die Leute allerlei Unsinn zusammen. Ergreifen Sie bitte das Wort nach der Siegerehrung. Teilen Sie mit, dass der Läpple tot ist und die Abendvesper stattfindet. Abgemacht?«

Sie einigen sich auf einen kurzen Bittgottesdienst um sechs. Abel werde den Leuten ins Gewissen reden. Es sei göttliches Gebot, was der Herrgott habe wachsen lassen, in Scheuer und Fass zu ernten. Sonst gäbe es nach dem schlechten Wetter übers Jahr einen Winter, der für die armen Leute eh schon schwierig genug werden könnte. Entsetzen über eine grausame Tat sei das eine, die zuverlässige Ernte etwas anderes. Keine der anstehenden Arbeiten dürfe durch die Missetat versäumt werden.

# Montag, 13. September 1841

Wie gerädert wacht der Schultes in aller Herrgottsfrühe auf. Er hat schlecht geträumt und ist längere Zeit wach gelegen. Wo anfangen vor lauter Arbeit? Diese Frage hat ihn ebenso umgetrieben wie die Sorge um den Ruf seines Städtchens. Das zweite Verbrechen innerhalb von anderthalb Jahren. Vorletzte Ostern der Kälberstrick um den Hals des Häfnerbauern, und jetzt Läpples Sichelhenke.

Vor dem Frühstück diskutiert er mit seiner Frau, seinem ältesten Sohn Frieder, dem Oberknecht, der Obermagd und dem Schweizer die anstehenden Arbeiten. Sie hätten ja gestern den Pfarrer selber gehört, sagt er ihnen. Als Stadtoberhaupt müsse er sich aber auch um den Mordfall kümmern.

Minna Frank beharrt darauf, dass es im Krautgarten, auf dem Gemüsefeld und in der Küche viel zu tun gebe. Denn nach dem Abräumen der Beete stehe die Hauptarbeit an: Weißkraut hobeln und einstampfen. Rotkraut und Winterrettiche im tiefen Keller unter Stroh lagern. Gelbe Rüben in Sand eingraben. Äpfel, Birnen und Zwetschgen dörren. Und noch vieles mehr. Darum will die Lindenwirtin zwei Mägde für sich. Dann könnten Magda und die Milchmagd das Vieh versorgen und die Arbeiten im Haus und in der Gaststube erledigen.

Der Schultes hört schweigend zu. Bevor er etwas anordnet oder zusagt, will er die Meinung der anderen hören. Deshalb fragt er seinen Sohn.

Doch ehe Frieder antworten kann, hört man Schritte im Flur. Es klopft, und schon stehen der Scharwächter und der Amtsbote in der Küche. Der Hilfspolizist hat einen Eimer in der Hand.

»Zu was brauchsch den?« Der Schultes ist irritiert. »Musch Moscht fasse zum Saufe?«

»Noi, noi. Do damit will i mein Arsch heimtrage, wenn du mir d Läuf abschlägsch.«

Das Lindenvolk grinst, der Schultes staunt. »Hocket na, ihr Spitzbube«, sagt er.

Gerade will er sich wieder seinem Sohn zuwenden, da drückt sich der Scharwächter an ihm vorbei.

»Hauch me a, du Kasper!«, faucht der Lindenwirt.

Wie beabsichtigt, erschrickt der Hilfsgendarm und verzieht das Gesicht. Mit gespitzten Lippen pustet er dem Hausherrn ins Gesicht.

»Net schlecht«, grinst der Schultes und nestelt einen Dreier aus seiner Geldkatz. »Der isch für dei Agathe.«

Der Vorderlader sieht ihn fassungslos an.

»Deiner Agathe ghört der. Net dir! Du versaufsch bloß euer ganz Geld.« Er hebt warnend den Zeigefinger. »Aber Obacht, Kerle, i kontrolliers.«

Frieder, dem der Schultes die Wiesen, Äcker und Felder anvertraut hat, berichtet, das Kraut der Kartoffelstöcke sei schon welk. Er möchte mit einem Knecht und zwei Mägden mit der Kartoffelernte beginnen. Den Schultes freut das, hat er doch vor Jahren extra auf eine frühere Sorte umgestellt, damit die Kartoffeln vor den Trauben geerntet werden können. So kann er in der Herbstvakanz das gesamte Dienstpersonal für die Traubenlese einteilen und muss nicht, wie viele andere im Städtle, zugleich Rebstöcke abräumen und späte Kartoffeln aus dem Boden buddeln lassen.

»Und dr Rescht vom Personal muss uff unsre Baumwiese«, meint die Bäuerin resolut. Die Lageräpfel seien zwar erst in etwa zwei, drei Wochen pflückreif. Das habe sie mit eigenen Augen gesehen. Aber das Mostobst falle herab. Und die Zwetschgen seien sogar überreif.

Der Schultes widerspricht. Den Wengert auf der Lug hacken, das sei auch wichtig, und die Trauben von schattigem Laub befreien. Nur so könne die geringe Traubenernte in den nächsten Wochen noch qualitativ verbessert werden. Dafür wolle er heute mit drei Mann ausrücken. Knechte oder Mägde, das sei ihm egal.

Die Arbeit sei dringend und dulde keinen Verzug. Höchste Zeit, ergänzt er, dass der Christian von Oberriexingen heimkommt und den Weinanbau übernimmt.

Er teilt mit dem Zeigefinger sein Personal in Arbeitsgruppen ein. Aber zum Schweizer sagt er: »Du machsch d Fässer für de Wei und für de Obstbrand sauber und richtesch älles her, dass mir mit em Moschte, Brenne und Keltere loslege könnet.«

Minnas Nestkegele kommt verschlafen herein.

»Hasch gut gschlofe?«, fragt die besorgte Mutter.

»Hunger«, stöhnt Wilhelm und reibt sich die Augen. Er setzt sich an seinen Platz am großen Küchentisch.

Während die Dienstboten die Küche füllen und sich zum Frühstück an den Tisch setzen, winkt der Schultes den Scharwächter und den Amtsboten nach draußen in den Flur.

»Aberjetza zu euch.« Er stellt sie, allen möglichen Schandtaten vorbeugend, in den Senkel und erinnert sie an ihren Auftrag. Täglich von halb acht Uhr morgens bis halb sechs Uhr abends auf dem Schlossberg Rätschen, Schießen und Peitschenknallen. Die hungrigen Vogelscharen müssten sie von den Weinbergen fernhalten. Beschluss des Stadtrats. »Sonst bleibt heuer koi gotzigs Beerle iebrich.« Gestern sei eine Ausnahme gewesen. Auf dem Weg zum Schlossberg müssten sie Läpples Nachbarn und vor allem die Bewohner in direkter Nähe zum Fundort der Leiche befragen. Und der Läpple sollen sie ankündigen, dass er am Abend gegen sieben komme und alle Dienstboten verhöre. Dem Kirchendusler gibt er den strengen Befehl: »Du musch gucke, dass dr Gottlob koin Tropfe Alkohol verdwischt. Du selber au net. Dienst isch Dienst, und Schnaps isch Schnaps. Noch vor sechse will i euch do zum Rapport sehe. Verstande?«

Kurz nach fünf kommt der Schultes wieder in die Linde. Er trägt eine abgewetzte gelblederne Kniehose mit Knieriemen, wie sie vor etlichen Jahren noch modern war. Ein geflicktes, fadenscheiniges Leinenhemd steckt in der Hose. Hosenträger spannen sich über seinen Bauch. Darüber hat er den alten Zwilchkittel angezogen, den sein Vater noch als Sonntagsrock getragen und den ihm der Schneider mit Ölfirnis wasserdicht gemacht hat. Ein blauer Schurz ist um seine Lenden geschnürt. Die Füße stecken in genagelten Halbstiefeln. Sein kurz geschorenes, dichtes Haupthaar wird von einer speckigen, blauen Schildkappe mit lackiertem Lederschild bedeckt.

»Und?«, fragt Magda beim Hereinkommen in die Gaststube. Sie hat, wie am Morgen ausgemacht, diese Woche Dienst im Wirtshaus.

»Die andre kommet glei nach em Abendläute.«

Sie stellt ihm ungefragt ein Bier hin. Er leert es im Stehen in einem Zug. »Die Wengert hen's bitter nötig. Heuer wird's net viel mit em Wei. No muss mr des bissle Sach halt pflege.«

Er trinkt ein zweites Glas bis zur Neige, dann wäscht er sich in der Küche am Spülstein und verschwindet im oberen Stock.

Kurz darauf ist er wieder da. Jetzt als Stadtvorstand, Lindenwirt und Großbauer gekleidet: Schnallenschuhe, schwarze Langhosen aus Manchestertuch, bestickte Hosenträger, frisches weißes Leinenhemd, darüber das bis zu den Oberschenkeln herabreichende Blauhemd. Man kann es viermal wechseln, ohne es zu waschen. Zuerst Vorder- und Rückseite vertauschen, dann das Hemd wenden und nochmals zweimal tragen. Der Schultes trägt das bei Jung und Alt so beliebte Kleidungsstück allerdings in der vornehmen Ausführung, mit goldbestickten Achseln.

Der Kirchendusler und der Scharwächter schlappen zur Tür herein und berichten. Alle Nachbarn hätten am Samstag bis zum Abendläuten auf dem Feld gearbeitet. Gleich danach sei überall gefeiert worden. Niemand habe Schreie gehört. Ob jemand von dem freien Grundstück weggerannt sei, könne man nicht sagen.

Die verrückte Katharina, ergänzt der Scharwächter, habe von ihrem Hexenhäusle den besten Blick auf den Fundort der Leiche.

Der Schultes lacht. Er kennt die altledige Wäscherin, die immer mit Hut, aber nie im Mantel das Haus verlässt, seit seiner frühesten Jugend. Schon damals hatte sie nicht alle Tassen im Schrank. »Hockt d Kätter wieder im Stall und hilft beim Eierausbrüte?«

»Jo«, sagt der Amtsbote, »jetzt schlaft se sogar em Hennestall und passt uff, dass der Gicker d Henna en Ruh lasst.«

Der Schultes weist den hinkenden Heinrich an, die verwirrte Katharina aus dem Hühnerstall zu locken und ins Armenhaus zu bringen. »Do geits gnug Leut, die hen a Aug uff se.« Aber vorher soll er sie fragen, ob sie etwas gesehen habe.

»Hen mir scho«, sagt der Kirchendusler und wirft sich stolz in die Brust. Der Läpple habe mit jemand geschwätzt, behaupte die Kätter steif und fest. Gesehen habe sie es wegen ihrer schlechten Augen zwar nicht, aber dafür umso besser gehört.

Dem Scharwächter befiehlt der Schultes, umgehend die Gendarmerie zu informieren. Und dem Amtsboten legt er nochmals ans Herz, sich um die wunderliche Katharina zu kümmern. Den Vollzug der Anordnungen hätten sie in der Linde zu melden. »Gnade euch, wenn ihr no bsoffe sen.«

Nach dem Abendvesper macht sich der Schultes durch die Wagnergasse auf zum Läpplehof. Er hofft, dass sich die Bäuerin wenigstens so weit beruhigt hat, dass sie ihm ein paar Fragen beantworten kann. Auch mit den Knechten und Mägden will er reden.

Die Hausfrau erwartet ihn an der Haustür. Ihre Kinder habe sie schon ins Bett gebracht, sagt sie und führt ihn in die Küche. Ihr ganzes Dienstpersonal ist versammelt.

Der Schultes kriegt den Ehrenplatz am Tisch, der bisher dem Hausherrn gehörte. Sie setzt sich links neben ihn.

Eine Magd serviert Kaffee und Most, dazu frische Schaumwaffeln.

Zunächst isst und trinkt man schweigend. Nur die ledige Schwester des Ermordeten hört man weinen. Sie wohnt im Haus und hat auf der Fensterbank ihren festen Platz. Dann räuspert sich der Schultes und fragt die Hausherrin, wer ihr die schreckliche Nachricht zuerst überbracht habe.

»Dr Herr Pfarrer.«

Der Schultes vernimmt es mit Wohlwollen und fragt: »Hasch damit scho grechnet, gell?«

Sie wischt sich mit der Hand die Augen aus und nickt.

»Warum?«

»Weisch doch selber.«

»Und wer hat ihn zuletzt lebend gsehe?«

Sie schweigt zunächst, dann sagt sie: »Mir älle.«

Er sieht sie fragend an.

Sie alle seien auf dem Acker an der Enz gewesen, erläutert der Ober- und Rossknecht ungefragt. Sie hätten zusammengeholfen, damit die Getreideernte rechtzeitig vor dem Abendläuten fertig wird. Alle seien doch schon voller Vorfreude auf das Ende der fünfwöchigen Strapazen und auf die Sichelhenke gewesen.

Plötzlich, ergänzt die Obermagd, habe der Bauer so gegen vier, halb fünf gesagt, er gehe jetzt heim und nehme die Frieda mit. Denn die müsse alles für den Umtrunk in der Scheuer vorbereiten. Dann könne man gleich nach der Heimkehr mit dem Feiern beginnen. Dem Rossknecht Oskar habe er aufgetragen, in spätestens einer Stunde nachzukommen und die Rösser von der Koppel in den Stall zu führen.

Der Schultes schaut zur Frieda hinüber, die auch auf der Fensterbank sitzt. Sie läuft rot an und sieht zu Boden.

»Dann bisch du die Letzt gwä?«

Sie schweigt.

»Hasch dei Sichel selber hoim?«

»Mh.«

»Isch dees die dei, die nebe em Läpple gwä isch?«

»Noi.«

»Wem seine no?«

»Der hat sei Sichel selber mit.«

»Was hasch doa, wie dahoim gwä bisch?«

»Was glaubsch, was i da gmacht han?«

»Aberjetza, schwätz!«

»Käs, Wurst, Brot und Schmalzbaches han i in d Scheuer trage und älle Sache zum Trinke nogstellt.«

Unterdrücktes Gelächter.

Auf die Frage, wer zu Beginn der Sichelhenke in der Scheune dabei war, sagt die Bäuerin: »Älle … außer meim Ma.«

»Du au?« Der Schultes lässt nicht locker.

»Ja.«

»Wie lang?«

»Bloß kurz.«

»Warum?«

»Kosch dr ja denke.«

»Hasch mit deim Ma no a Rechnung offe?«

Sie schweigt. Man hätte eine Stecknadel fallen hören. Kein Schnaufer, kein Räuspern, kein Stühlerücken. Nichts. Gespenstische Stille in der Küche. Nicht einmal eine Uhr hört man ticken.

»Hasch en gsucht?«

Sie schüttelt den Kopf.

»Weil du scho gwusst hasch, wo er leit?«

Sie schaut den Schultes empört an.

»Wann bisch zum erschte Mal zum Scharwächter?«

»Wo's bald dunkel worre isch. Aber bloß sei Frau isch do gwä.«

»Hasch en no gsucht?«

Erneutes, heftiges Kopfschütteln. Knechte und Mägde grinsen sich verstohlen zu. Der Schultes weiß, was sie damit andeuten wollen. Der Läpple hat es mit der ehelichen Treue nicht so ernst genommen und öfters auswärts gefeiert.

Der Schultes zieht die Taschenuhr des Verstorbenen aus der Hosentasche und legt sie vor die Witwe hin. »Die hat deim Johann ghört. Jetzt ghört se dir.«

Sie nimmt die Uhr in beide Hände.

»Hat dein Johann unterm Uhredeckel Geld ghet?«

»Nie.«

»Isch sonst äbbes drin gwä?«

»Net dass i wüsst.«

»No fehlt nix?«

Sie nickt.

»On sei Käpple?«

»Dees isch uff dr Mischte gwä.«

Der Schultes ist fassungslos. Achtlos oder absichtlich auf den Misthaufen geworfen? In jedem Fall zeugt das nicht von Hochachtung. Zur Sicherheit fragt er nach: »Uff eurer Mischte?«

»Mh.«

Er bittet, den Aufgebahrten noch einmal sehen zu dürfen. »Und«, sagt er beim Hinausgehen, »mit dr Frieda und dr Obermagd will i nachher no a Wörtle schwätze.«

Die Läpple öffnet die Tür zur Wohnstube, lässt aber dem Schultes den Vortritt.

Als der Stadtvorsteher die Leichenstätte betritt, faltet er die Hände und wird still. Auf der Truhe liegt der Tote. Die Standuhr ist verhängt; sie steht still. So ist es Brauch in Enzheim, denn in der Ewigkeit gibt es keine Zeit. Auf dem Tisch brennen drei Kerzen. Daneben liegt die aufgeschlagene Bibel. Die Fenster sind abgedunkelt.

Die Bäuerin fängt zu weinen an. Nach einer Weile sagt der Schultes leise auf Hochdeutsch, weil er seiner Frage einen amtlichen Anstrich geben will: »Bist du dir sicher, dass du mir nichts zu sagen hast?«

Sie schüttelt heftig den Kopf und heult laut auf.

»Lass mich mit der Frieda und der Obermagd allein«, bittet er und geht in die Küche zurück. Die beiden Mägde sitzen auf der Fensterbank und schweigen sich an.

»Aberjetza, dätsch a weng nausgange«, sagt er zur Obermagd. Als sie die Küche verlassen hat, stellt er die Frieda zur Rede: »Hasch en mit dr Sichl verwischt?«

»Wen?«

»Dr Läpple.«

Sie stutzt. Sie begreift. Zornig und zugleich voller Angst weist sie die Anschuldigung zurück: »I han dr Bauer net uff em Gwisse, wenn dees meinsch.«

»Hat er mit dir abändle welle?«

»Wann?«

»Uff em Heimweg.«

Sie runzelt die Stirn. Ärger steht ihr ins Gesicht geschrieben.

»Hat er in dr Scheuer an dir rummache und di kitzle welle?«

Sie springt erregt auf und rennt aus der Küche. Über die Achsel schreit sie ihn an: »Du spinnsch wohl! Pfui Deifl!«

Die Obermagd steht unter der Tür und fragt: »Soll i reikomme?«

Der Schultes seufzt und nickt. Eigentlich, fährt ihm durch den Sinn, sollte man zeitig ins Bett, damit man morgen wieder etwas Gescheites schaffen kann.

Sie setzt sich neben ihn.

»Verzehl!«

Sie platzt, wenn sie ihm nicht gleich alles sagen kann. Darum legt sie sofort los.

Als der Bauer zur Frieda gesagt habe, sie müsse mit ihm früher heim, hätten die Knechte und Mägde gekichert und leise gestichelt, wer da wohl auf wen aufpassen müsse. Die Läpple habe sich das ein Weilchen angehört. Dann habe sie den Rechen hingeschmissen und sei wütend fort.

»Warum?«

Sie habe sehen wollen, was ihr Mann und die Frieda treiben. Bald nach dem Abendläuten seien alle Knechte und Mägde in der Scheune gewesen, außer dem Rossknecht und der Frieda. Sie hätten ihre Sicheln und Sensen am Scheunentor aufgehängt. Alles sei schon zum Schmaus hergerichtet gewesen. Kurz danach sei auch der Rossknecht da gewesen, der die Pferde von der Koppel in den Stall führen musste. Dann sei die Läpple in die Scheune gekommen. Sie habe ganz verweinte Augen gehabt. Wortlos habe sie sich zu ihren Dienstboten gesetzt. Gleich darauf habe die Frieda frisches Schmalzgebäck aufgetragen. Dann sei die Bäuerin wieder hinaus und nicht mehr zurückgekehrt.

Der Schultes dankt, steht auf und geht nochmal in die Wohnstube zurück. Er legt der Bäuerin, die neben der Tür auf einem Stuhl sitzt und ein feuchtes Taschentuch zerknüllt, stumm die Hand auf die Schulter.

Keine Regung.

»Brauchsch Hilf für d Leich?«

Sie schüttelt den Kopf.

In sich gekehrt und ratlos verlässt er den Läpplehof. Werde einer aus den Weibern schlau.

# Dienstag, 14. September 1841

*D*er Schultes, seit dreizehn Jahren im Amt, führt seine Dienstgeschäfte meist von der Linde aus, wo er am Samstagvormittag sogar eine offizielle Sprechstunde abhält. Nur jeden Dienstag- und Mittwochnachmittag amtet er allein im riesigen Rathaus und langweilt sich.

Nach dem Mittagessen macht er, bevor er sich in seine Residenz absetzt, einen Kontrollgang durch Küche, Haus und Gastwirtschaft. Tochter Magda und die Milchmagd stehen am Herd.

»Wo isch d Mutter?«

»Zwetschga ra doe.«

»On was machet ihr zwei da für komische Sache?« Er tritt näher hinzu, schaut und explodiert. »I glaub, ihr spinnt ja! Mei guts Papier!«

Die beiden halten einen großen Bogen weißes Papier über das offene Herdfeuer, und die Milchmagd träufelt aus einer Schöpfkelle geschmolzenes Wachs drauf.

»D Mudder hat's gsagt.«

»Was? Dass ihr mei teurs Schreibpapier verhonze dürft?«

»Aber Gsälz mogsch?«

»Seit wann tut mr Papier ins Gsälz?«

»Net ins Gsälz, Vadder, obedruff.« Sie erklärt es ihm. Bald schon bringe die Mutter die ersten Zwetschgen. Die werden entsteint und verkocht. Dann in Gläser gefüllt. Und die heißen Gläser muss man mit Wachspapier oder der Haut einer Schweinsblase abdecken und zubinden. Dann kann man sie mindestens zwei Jahre aufbewahren.

»Glaubsch, i ben an Halbdackel und weiß dees net?«, lügt er. Das wäre ja noch schöner, wenn ihn die eigene Tochter vor der Milchmagd blamieren würde. »Billigers Papier däts au.«

»Hen mr net. Aber wenn du uns so viel Saublodere bringsch, wie mir Zwetschgegsälz einmachet, no …«

Der Schultes winkt ärgerlich ab, schmeißt die Tür hinter sich zu und stapft missmutig die Hauptstraße hinauf zum Rathaus.

Vom Schlossberg her hört er den Amtsboten und den Scharwächter und von der Lug zwei andere Wengertschützen knallen. Mit Rätschen, Peitschen und Pistolen verteidigen sie die kostbaren Trauben gegen hungrige Vogelscharen. Ihre Peitschenschnüre sind etwa fünfzehn Fuß lang. Deshalb ist es eine Kunst, die Peitsche so zu schwingen, dass sie einen ohrenbetäubenden Knall macht, lauter noch als der schärfste Schuss. Bevor er die zwei besonderen Fleckendienste auf den ersten August besetzt, lässt er sich jedes Jahr von den Bewerbern das Peitschenknallen vormachen.

Vor ihm trödeln ein paar Schulkinder auf dem Weg zum Nachmittagsunterricht. Sie kicken Steinchen in die Kandel und singen etwas.

Als der Schultes näher kommt, hört er, dass sie einen Zweizeiler skandieren, der sie sehr ergötzt:

»Ohne Ohr und ohne Käpple,
leit im Lompagruscht der Läpple.
Ohne Ohr und ohne Käpple,
leit im Lompagruscht der Läpple.«

»Ha, ihr send scho wüschte Kerle«, kommentiert der Stadtkommandant.

»Warum?«, widerspricht ihm einer der Buben. »Isch doch wahr, dass du dr Läpple im Gruschd gfunde hasch. Oder net?«

»Und dr Herr Pfarrer hat in dr Schul gsagt«, ergänzt sein Klassenkamerad, »dass mir d Wahrheit sage dürfet.«

»O Kerle«, sagt der Schultes und geht in sich gekehrt weiter. Er weiß wohl, dass die Bevölkerung dem Läpple diesen Tod nicht gewünscht hat. Aber beliebt war der Wichtigtuer keinesfalls. Seine Weibergeschichten, sein heimlicher Geldverleih zu

Wucherzinsen haben ihn in Verruf gebracht. Zweifellos war der Ermordete ein Abfuggerer, ein abgeschlagener Siech, ein Prahlhans – ein Hudel halt.

Vor dem Rathaus hockt der Gendarm. Er sieht den starken Mann von Enzheim kommen. Insgeheim bewundert er den Schultes. Grinsend steht er auf und salutiert.

»Wegtreten!«, sagt der Schultes. Er schließt das Rathaus auf.

Im Dienstzimmer lässt sich der Polizist auf den Stuhl vor dem Schreibtisch des Schultes fallen und legt los, bevor der Hausherr Platz genommen hat.

»Bei dem Wetter de ganze Tag durchs Oberamt schlappe. Omöglich! Dreimal bin i heut scho nass worre.«

»Kannsch nicht reiten?«, fragt der Schultes scheinheilig. Wenn er auf dem Rathaus waltet, versucht er immer, nach der Schrift zu sprechen. Und das lässt man ihm wohlwollend als Hochdeutsch durchgehen. Jedenfalls macht er sich über den Polizisten lustig, weiß er doch ganz genau, dass die Gendarmerie in Württemberg nicht beritten ist.

»Noi, i ka reite wie a Sau krebsle.«

Der Schultes wird ernst. »In England, Frankreich und Belgien gibt's schon die Eisenbahn. Sogar in Baden kann man seit letztem Jahr von Mannheim nach Heidelberg mit dem Zug fahren. Dabei ist die erste deutsche Eisenbahngesellschaft vor acht Jahren bei uns in Württemberg gegründet worden.« Er holt tief Luft und lässt seinem Ärger freien Lauf: »Unsere Dabber in Stuttgart trödeln und können sich nicht einigen. Und unsere Gendarmen spazieren über Land und fangen Maulwürfe statt Verbrecher.«

»Ach was, Schultes, morge isch au no a Tag.«

»Vier Gendarmen fürs ganze Oberamt, und die zu Fuß, das ist einfach ein Witz.«

»Mir gfällt's. Immer an dr frische Luft …«

»… und nie hinter den Spitzbuben her. Die ganze Polizei in Württemberg ist ein lahmer Haufen, ein Wanderverein!«

Der Gendarm runzelt die Stirn und zieht einen verdrießlichen Mund. Er ist eingeschnappt. Mit den Fingern schnalzt er über die Kutka, seinen dunkelblauen, bis zu den Knien reichenden Uniformrock, als müsse er sie von Unrat reinigen. Dann zieht er sich den Tschako aus schwarzem Filz vom Kopf und knallt ihn auf den Tisch.

»Aberjetza sagst du mir aufs i-Tüpfele genau, was die Polizei im Mordfall Läpple schon getan hat.«

»Mit em Scharwächter han i gschwätzt.«

»Weil ich ihn zu dir geschickt habe.«

»Ja, rieche ka i an Mord au net.«

»Also hasch nix gmacht. Bloß Löcher in d Luft guckt.«

»Reg di ab, Schultes, jetzt bin i doch da.«

»Und was hasch mitgebracht? Beweise? Erklärungen? Auskünfte?«

Der Gendarm schüttelt ärgerlich den Kopf. »Ich bin uff em Läpplehof gwä. Bloß a Magd war da. Älle andre sen bei dr Kartoffelernt. D Magd hat gsagt, dass du gestern Abend die Leute ausgfragt hasch.«

»Klar. Wir sind mitten in der Erntezeit. Darum kannst du nur abends mit den Leuten schwätzen.«

»Ka i net. Wie komm i no in dr Nacht hoim? Oder zahlsch du mir s Übernachte in Enzheim?«

Der Schultes lacht schallend, aber mit einem höhnischen Unterton. »Winters, wenn die Bauern abends Zeit haben, kann der Herr Gendarm nicht, weil es dunkel ist. Und in der Erntezeit, wenn die Tage lang sind, hat der Herr Gendarm abends Zeit, aber die Bauern nicht. Deshalb schlag ich ein neues Gesetz vor: Verbrechen nur von April bis Juli erlaubt.«

»Schultes, du bisch a wüschter Kerle. Du weisch ganz genau, dass i en Bericht brauch.«

»Schreib ihn doch. Ich sag dir, was ich weiß. Dann gehsch heim, bevor es dunkel wird, und schmiersch dein Bericht selber.«

»Bericht schreibe? Dees musch du. So isch d Vorschrift.«

»Verbrechen aufklären? Das musst du. Vorschrift, Herr Polizeioberspazierer.«

Der Gendarm ist genervt. So viel Sturheit ist ihm seit langem nicht mehr begegnet.

Der Schultes kann ein schadenfrohes Grinsen kaum unterdrücken. Er holt tief Luft und unterrichtet den Uniformierten über das Gespräch mit der Läpple und ihren Dienstboten.

»Also sen d Läpple on d Frieda verdächtig«, folgert der Zuhörer messerscharf. »Dann verhaft i die jetzt on sperr se in dein Arrest.« Er zeigt mit dem Finger zwei Stock tiefer in den Keller.

Der Schultes wehrt energisch ab. Merkwürdig sei das Verhalten der beiden Frauen zwar schon, aber gewiss sei noch gar nichts.

»Ja, wenn dees so isch. No gang i wieder.« Der Gendarm wirft sein Dienstbuch auf den Tisch.

»Aber du schreibst den Bericht selber«, grinst ihn das Stadtoberhaupt an, »sonst kritzel ich nichts in dein Büchle. Und dann bist du gar nicht hier gewesen.«

»Alter Dickschädel.«

Der Schultes schmunzelt, setzt Tag und Uhrzeit in das kleine Heft, unterschreibt und gibt es lächelnd zurück.

Der Landjäger steckt es ein und setzt sich den Tschako auf.

»Wegtreten«, lacht der Schultes, noch bevor der Polizist salutieren kann.

Um halb sieben, also gleich nach Abendläuten und Abendbrot, tagt der Stadtrat, wie jeden zweiten Dienstag im Monat.

Fritz Frank ist bei den Enzheimern sehr beliebt, gerade weil er als Lindenwirt zu jeder Zeit dienstbereit ist, nicht nur während der üblichen Amtsstunden auf dem Rathaus. Das zeigte sich auch bei seiner Wiederwahl vor drei Jahren, als er mit großer Mehrheit im Amt bestätigt wurde. Vor allem schätzt man an ihm, dass er die Stadt schuldenfrei regiert, sich etwas gegen die Verarmung der Bevölkerung einfallen lässt und für Wagemutige Kredite zu niederen Zinsen auftreibt.

Zuerst beschäftigen sich die Herren damit, die ausstehenden Feld- und Weinbergarbeiten zu koordinieren. Die sollten bis zur

Kirbe fertig sein, der Enzheimer Kirchweih, die traditionell am dritten Sonntag im Oktober zusammen mit dem Erntedankfest gefeiert wird. Bis dahin sind in aller Regel sowohl die Kartoffel- und Obsternte als auch die Traubenlese vorbei. Heuer fällt das Ernteabschlussfest auf den 17. Oktober. Tags darauf, am 18. Oktober, ist in Enzheim blauer Montag. Da ruht sich alles von den anstrengenden Festivitäten aus.

»Wird's zu Kirchweih warm und mild, ein kalter Winter kommt bestimmt.« Mit diesem alten Bauernspruch eröffnet der Schultes die Sitzung. Er beschreibt die Ausgangslage: Obst und Kartoffeln müssen geerntet und die Trauben gelesen werden. Dazwischen muss geöhmdet, also die zweite Heuernte eingebracht werden. Dann geht's ans Mosten, Dreschen, Keltern und Schlachten. Dafür gibt es in Enzheim vier Obstpressen sowie drei private und eine kommunale Traubenpresse.

Jedes Jahr legt der Gemeinderat vor Beginn der Lese fest, wer zuerst lesen und keltern darf. Witwen, Wirte und Stadträte haben Vorrecht. Die beiden Enzheimer Weinlagen am Schlossberg und auf der Lug werden nach festgelegtem Zeitplan geerntet. Vor zweihundert Jahren wurden die Weinbergschrannen in je drei Lesezirkel eingeteilt. Nach dem Leseplan, der jährlich wechselt, bekommt jeder Weinbauer sein Zeitfenster zugeteilt.

»Schreib mit«, befiehlt der Schultes dem Unterlehrer, der als Ratsschreiber für das Protokoll zuständig ist. Nach langem Palaver einigen sich die Herren darauf, wer wann mit der Lese dran ist und die wenigen Gerätschaften nutzen darf. Der Lehrer fertigt eine Liste. Der Amtsbote wird sie in den nächsten Tagen wiederholt ausschellen und an die Rathaustür heften. Dann kann jeder selber nachlesen, wann er mosten und keltern darf.

Als Nächstes steht die Sauberkeit in der Stadt auf der Tagesordnung. Der Schultes greift damit ein Anliegen auf, das Pfarrer Abel seit rund drei Jahren zielstrebig und hartnäckig verfolgt. Dazu bedarf es einer speziellen Gemeindeordnung. Um die zu erlassen, muss die Mehrheit der Ratsmitglieder zustimmen. Aber die ist unsicher, wie sich im Laufe der Diskussion zeigt. Dass man verbieten muss, die Nachthäfen auf den Gassen zu entleeren, das leuchtet allen ein. Aber dass man die Misthäufen ummauern soll, um zu verhindern, dass Gülle in die Kandel läuft, das wollen ein paar Ewiggestrige nicht einsehen.

»Dann vertag ich das Thema«, sagt der Schultes. »Ich sprech noch einmal mit dem Pfarrer. Vielleicht kann ich ihn gewinnen, einen Entwurf für eine Verordnung zu verfassen.« Ein kluger Schachzug, wie er aus Erfahrung weiß, denn die Widerborste ziehen das Genick ein, kaum hat er den Pfarrer ins Spiel gebracht.

Er entnimmt seiner Joppe ein Heft und leitet zum nächsten Punkt über.

»Am vorletzten Donnerstag hat die Post das neue Blättle gebracht.« Mit spitzen Fingern schlägt er das *Regierungsblatt für das Königreich Württemberg* auf.

»Gebrauch metallener Gerätschaften für Speisen und Getränke«, liest er vor. Und schon schwillt ihm die Zornesader. Zwei Wochen hat er an sich halten können, aber jetzt muss alles raus, was in ihm gärt. Für die Leute im Sitzungssaal wird klar, warum er in letzter Zeit so ungenießbar war.

»Wenn's bloß einmal in Stuttgart Nägel hageln würde«, poltert er los. »Was diese Leute in ihrem krankhaften Hirn ausbrüten«, er greift sich mit beiden Händen an den Kopf, »das ist …« Ihm versagt die Stimme. Verächtlich winkt er ab. Aus reiner Langeweile hätten die Muggaschnapper in der Landeshauptstadt ein neues Spiel erfunden. Weil man die Steuerschraube schon bis zur letzten Windung angezogen habe und den Mostköpfen da oben keine neuen Steuern und Abgaben einfallen, versuchten sie es jetzt mit hirnrissigen Strafgeldern. Denn ab sofort werde jeder hart bestraft, der Koch-, Ess- und Trinkgeschirre aus Metall oder Metallgemischen benutze. Egal, ob er andere tatsächlich schädige oder bloß in Gefahr bringe.

Die Herren Stadträte schauen sich entgeistert an. Sie überlegen, was gemeint sein könnte: Becher aus Weißkupfer und Messing? Kupferne Wasserkessel auf dem Herd? Messinghähne an den Weinfässern? Die noch üblichen Salzschälchen und Essigkännchen aus Zinn? Kupferne Milchkannen, Zinnkrüge und Zinnteller in den Wirtschaften?

Ja, bestätigt der Schultes wütend, das alles und noch mehr müsse so schnell wie möglich aussortiert und durch Holz, Glas, Keramik und Porzellan ersetzt werden. So stehe es in diesem Scheißblättle. Er schmeißt es auf den Tisch. Die Klufemichel und Sesselfurzer in der Landeshauptstadt hätten keine Ahnung von Ackerbau und Viehzucht, sonst würden sie nicht mitten in der Ernte einen solchen Dreck ins Blättle setzen lassen. Welcher rechtschaffene Bauer, welcher ehrliche Gastwirt habe bis Weihnachten Zeit, sich mit einem solchen Blödsinn zu befassen?

Der Gipfel aber sei, dass er als Schultheiß diesen Rotz auch noch untersuchen müsse.

»Dees darf doch net wahr sei, dass die Maunzer in Stuttgart an Furz lasse und bei uns stinkts«, erregt sich der Knöpfle vom Rebstöckle.

»Doch, Paul, dees geht«, sagt der Schultes, »und stell dir vor, i muss de Kontrolleur mache. So stehts im Gesetz.« Auch alle Bauern, Handwerker und Händler, die Dienstpersonal haben, müssen das neue Gesetz befolgen. Und zwar sofort. Hält sich einer nicht dran, sei er als Schultes schuld. Darum solle man sich auf Kontrollen gefasst machen.

Die Stimmung ist versaut. Die Herren Stadträte maulen. Aber Gesetz ist Gesetz, das wissen sie auch.

Dann schnappt der Schultes dreimal nach Luft, bis er sich wieder abgeregt hat und mitteilen kann, dass die neue Aushebung bevorsteht. Die Militärpflichtigen der Altersklasse 1820 sowie die aus der Altersklasse 1819, die heuer zurückgesetzt wurden, seien samt Eltern, Vormünder und Bevollmächtigten auf den 6. Februar 1842, morgens halb acht Uhr, ins hiesige Rathaus geladen. Wie üblich würden dann alle für tauglich Erklärten losen, wer tatsächlich zu den Soldaten muss. Von schätzungsweise neuntausend jungen Männern müssten nächstes Jahr dreitausendfünfhundert einrücken, also etwa jeder dritte. Fernbleiben werde mit einer Strafe von zwanzig Gulden geahndet. Wer nicht zahlen kann, muss sechs Monate im Zucht- und Arbeitshaus brummen.

Das nehmen die Herren gelassen hin. Der Vorgang ist ihnen seit alters her vertraut.

Auf die Frage des Schultes, wer Pfarrer Abel und ihn am 28. September nach Stuttgart begleiten möchte, schauen sich ein paar Stadträte irritiert an.

»Gibts do äbbes umsonscht?«

»Noi, Schorsch«, sagt der Schultes zum Küfer, »im Gegeteil, s koschtet.«

»Dees isch doch an Zeischdich – oder net?« Der Oberschlaule vom Oberhof ist empört. Sein Schnauzer zittert.

Der Schultes nickt.

»Spinnsch du. Grad hen mir bschlosse, dass mir mit unserm Sach bis zur Kirbe fertig werre müsse.«

Der Hofbauer vom Enzgrund springt dem Oberhofbauern wütend bei: »No kommsch du daher und …«

»Bevor ihr euch uffregt. Do isch en Stuttgart äbbes los.« Und dann sagt er lächelnd, dass das der Tag sei, an dem König Wilhelm seinen sechzigsten Geburtstag und zugleich sein fünfundzwanzigstes Thronjubiläum feiert. Das habe man doch schon vor ein paar Wochen besprochen.

»Ja no«, gibt der Hannes vom Enzgrund klein bei und ist sofort Feuer und Flamme.

Aber der Oberschlaule will ihm zuvorkommen und schreit heraus: »Do müsset mir no. Dees isch doch klar.« Und dem Schultes wirft er vor: »Warum hasch dees net glei gsagt?!« Sein Schnauzbart zittert.

Johannes Bierlein, Töpfer und Ziegelbrenner, meint, der gesamte Gemeinderat muss nach Stuttgart. Das sei Enzheim seinem König schuldig.

»Langsam, langsam«, kühlt der Schultes das Reisefieber ab. Ein paar müssten wohl zuhause bleiben und, wie beschlossen, die Obst- und Traubenpressen bedienen. Ruhen dürfe die Arbeit im Städtle keinesfalls. Außerdem sei die Reise nach Stuttgart schwieriger als gedacht. Denn erstens müsse Pfarrer Abel am 27. September, einem Montag, um sechs Uhr abends einen Gedenkgottesdienst abhalten. Das sei von oben angeordnet worden, weil das der tatsächliche Geburtstag des Königs sei. Und zweitens beginne am nächsten Tag, also am 28. September, um halb elf der Festumzug in Stuttgart. Das Festzugskomitee habe mitgeteilt, dass die Teilnehmer am Umzug sich schon morgens um neun Uhr sammeln müssten.

Sie beschließen, dass acht Männer, Schultes und Pfarrer eingeschlossen, nach Stuttgart fahren dürfen.

Dann erörtern sie, wie sie reisen könnten. Die Extrapost sei am teuersten, weil sie sich nach den Wünschen der Fahrgäste richte. Die Nachtpost koste nicht ganz so viel, aber mit ihr komme man erst in den frühen Morgenstunden in Stuttgart an. Am billigsten sei die Reise mit dem Finkenberger, der mehrmals wöchentlich Brennholz und Handelswaren von Enzheim nach Ludwigsburg und Stuttgart transportiert.

Der Knöpfles Paul vom Rebstöckle findet den Stein der Weisen. Wenn man den Finkenberger in die achtköpfige Abordnung aufnimmt, dann werde der vor Freude einen guten Preis machen. Außerdem könnte man gleich nach dem Abendgottesdienst reisen und sei noch vor Mitternacht in Stuttgart, wenn man vierspännig fahre.

Ganz zum Schluss berichtet der Schultes über den aktuellen Stand im Mordfall Läpple. Bewusst hat er diesen Punkt ans Ende gesetzt, weil er weiß, wie neugierig seine Räte sind und wie gern sie im Kreis herumdiskutieren. Aber in Anbetracht der fortgeschrittenen Zeit, es ist gleich acht, müssen sie sich sputen. Um Viertel nach acht ist nämlich Sitzung des Weinbauvereins im Rebstöckle. Außer der Reihe! Die voraussichtlich sehr schlechte Weinernte erfordert Notmaßnahmen. Keiner, der in der Weinbaupolitik der Stadt mitreden will, darf diese Sitzung versäumen.

Also kann sich der Schultes kurzfassen. Er zählt auf, was bisher war, bedauert das fehlende Engagement der Polizei und versichert, dass er sich um den Mordfall kümmern werde.

# Mittwoch, 15. September 1841

Die Beerdigung ist gegen zwei zu Ende. Der Unterlehrer war an allen Ecken und Enden zu Diensten. Vor dem Begräbnis hat er die Kirche geschmückt. Im Gottesdienst hat er georgelt und in Vertretung für Schulmeister Hartmann den Kirchenchor dirigiert. Und am Grab hat er mit dem Gesangverein den Läpple geehrt, der ab und zu Gast in der Singstunde war. Voller Schmelz und Vibrato in den Stimmen haben die Liederkränzler den Choral *Hier ruhet stumm der Sänger* intoniert. Später, am besten wenn's dunkelt und ihn keiner sieht, muss er noch das Grab zuschaufeln. Jeder Schulmeister ist von Amts wegen Mesner und Leichenbestatter. Also bleibt diese Arbeit auch an ihm hängen, solange Hartmann krank ist. Das alles nimmt der junge Mann für Gotteslohn auf sich in der Hoffnung, den Alten zu beerben, wenn die Schulstelle in ferner Zukunft frei werden sollte.

Eine Pause will er sich jedoch gönnen, sonst schläft er heute Abend beim Dirigieren ein. Darum begleitet er den Schultes zum Leichenschmaus in den Ochsen. Serviert werden Nudelsuppe, Rindfleisch mit Meerrettich, Spätzle, Krautsalat und viel Brot. Kurz nach drei wischt er sich den Mund ab und steht auf. Die Arbeit auf dem Friedhof und im Rathaus warte, sagt er zum Schultes. Doch der nimmt ihn beiseite und verrät ihm, dass er heute nicht den Leichenbestatter spielen muss. Die Läpple wolle, dass zwei ihrer Knechte das Grab schließen. Ein letzter Liebesdienst für ihren verstorbenen Gatten.

Dem Lehrer bleibt der Mund offen stehen.

»Gell, hast ihr schöne Augen gemacht«, grinst der Schultes. »Was gefällt dir mehr an ihr? Das Geld oder die blonden Haare?«

Der junge Mann reißt entsetzt die Augen auf.

»Na, na!« Der Schultes lacht. »Nicht so stürmisch, junger Mann.« Er wird wieder sachlich: »Ich komm in einer Stunde ins

Rathaus nach. Das Geschäft hab ich dir auf meinen Schreibtisch gelegt, wie wir's ausgemacht haben.«

Ostern vor einem Jahr hat sich der junge Mann für das Amt des Ratsschreibers verpflichtet. Mittwochnachmittags ist keine Schule, darum kann er dem Schultes wöchentlich für einen halben Tag als Schreiber dienen. Gegen Geld natürlich und eine warme Mahlzeit in der Linde.

Im Rathaus liegen zwei umfangreiche Verordnungen des Innenministeriums auf dem Tisch. Der Betreff für beide lautet: Verunreinigung von Lebensmitteln. Die eine warnt vor Gefäßen und Geschirr aus Metall und Metallgemischen. Die andere enthält strenge Auflagen für die Herstellung von Branntwein. Er muss, so will es der Schultes, alles genau studieren und für die nächste Stadtratssitzung aufbereiten. Im Weißkupfer sei Arsenik, liest er. Das zersetze den menschlichen Organismus. Deshalb müsse alles aus Weißkupfer, was mit Speisen und Getränken in Berührung kommen könnte, sofort aus dem Verkehr gezogen werden. Kupfer und Kupfergemische wie Messing, Semilor, Tombak, Krongold und Neusilber bildeten Grünspan. Schon eine kleine Portion davon sei giftig. Auch Zinn sei nicht ganz unschädlich. Blei, meist dem Zinngeschirr beigemischt, solle ebenso gemieden werden wie Zink, das oft in Messing sei. Alle Gefäße und Geschirre aus diesen Metallen seien sofort zu ersetzen. Sogar verzinkte Dachabdeckungen, Rinnen und Wasserbehälter, mit denen Trinkwasser für Mensch und Tier gesammelt wird, seien gefährlich.

Besonders hart geht die zweite Verordnung mit den Schnapsbrennern ins Gericht. Denn es sei üblich, Geräte aus Kupfer zu verwenden. Bei Strafe sofort verboten! Auch den Apothekern seien Destilliergeräte aus Kupfer untersagt.

Die Oberamtsärzte werden angewiesen, Wirte, Händler, Apotheker und Schnapsbrenner zu kontrollieren und jeden Verstoß anzuzeigen. Die Gemeindevorsteher müssen die Oberamtsärzte unterstützen und die Bevölkerung über die Gefahren in Haus und Hof informieren.

Der Lehrer überlegt. Was muss der Stadtrat wissen? Was muss man den Bürgern sagen? Gerade will er einen Aushang fürs

Rathaustor schreiben, den auch der Amtsbote ausschellen muss, da betritt der Schultes sein Reich.

Geduldig hört er sich an, was der junge Mann vorschlägt. Er lobt ihn über den grünen Klee und bittet, den Schmidlin nicht zu vergessen. Der brauche eine Abschrift für das *Enzheimer Intelligenz-Blatt*.

Dann kommt er auf den Mord zu sprechen. Die Läpple rücke nicht mit der Sprache raus. Entweder, meint er, weil sie sich wegen ihres Mannes schämt. Oder weil sie kein astreines Gewissen hat. Und die Frieda verweigere jede Auskunft. Er werde aus dem Weibsbild nicht schlau. Hat sie sich mit dem Läpple eingelassen? Oder hat sie gleich mit der Arbeit in der Scheune begonnen? Ihren Bauern habe sie nicht ermordet, das jedenfalls behaupte sie stur.

»Dann muss man den beiden Frauenzimmern die Zunge lupfen«, sinniert der Unterlehrer.

»Nicht nur Lehrer können auf drei zählen«, lacht der Schultes.

Der junge Mann zieht das Genick ein und wird rot.

Darum meint der erfahrene Stadtoberste versöhnlich: »Aber wie?«

Der Lehrer zuckt die Achseln. Ihm schwant nichts Gutes.

»Sie sind verschüchtert. Drum fauchen und kratzen sie wie Katzen, die man in die Ecke treibt.«

»Sie meinen, Herr Bürgermeister, die werden erst reden, wenn man sie zum Schnurren bringt?«

Der Schultes grinst. »Ganz recht.« Dann rückt er mit der Sprache raus: »Das ist deine Arbeit. Die Läpple gefällt dir doch. Oder?«

Der junge Mann schaut sein Gegenüber entsetzt an.

»Du musst sie ja nicht gleich heiraten.« Der Schultes schmunzelt. »Aber ein bisschen schön tun, das kannst du doch, oder?«

Der junge Mann sitzt in der Zwickmühle. Er hat keine Lust, sich so bald zu binden. Aber er ist auf das Wohlwollen des Stadtoberhaupts angewiesen, will er den kranken Schulmeister beerben. Denn eine der raren Schulmeisterstellen in Württemberg bekommt nur, wer von der Schulgemeinde gewählt wird. Und bei der Schulmeisterwahl sprechen Pfarrer und Bürgermeister ein Wörtchen mit.

»Mit zwei auf einmal kannst du natürlich nicht anbandeln. Also such dir eine aus. Die andere verschaff ich.« Der Schultes lacht. Doch der Lehrer weiß, der alte Fuchs meint es ernst.

»Aberjetza im Ernst. Die Läpple wär eine gute Partie für dich. Zugegeben, sie ist ein paar Jährchen älter als du. Dafür hat sie einen großen Hof und vermutlich auch viel Geld.«

Der junge Mann schlägt die Hände vors Gesicht.

»Ich hab nur Spaß gemacht. Aber die Frieda wär was für dich. Wie alt sie genau ist, weiß ich nicht. Jedenfalls sehr jung. Ein nettes Mädle, übrigens.« Der Schultes grinst spitzbübisch. »Wenn sie nicht kratzt und beißt. Allerdings arm wie eine Kirchenmaus.«

»Sie ist noch keine achtzehn.«

»Woher weißt du das? Hast sie schon im Visier, gell?«

»Sie geht noch in die Sonntagsschule.«

»Wunderbar. Dann siehst du sie jeden Sonntag nach der Kirch. Also ran an den Speck, junger Mann. Lupf ihr die Zunge.«

Der Schultes verabschiedet sich wieder. Er müsse noch zu Pfarrer Abel. Der Lehrer bleibt verstört zurück.

Magda, die Wirtstocher, serviert dem Unterlehrer das Essen auf Spesen. Bratwürste mit Kartoffelsalat. Sie setzt sich zu ihm an den Tisch und freut sich über seinen Appetit.

»Hab ich extra für Sie gekocht.« Dem Vater hat sie abgeschaut, dass man mit Gebildeten hochdeutsch reden muss.

Er dankt ihr und sieht sie freundlich an.

»Noch ein Bier, Herr Lehrer?«

»Ich hab doch mein Bier schon gekriegt.«

Sie beugt sich zu ihm hin. »Weiß ich.« Sie zwinkert ihm zu. »Aber ich möcht Ihnen auch mal was Gutes tun. Dann können Sie nachher in der Singstund viel besser dirigieren.«

Sie entfernt sich. Im selben Augenblick geht die Tür zur Linde auf und der Schultes führt den Pfarrer herein.

»Da ist er ja.«

Sie setzen sich zum Lehrer an den Tisch und wünschen ihm einen guten Appetit.

»Grad haben wir nämlich von dir gschwätzt«, erläutert der Schultes. Er siezt nur den Pfarrer und den lieben Gott, gelegentlich noch den König. »Der Herr Pfarrer meint, dass wir auf dem Holzweg sind.«

Magda bringt das Bier und zieht eine Schnute. Sie hat sich so gefreut, mit dem Lehrer allein zu sein.

Ihr Vater sieht nichts und spürt nichts. »Geh, bring uns zwei *Enzheimer Grafenstolz*«, weist er sie an. Und zu Abel sagt er: »Kein Schiller, Herr Pfarrer, reiner Schwarzwelscher von meinem sortenreinen Wengert am Schlossberg.«

Magda zieht beleidigt ab und kommt gleich mit zwei gefüllten Henkelgläsern wieder.

»Seit Montag überleg ich«, sagt der Pfarrer, »ob für den Mord am Läpple wirklich nur die beiden Frauen in Frage kommen.«

»Wer denn sonst noch?«, fragt der Lehrer.

»Nehmen wir einmal an, er hat einer die Ehe versprochen. Dann kommen viele Frauen in Frage, weil der Läpple mit vielen angebandelt hat.«

»Glaub ich nicht.« Der Schultes schüttelt den Kopf.

»Dass der Läpple ein Schürzenjäger ist?«

»Das schon, Herr Pfarrer. Aber Mord mit einer Sichel?«

»Genau«, bestätigt der Lehrer. »Frauen vergiften ihre Männer. Sie morden hinterrücks und heimlich. Sie stellen sich doch nicht zum Kampf.«

»Das würde ja bedeuten, meine Herren«, resümiert Abel, »dass ein Mann den Läpple umgebracht hat.«

Der Schultes wird nachdenklich. »Ja, schon. Aber wer?«

»Ich sehe das anders, Herr Bürgermeister.« Abel lächelt fein. »Amazonen und Walküren gab's schon immer. Nicht nur in den Sagen. Da werden Weiber zu Hyänen, hat unser Schiller gedichtet.«

»Das war einmal, Herr Pfarrer. Heute ist das anders. Heute sind die Weiber brav und kuschen.«

»Zugegeben, mir fällt gerade keine ein. Aber verschmähte Liebe kann eine Frau tollwütig machen. Das glaub ich schon.«

»Dann gut Nacht um sechse.« Der Schultes ist entsetzt. »Ostern wird's, bis ich alle zusammen hab, mit denen der Läpple angebandelt hat.«

»Oder es war Raubmord«, beschwichtigt der Lehrer.

Der Schultes schüttelt entnervt den Kopf. »S dät koin Fatz fehle, hat die Läpple gesagt. Sogar die silberne Taschenuhr hat der Mörder stecken lassen. Geld hat er nicht gesucht.«

»Wegen einer Taschenuhr bringt man keinen um. Das glaub ich wohl.« Der Pfarrer winkt ab. »Aber der Läpple soll vermögend gewesen sein. Ich höre immer wieder, er habe Geld verliehen. Wo ist es? Und wie viel ist es?«

Der Schultes schlägt sich an die Stirn.

»Sehen Sie«, sagt der Pfarrer. »Warum soll man eine Uhr stehlen, wenn man den großen Geldhaufen nehmen kann.«

»Oder jemand hat den Läpple anpumpen wollen«, meint der Lehrer. »Und weil der Läpple ihm nichts leihen wollte …«

»Oder noch anders«, unterbricht Abel. »Einer hat Schulden beim Läpple gehabt und konnte sie nicht zurückzahlen.«

# Donnerstag, 16. September 1841

Gleich nach dem Mittagessen sieht der Schultes nach dem Rechten. Mitten auf seinem Hof hinter der Gastwirtschaft ist die Dreschmaschine aufgebaut. Ein Pferd ist an ein waagrechtes Rad angeschirrt und trottet, von einer Magd geführt, im Kreis und dreht das Rad. Eine Pleuelstange verbindet das waagrechte Rad mit einem senkrechten, das die eisernen Raspeln in der ansonsten hölzernen Maschine antreibt. Ein Knecht und eine

Magd werfen Getreidebüschel von oben in die Maschine. Eine zweite Magd recht unten das leere Stroh weg. Ein anderer Knecht fängt seitlich das Korn in einem Sack auf. Ein dritter Mann wuchtet sich den vollen Sack auf den Buckel und schleppt den Drusch über den Hof zur Putzmühle, die in einer Ecke aufgebaut ist. Langsam leert er den Sack in den Holztrichter. Wilhelm kurbelt wie narrisch und erzeugt in dem Holzkasten einen starken Wind, der das Korn von Spelzen und Dreck reinigt. Der junge Mann ist begeistert. Alles, was klappert und sich dreht, interessiert ihn. Am liebsten würde er die Nachmittagsschule schwänzen. Aber das lässt seine Mutter nicht zu. Eine Magd steht neben ihm und kehrt ständig den Abfall weg. Ein vierter Knecht füllt das mahlfertige Getreide in Säcke, die er in die Scheune trägt.

Der Schultes hat genug gesehen. Er ist zufrieden und macht sich auf zum Läpplehof. Jetzt sitzt er der Witwe gegenüber und fragt sie aus.

»Hat dei Ma net Geld verliehe?«

»Warum?«

»Weil er viel Geld ghet han muss, wenn er s hat verleihe kenne.«

»Dees frag ich mi scho lang. Aber i weiß nix vom a Geld.«

»Hat er dir nie a Geld gä?«

»Noi. Was mir in dr Küch brauchet, dess isch vom Garte raus. Und zweimal im Jahr schlachte mir. On s Eiergeld isch au mei.« Sie denkt nach. »Amol hat er mir Geld gä für de Stoff für a neus Kleid.«

»Aber er hat doch Geld verliehe.«

»So saget d Leut.«

»No muss er doch irgendwo a Geld ghet han. Oder hat er s fortbracht?«

»Wo na?«

»Zum Beispiel nach Stuargert.«

»Mein Hannes isch nie in Stuargert gwä. Des dät i wisse.«

»Aber no muss er s Geld im Haus uffghobe han.«

»I weiß vo nix.«

»Hasch dir scho überlegt, wo er s versteckt han könnt?«

Sie nickt ganz in Gedanken. In der Küche, sagt sie, habe er bestimmt kein Versteck anlegen können. Dort sei immer jemand am Kochen oder Backen oder Einmachen.

»Und im Schlafzimmer?«

Sie schüttelt den Kopf und steht auf. »Komm mit!«, sagt sie und führt den Schultes über die steile Holztreppe in den obersten Stock unters spitze Dach. Dort sind die Mägdekammern. Ein paar Strohsäcke, ein einfacher Schrank. Die Mägde sind bei der Kartoffelernte oder sammeln Mostobst. Nirgendwo eine Nische, wo man ein Versteck anlegen könnte.

Im ersten Stock ist das Kinderzimmer. In der einen Ecke ein Bettchen. Darauf liegt eine Puppe. In der anderen eine bemalte Wiege mit leicht geschwungenen Kufen, damit man das Bübchen schaukeln kann. Ein Kinderstuhl mit Topfeinsatz.

Durch das Kinderzimmer hindurch erreicht man das Elternschlafzimmer. Ein recht schmales Doppelbett mit Baldachin. Darauf zwei kupferne Bettflaschen. An der Wand daneben ein Heiligenbild hinter Glas. Auf der anderen Seite ein Waschtisch mit Spiegel.

»Kann man da drin nichts verstecken?«

Sie wehrt mit der Hand ab und öffnet zugleich das niedere Schränkchen, auf dem eine weiß lasierte, irdene Waschschüssel steht. Ein Wasserkrug, Handtücher und Nachtwäsche kommen zum Vorschein. In der Schublade darüber sind eine Seifenschale mit Deckel und eine Dose mit dem Rasierzeug ihres Mannes.

In diesen Räumen hätte ihr Mann nie etwas versteckt, weil sie da zuhause sei. Gegenüber steht ein bemalter, breiter Kleiderkasten, gezimmert für ein ganzes Menschenleben. Am Schrank hängen Nachtgewänder aus Leinen.

Die Hausfrau öffnet den Kasten und zeigt ihre Aussteuer. Der Schultes schaut hinein, klopft mit den Knöcheln von außen und innen dagegen. Kein Hohlraum. Auch die Truhe enthält nur Bettwäsche. Auf dem Wandbrett darüber liegen die Bibel und das Gesangbuch.

Es wäre ihr aufgefallen, sagt sie, wenn er tagsüber in die Schlafkammer hinaufgestiegen wäre.

Eine Besonderheit ist die kleine Kammer, der ganze Stolz der Hausfrau. In der Mitte steht ein kleiner Webstuhl, an dem sie sich ihre Träume erfüllt. Ein Spinnrad und ein Bügelofen gehören dazu. Auf der Truhe liegen ein paar Bücher. In der Truhe hat sie ihr Handarbeitszeug: Stoffe, gefärbte Wollknäuel, farbige Garne zum Sticken. Der Schultes liest ihr an den leuchtenden Augen ab, dass sie hier zuhause ist.

Das letzte Zimmer auf diesem Stock bewohnt die ledige Schwester des Verstorbenen. Sie ist mit den beiden Kindern auf der Obstwiese. Bloß zum Zuschauen, betont die Mutter, damit die Kleinen sehen und mit der Zeit verstehen, was die Großen tun.

Im Erdgeschoss kommt allenfalls noch die gute Stube für ein Versteck in Frage. Der Holzfußboden ist frisch geölt. Ein mächtiger Schrank, eine bemalte Truhe. Im Buffet mit Butzenscheiben stapeln sich Geschirr und Gläser. Ein quadratischer Tisch vor einer gepolsterten Eckbank und auf den beiden anderen Seiten vier Stühle. Über dem Tisch hängt an drei filigranen Eisenketten eine Petroleumlampe mit einem breiten Schirm aus weißem Glas. Dem Tisch gegenüber steht in der Ecke ein gusseiserner Ofen auf behauenen Steinsockeln, wegen der Brandgefahr. Die Ofenplatten illustrieren ein paar Szenen aus dem Neuen Testament. Gerahmte Stiche hängen an den Wänden. Auf dem Fenstersims liegt die Uhr des Verstorbenen. Alles strahlt Wohlstand und Behaglichkeit aus. So eine Einrichtung würde man eher in einer herrschaftlichen Stadtwohnung als in einem Bauernhaus vermuten.

Die Läpple lehnt sich ans Fenster und schaut dem Schultes schweigend zu. Der geht im Zimmer hin und her, greift mal da hin, trommelt mal dort mit den Fingern dagegen. Ratlos sieht er die Bäuerin an.

Sie führt ihn in den Sutrai und in den Keller. Mit Sicherheit, sagt sie, während er in alle Ecken schnüffelt, könne man hier nichts verstecken. Außer ein paar Stellagen mit Wasch- und Kochgeschirr, Vorratsbehältern, Einmachgläsern, Kraut- und Gurkenfass gibt's hier nichts zu prüfen.

»Und wo schlafe d Knecht?«

Sie führt ihn wortlos über den Hof in die Scheune. Auf der linken Seite sind, eine abenteuerliche Treppe hinauf, im Obergeschoss vier enge Kammern, alle kärglich eingerichtet. Nur dem Oberknecht gehört eine Fidel. Er hat sie übers Bett gehängt. Wird wohl ein lustiger Bursch sein, denkt der Schultes. Genau kennt er die Dienstboten vom Läpplehof nicht, weil die sich meistens nur für ein Jahr verdingen und dann weiterziehen. Ansonsten ist die Scheune gut gefüllt mit dem, was man übers Jahr geerntet hat. In der Einfahrt stehen Pflug, Egge und Wagen.

Ratlos dreht sich der Schultes auf dem Hof im Kreis: Haus, Scheune, Stall, Bauerngarten. Zwischen Scheune und Stall sieht man hinüber zu den Brennnesseln, die auf dem verwahrlosten Nachbargrundstück wuchern. Dort hat man den Bauern gefunden.

Der Schultes steigt über allerlei Abfall bis zu der Stelle und zählt dabei die Schritte. Vierzig. Warum ist der Läpple überhaupt dorthin? Hat er im Gerümpel etwas versteckt? Eigentlich völlig ausgeschlossen! Könnte doch jeder finden.

Als der Schultes kehrtmacht und zur Läpple hinübersieht, die verloren auf ihrem Hof steht, entdeckt er, dass ein paar Brennnesseln, nicht viele, zum Fundort der Leiche hin geknickt sind, nicht zum eigenen Haus. Nur eine Person kann in diese Richtung gegangen sein. Der Läpple war also auf seinem Hof und ist dann zwischen Scheune und Stall hindurch aufs Nachbargrundstück. Aber warum?

Er schlendert gedankenschwer auf den Hof zurück. Ist der Läpple in einen Hinterhalt gelockt worden? Ist er geflüchtet? Aber dann müsste die Spur, die vom Haus wegführt, breiter sein. Denn dann wäre ihm ja jemand hinterhergerannt. Nein, der Läpple ist zweifelsfrei allein hinüber. Warum? Hat er jemand auf der anderen Seite des verwahrlosten Platzes gesehen und ist der unbekannten Person entgegengegangen? In jedem Fall muss sie so kräftig sein, dass sie es mit dem Läpple aufnehmen konnte. Also doch ein Mann! Der Täter kam dem Läpple auf das Grundstück entgegen, schlug ihn nieder und verließ den Tatort auf demselben Weg, den er gekommen war.

»Send ihr oft do num?«, fragt er die Frau, als er wieder auf dem Hof steht.

»Noi, nie.« Sie hat ihre Arme verschränkt, als wolle sie sich vor irgendetwas schützen.

»Könnt dei Ma do a Versteck ghet han?«

»Nie im Lebe, Schultes. Der isch nie do num.« Sie fängt zu weinen an. »I weiß doch net, wo mei Ma s Geld hat. Aber ois weiß i gwies: I han s net. On wenn i net bald des Geld find, no weiß i net, wie i an Martini d Mägd on d Knecht auszahle soll.«

Der Schultes zieht die Augenbrauen hoch. Entweder lügt sie, oder der Läpple hat sie tatsächlich so knapp gehalten, dass sie ohne ihn keinen Schritt tun kann. Aber wie feststellen, ob sie die Wahrheit sagt?

Da kommt ihm ein Gedanke. »On wie hasch dr Pfarrer on dr Lehrer für d Leich geschtert zahlt?«

»S Eiergeld han i em Pfarrer gä. Aber s isch z wenig. I ben em äbbes schuldig bliebe. On em Lehrer han i gsagt, er muss warte, bis i a Geld han.«

»Und de Leicheschmaus?«

Ihr Mann sei mit dem Wirt vom Ochsen gut bekannt gewesen. Der Otto habe ihr gesagt, er könne auf sein Geld warten. Denn der Läpplehof sei so sicher wie die Fuggerbank in Augsburg.

Der Schultes verabschiedet sich. Wie beim letzten Mal macht er sich kopfschüttelnd auf den Heimweg.

Sagt die Läpple die Wahrheit? Er will es wissen. Jetzt. Deshalb stapft er die Luthergasse entlang, steigt am Friedhof die Stäffele hinauf zur Kirchgasse und strebt dem Ochsen zu.

Die Postkutsche steht vor dem Lokal. Der Postillion trägt die Post hinein. Abels Zugehfrau wartet schon auf ihn, denn der Herr Pfarrer verbobbert schier, weil er sein heiligs Blättle, den *Schwäbischen Merkur,* noch nicht gekriegt hat.

Am Schanktisch lehnt der Ochsenwirt und spricht auf zwei Männer ein. Der eine ist ein Gerber, der bei den Bauern die Felle der geschlachteten Tiere aufkauft. Der andere ist ein fahrender Apotheker, der alle paar Monate in Enzheim von Haus zu Haus wetzt und den Hausfrauen seine sündhaft teuren Pillen und Salben aufschwatzt.

»Awa, nie!«, erregt sich gerade Otto Schäfer, der Wirt, den einige in Enzheim auch den Postwirt nennen. Er ist der Gegenschwieger vom Schultes, weil seine Tochter Margret in den Ochsen eingeheiratet hat. »Da kommt grad dr Schultes. Der muss dees wisse.«

»Was muss i wisse?« Der Schultes gesellt sich zu den drei Diskutanten.

»Dr Apotheker meint, i dät a neus Gschirr brauche. Und neue Becher au.« Der Posthalter und Ochsenwirt fuchtelt wild in der Gegend herum. Einen solchen Blödsinn hat er noch nie gehört.

»Doch«, beharrt der Apotheker, »ist auch im *Schwäbischen Merkur* gestanden.«

»I han koi Zeit für dees Pfarrersblättle.«

»Alles Geschirr und alle Trinkgefäße aus Kupfer und aus verschiedenen Metallverbindungen sind in Gaststuben nicht mehr erlaubt. Auch ich muss mir neue Gerätschaften besorgen. Sogar der Herr Bürgermeister muss für die Linde neues Geschirr anschaffen.«

»Fritz, jetzt schwätz du au äbbes.«

Der Ochsenwirt ist schier am Nomschnappe, wie man in Enzheim sagt, am Durchdrehen, am Explodieren. »An solchene Soich muss i mir doch net ahöre!!« Er sieht seinen Gegenschwieger hilfesuchend an.

Der Schultes holt tief Luft. Er will Zeit gewinnen, denn er muss sich selber beruhigen. Nur ein kleiner Funken, schon würde auch er explodieren. Diese überzwerchen Hennemelker in Stuttgart müsste man …

»Ich habe doch recht, Herr Bürgermeister, nicht wahr?«

Der Schultes rollt die Augen, schließt sie gottergeben und nickt.

»Awa, i glaubs net! Ja, spinnet jetzet älle dahanne?« Der Ochsenwirt speit Gift und Galle.

»S isch a neus Gsetz do, Otto. I ka s au net verhebe.«

»Dr Stadtrat muss doch äbbes dagege mache kenne.«

»Noi, Otto, mir hen des vorgeschtert im Stadtrat scho verkuttelt. Dees ka koiner meh verhebe.«

Der Apotheker grinst überlegen und stelzt davon. Kraftlos lässt sich der Ochsenwirt auf einen Stuhl fallen. Es hat ihm die Sprache verschlagen. Stumm langt er im Sitzen eine Flasche vom Schanktisch und schenkt sich einen Schnaps ein. Er zögert, dann füllt er ein zweites Gläsle und schiebt es dem Schultes hin.

Der kippt es im Stehen, legt dem Postwirt begütigend die Hand auf die Schulter und versichert, dass er sich schon seit zwei Wochen über die Herren in Stuttgart maßlos ärgere. Darum habe er die neue Vorschrift auch erst vorgestern im Stadtrat bekannt gegeben. Der Paul Knöpfle vom Rebstöckle sei genauso fassungslos. Wie schändlich die Regierung mit den Wirten umspringe, zeige sich daran, dass der Oberamtsarzt demnächst zur Kontrolle komme. Wer bis dahin seine Gerätschaften aus Kupfer und anderen Metallverbindungen nicht aussortiere, werde angezeigt und komme vor Gericht.

Der Ochsenwirt braucht noch einen Schnaps. In seinem Kopf fängt es an zu rattern. Das sieht man an seinen Händen. Die Lider geschlossen, schlägt er mit dem rechten Zeigefinger gegen die fünf Finger seiner linken Hand. Offensichtlich rechnet er. Dann öffnet er die Augen und verkündet, diese Drecksäcke in Stuttgart würden ihm den Verdienst von vier Monaten stehlen. So mir nichts, dir nichts. Aber versteuern müsse er die Einnahmen trotzdem, die er jetzt für neues Geschirr dransetze. Wenn er die Kerle erwische, werde er sie in der Güllegrube ersäufen und unterm Misthaufen verscharren.

Die drei Enzheimer Wirte müssen zusammenhalten, meint der Schultes, und gemeinsam neues Geschirr und neue Trinkgefäße kaufen. Dann könne man bestimmt den Preis drücken. Zögere man, werde man angezeigt und müsse auch noch Strafe zahlen. Fünfzig bis hundert Gulden mindestens pro Wirt.

Dem Ochsenwirt fällt der Kiefer herunter; er kann es nicht fassen. Aber der Schultes macht ihm klar, dass ein junger Mann, der die Auslosung für die Aushebung versäumt, zwanzig Gulden berappen müsse. Also würde man einem angesehenen Wirt mindestens das Drei- bis Fünffache aufbrummen.

Der Schultes bittet den Ochsenwirt um Nachsicht, dass der Apotheker ihm zuvor gekommen sei. Eigentlich habe er die schlechte Nachricht überbringen wollen. Er rege nun an, dass sich die drei Wirte morgen in der Linde zusammensetzen und den Bedarf an Geschirr und Gefäßen ermitteln. Gleich eile er ins Rebstöckle und lade auch den Paul Knöpfle ein.

Der Ochsenwirt ist immer noch nicht bei sich. Er sieht den Schultes mit großen Augen an, bis ihm der einen Klaps auf den Rücken gibt. Ganz in Gedanken streckt er dem Kollegen die Hand hin und nickt. »Wann?«

»Um zwei?«

»Gilt.«

Der Schultes wendet sich zur Tür, dreht sich jedoch noch einmal um. »Hat d Läpple de Leicheschmaus scho zahlt?«

»Warum?«

»I weiß net, ob se Geld hat.«

»Noi, hat se net. Aber dr Läpple hat Geld ghet. Viel Geld. Do ben i sicher. I krieg mei Geld.«

# Sonntag, 19. September 1841

Nach dem Gottesdienst ist Sonntagsschule. Die Mädchen sind beim Rechnen. Unterlehrer Wilhelm sitzt am Katheder, das auf einem Podest steht, und stellt einfache Aufgaben, die man im Kopf lösen kann. Zusammenzählen, abziehen, teilen und vervielfachen. Grundrechenarten üben, so steht es im Lektionsplan, damit die Schulentlassenen das bisschen Allgemeinbildung aus der Volksschule nicht verlernen.

Außer dem Lehrer und den Schülerinnen sind noch etliche Gegenstände im Schulsaal. Vor allem Bilder. Das Porträt zwischen der großen Tafel und dem gusseisernen Ofen zeigt König Wilhelm in dunkelblauer, goldbetresster Uniform. Auf den Farblithografien an der langen Innenwand sieht man das neue Schloss in Stuttgart, gefährliche Giftpflanzen wie die Tollkirsche, eine englische Lokomotive und die derzeit möglichen Arten, im Königreich Württemberg zu verreisen: zu Fuß, zu Pferde, mit der Postkutsche oder mit dem Schiff. Neben der Tafel befindet sich der Setzkasten. Schlechte Leser müssen an ihm aus Buchstaben ganze Wörter und Sätze zusammensetzen. Auf dem Regal im Hintergrund liegen ein paar Bibeln, die einzigen Bücher in der Schule. Darüber stehen versiegelte Gläser, in denen Tiere in Schnaps konserviert sind. Beispielsweise eine Blindschleiche, ein Feuersalamander und ein Vogelembryo. Neben dem Regal hängt die Hundertertafel. Auf ihr können schwächere Lerner auf- und abzählen und so das Rechnen bis hundert bimsen.

Magda Frank, die jüngste Tochter des Schultheißen, sitzt in der ersten Bank. Das schreibt sie Pfarrer Abel gut. Der hat nämlich angeordnet, dass die besten Schülerinnen vorn und die schlechtesten hinten sitzen müssen. »Dann sieht man auf einen Blick, wo die Könner und wo die Nichtskönner sind«, hat er gesagt.

Jede Bank hat eine schräggestellte Schreibplatte und vier an der Rückenlehne verschraubte Klappsitze. Die Sitze aller Bänke sind durchnummeriert. Auf Platz 1 thront mit sichtlichem Stolz die Klassenbeste, ein Mädchen mit langen Zöpfen und beachtlichen Segelohren. Magda hat Platz 2. Das verdankt sie nicht dem Pfarrer, den der Schultes öfters mit seinem besten Wein beschenkt. Eher ihrem Vater, der ihr das Abkassieren in der Linde überlässt. Beim Rechnen ist sie schnell und sicher. Sie rechnet schneller als die Feuerwehr. Vielleicht ist das jedoch in Enzheim kein Maßstab, weil hier selbst im Brandfall nichts pressiert. Vor allem rechnet sie so schnell, weil sie dem Lehrer imponieren will. Darum meldet sie sich bei jeder Aufgabe.

»2 Gulden 38 Kreuzer und 1 Gulden 42 Kreuzer, wie viel sind das?«, fragt der Lehrer.

Sofort schnellt Magdas Finger in die Höhe.

»Wer weiß es noch?«

Weitere Schülerinnen strecken.

»Maria!«

»4 Gulden, Herr Lehrer.«

»Rechne es laut vor!«

Maria steht auf. »2 Gulden und 1 Gulden sind 3 Gulden. 38 Kreuzer und 42 Kreuzer sind …« Sie schaut hilfesuchend zur Decke.

»Magda, hilf ihr!«

Das lässt sich Magda nicht zweimal sagen. Sie spritzt auf und wirft sich in die Brust. Schon früh am Morgen hat sie sich gründlich gewaschen, von Kopf bis Fuß. Nicht nur mit frischem Wasser. Nein, von der teuren, parfümierten Seife der Mutter hat sie heimlich genommen. Dann hat sie sich die Haare gebürstet, ihr schönstes Kleid angezogen und ein paar Tropfen Maiglöckenduft hinter die Ohren getupft. Seit Wochen kann sie es kaum erwarten, in die Sonntagsschule zu dürfen. Den jungen Mann hinter dem Katheder schmachtet sie abgöttisch an und verschlingt ihn mit den Augen. Jeder Blick von ihm ist Labsal für ihre Seele, jede Regung ist Wonne, jedes Wort ist Balsam für sie. Selbst ein Wirbelwind, mag sie seine weiche, ruhige Art. Gegensätze ziehen sich an.

»2 Gulden und 1 Gulden sind 3 Gulden. 38 Kreuzer und 42 Kreuzer sind 80 Kreuzer. 80 Kreuzer sind 1 Gulden 20 Kreuzer. Zusammen sind das 4 Gulden 20 Kreuzer.« Sie lächelt den blonden Jüngling bestrickend an, hofft sie doch, dass er baldmöglichst ihre offenkundigen Reize entdeckt.

Doch der Angebetete macht nur eine kleine, zustimmende Handbewegung. Dann wendet er sich an die ganze Klasse. »War die Aufgabe so schwer?«

Die meisten Mädchen nicken eifrig.

Magda setzt sich. Sie ist enttäuscht. Nur ein Abglanz seiner Zuneigung, das hätte ihr gereicht. Aber so kühl? Heftig schüttelt sie den Kopf.

Der Lehrer seufzt. Er weiß, dass das Rechnen in der Volksschule erst seit sechs Jahren gesetzlich vorgeschrieben ist. Zwar wird es in der Enzheimer Schule schon seit Abels Dienstantritt praktiziert. Aber viele Mägde stammen aus fremden Gemeinden, in denen sie vielleicht ganz zum Schluss ihrer Schulzeit, wenn überhaupt, die allerersten Anfänge der Rechenkunst mitbekommen haben.

Die Mädchen sind unruhig. Hat er sie überfordert?

»Wer quatscht, fliegt raus!«

Die Drohung des Lehrers wirkt sofort. Vor die Tür gestellt werden, das gilt unter den Schülerinnen als Schande.

»Dann wollen wir es mit ein paar leichten Aufgaben probieren. Was ist 60 weg 15? Frieda, weißt du's?«

Frieda erhebt sich zögernd und wird puterrot.

Der Lehrer lächelt verzeihend. »Soll ich dir helfen, Frieda?«

Das Mädchen in der letzten Reihe senkt beschämt den Blick.

Magda ist empört. Sie hat es genau gesehen. Ihr Auserwählter hat diese dumme Kuh angelächelt. Jetzt will er ihr sogar helfen. Am liebsten wäre sie aufgestanden und hätte ihr die Augen ausgekratzt. Sie kann ja nicht wissen, dass das alles auf Weisung geschieht. »Ran an den Speck. Lupf der Frieda die Zunge.« Der Lehrer hat die Worte des Schultheißen noch genau im Ohr.

Unterlehrer Wilhelm steigt vom Katheder und begibt sich in die letzte Reihe. Vor Friedas Platz setzt er sich auf die Schreibplatte und beugt sich zu ihr hin.

Magda platzt schier vor Wut.

»Schau, Frieda.« Er streckt der jungen Magd sechs Finger hin. »Das sind 60. Jetzt nehmen wir 10 weg.« Er klappt den sechsten Finger weg und hält ihr die gespreizten fünf Finger seiner rechten Hand vors Gesicht. »Wie viel haben wir jetzt?«

»5, äh, 50.«

»Gut, Frieda.« Er tritt vor die Hundertertafel. »Nun zähle von 50 aus rückwärts, bis du fünf Zahlen weggenommen hast.«

»50, 49, ...«

»Nein, Frieda, du musst mit 49 beginnen.«

»49, 48, 47, 46, 45.«

»Sehr gut, Frieda. Wie viel ist also 60 weg 15? Du hast ja eben die Zahl genannt.«

»45, Herr Lehrer.«

»Das hast du fein gemacht, Frieda.« Er geht wieder vor zum Katheder, dreht sich um und sagt: »Frieda, bleib bitte nach der Schule da. Ich muss mit dir reden.«

Magda ist außer sich. Freiwillig wird sie der blöden Kuh den jungen Mann nicht überlassen. Der gehört ihr. Notfalls will sie um ihr Glück kämpfen. Denn von den Kerlen im Städtle, die ihr manchmal feurige Blicke zuwerfen, aber nicht rechnen können, möchte sie nichts wissen.

Des Schultheißen Töchterlein lauscht. Das Ohr an die Tür gepresst, versucht Magda mit angehaltenem Atem, das Gespräch zwischen dem Lehrer und der Magd zu entschlüsseln. Ihre waidwunde Seele verführt sie zu wirren Gedanken.

Ganz deutlich hört sie Frieda kichern. Ist gerade nicht auch das Wort »Tanz« gefallen? Unwirsch schüttelt sie den Kopf.

Sie richtet sich auf und reimt sich den Rest zusammen, ohne zu überlegen, ob sie sich vielleicht verhört hat. Für sie ist die Sache klar. Glasklar sogar. Der Lehrer hat die dumme Kuh zum Kirchweihtanz eingeladen.

Magda ist entsetzt. Haben die zwei ein paarmal miteinander getanzt, schon entfacht das ein Lauffeuer im Städtle. Der Lehrer hat eine Holdschaft, ein Verhältnis, wird es heißen. Er und Frieda täten miteinander gehen. Dann sind die eigenen Träume von einem Leben an der Seite des Angebeteten zunichte, bevor sie überhaupt begonnen haben. Unter allen Umständen muss sie der Frieda das Tanzen verwehren. Aber wie?

Sinnend schleicht sie die Treppe ins Erdgeschoss hinunter, verlässt das Haus und versteckt sich spontan hinter der Holzbeige neben der Schulhaustür.

Während der Lehrer im oberen Schulsaal seine Sachen packt und vor sich hin pfeift, kommt Frieda aus dem Schulhaus. Mir nichts, dir nichts hat sie eine saftige Ohrfeige im Gesicht und einen innigen Tritt vors Schienbein.

»Was hasch mit em Lehrer gschwätzt?« Magda packt Frieda mit beiden Händen an den Haaren und drückt den Kopf der Nebenbuhlerin zu Boden.

»Geht di nix a!«

Mit der linken Hand hält Magda den Kopf fest, mit der rechten verpasst sie der vermeintlichen Rivalin noch eine Dachtel.

Frieda keucht, aber Magda lässt nicht los.

»Willsch mit em Lehrer a Holdschaft afange?«

Frieda weiß, dass ihr Magda als Tochter des Schultheißen über ist. Gleichgültig, was auch immer geschehen wird, gegen die Hierarchie im Städtle kommt sie nicht an. Darum sagt sie: »I han scho an Freund. Die dürre Zaunlatt brauch i net.«

»Schwör's!«

»I schwör's.«

»On koin Tanz mit em Lehrer!«

»I schwör's.«

»No hau ab!«

Kaum ist Frieda ins Feuergässle gerannt und hinterm Friedhof verschwunden, stößt der Lehrer die Schulhaustür auf.

»Du, Magda? Ich dachte, du bist längst zuhause.«

»Ich habe etwas verloren, Herr Lehrer. Darum bin ich den Weg wieder zurück.« Sie spricht jetzt nach der Schrift und zerfließt vor Anmut. Ihre blauen Augen umschmeicheln seine lichte Gestalt.

»Du kannst gut rechnen, Magda. Wo hast du das gelernt?«

Sie himmelt ihn an. »In der Sonntagsschule. Bei Ihnen, Herr Lehrer.«

Der junge Mann errötet. Er ist verlegen.

Ganz dicht drängt sie sich an ihn. »Gehen Sie auch zum Tanz, Herr Lehrer?«

»Ja.«

»Mit wem tanzen Sie dann?«

»Ich tanze nicht.«

»Warum nicht?«

»Ich muss doch zum Tanz aufspielen.«

## Montag, 20. September 1841

»Was haben Sie mit dem Scharwächter gemacht?« Pfarrer Abel will es wissen. Zusammen mit Schultes Frank sitzt er in seiner Amtsstube im Pfarrhaus. Sie warten auf Unterlehrer Wilhelm, der am Glockenseil hängt, wie das Abendläuten dem ganzen Städtle verkündet.

»Warum?«

»Weil er seit Tagen kreuzbrav ist, nüchtern dazu und sauber gewaschen und gekleidet.«

»Ich hab ihm gesagt, dass ich ihm die Läuf abschlag, wenn er bis Martini auch nur einmal Alkohol trinkt. Außerdem muss ihn der Amtsbote zweimal am Tag überwachen und allen Leuten untersagen, ihm etwas Alkoholisches anzubieten.«

»Sehr gut, Herr Bürgermeister. Seine Frau lobt Sie über den grünen Klee.«

»Jeden Samstag kommt die Agathe zu mir in die Linde und holt seinen Wochenlohn ab.«

Der Unterlehrer stürzt herein.

»Bin ich zu spät?« Er blickt gehetzt um sich. »Ich bitte ergebenst um Verzeihung.« Außer Atem fügt er entschuldigend an: »Ich musste die Abendglocken läuten.«

Die drei Männer haben sich kurzfristig verabredet. Erstens, weil Schulmeister Hartmann am Samstag gestorben ist. Und zweitens, weil im Mordfall Läpple nichts vorangeht.

Hartmanns Tod hat die Enzheimer zwar nicht überrascht, aber er kam dann doch plötzlich und traf die Gemeinde unvorbereitet. Seit Jahr und Tag litt der alte Schulmeister am Steckfluss. Eine hartnäckige Verstopfung der Lungen machte ihm das Atemholen beschwerlich. Vor zwei Jahren kam die Andreaskrankheit hinzu. Er konnte kaum noch die Kreide halten; meist bat er ein Mädchen aus der achten Klasse, für ihn an die Tafel zu schreiben. Am Donnerstagabend hat er ein Schlägle gekriegt, und am übernächsten Morgen ist er verschieden, ohne noch einmal das Bewusstsein erlangt zu haben.

Der Unterlehrer hat seine beiden Vorgesetzten am Nachmittag um diese Unterredung gebeten.

»In der Schule kann ich gar nicht mehr ans Lernen der Kinder denken«, beklagt er. »Die große Schülerzahl und die räumliche Enge im Schulhaus machen einen geordneten Unterricht unmöglich.«

Seit Schulmeister Hartmann im Frühsommer bettlägerig geworden sei, habe er alle hundertsechzig Volksschüler am Hals. In keinem der beiden Schulsäle sei Platz für so viele Kinder. Darum blieben die Oberstufenschüler in ihrem Klassenzimmer im ersten Stock und die Erst- bis Viertklässler im Erdgeschoss. Aber alle paar Minuten müsse er im Schulhaus auf und ab flitzen. Viel Zeit gehe dadurch verloren, und die Kinder seien unruhig.

»Und das ist noch lange nicht alles.« Der Lehrer ist völlig aufgelöst. »Die Nebenämter des Verstorbenen habe ich auch übernehmen müssen. Das Mesneramt in der Kirche, auf dem Kirchplatz und auf dem Friedhof. Den Organistendienst. Die Pflege der Kirchturmuhr. Das alltägliche Glockenläuten.« Er nimmt die Finger zu Hilfe und zählt weiter auf: »Hilfsdienste bei Taufen, Hochzeiten, Beerdigungen, Kirchenfesten. Nicht zu vergessen die Leitung des Kirchenchors und die Sonntagsschule.« Er wischt sich nervös die Stirn. »Dann meine eigenen Aufgaben als Unterlehrer in der Schule, im Gesangverein, als Ratsschreiber, fürs *Enzheimer Intelligenz-Blatt*.« Er holt tief Luft. »Ich bin am Ende.«

So sieht er auch aus: abgemagert, müde, abgekämpft, bettreif. Ein Bild des Jammers. Schlimmer noch als im Lied vom armen Dorfschulmeisterlein besungen.

Pfarrer Abel hat ein Einsehen. Nein, er hatte es schon längst.

»In aller Stille«, sagt er, »habe ich vor der Sommervakanz Herrn Direktor Riecke vom Esslinger Lehrerseminar geschrieben und um einen Absolventen für Enzheim gebeten. In Württemberg gebe es zu wenig Junglehrer, hat mir Riecke geantwortet, aber im Großherzogtum Baden seien etliche Provisoren ohne Arbeit. Darum habe ich mich an die Kirchenbehörde in Karlsruhe gewandt. Nächste Woche tritt ein junger Mann namens Anton Baumeister hier an.«

Der Schultes ist sprachlos. »Respekt, Herr Pfarrer«, bringt er mühsam hervor.

Der Unterlehrer staunt seinen Pfarrer und Schulleiter mit offenem Mund an.

Abel lächelt. »Bis Samstag müssen Sie noch durchhalten, lieber Herr Lehrer. Aber für den Rest der Woche dürfen Sie den Unterricht halbieren. Vormittags zwei volle Stunden für die Unterstufe und zwei für die Oberstufe. Nachmittags eine Stunde für die Kleinen und zwei für die Großen. Einverstanden?«

Der Lehrer atmet erleichtert auf und sieht Abel dankbar an. »Natürlich, Herr Pfarrer. Danke.«

»Und am Sonntag«, Abel wendet sich an den Schultes, »werden wir nicht umhin können, eine gemeinsame Sitzung von Kirchenkonvent und Ortsschulrat abzuhalten. Nicht wahr, Herr Bürgermeister?«

Der Schultes seufzt, denn er weiß, dass er die nicht schwänzen darf.

»Ist alles für die Beerdigung unseres lieben Verstorbenen vorbereitet?«, wendet sich der Pfarrer an den Lehrer.

»Von meiner Seite schon, verehrter Herr Pfarrer. Kirchenchor und Liederkranz werde ich dirigieren. Lieder und Choräle sind eingeübt.«

»Dann zum Mord.« Abel runzelt die Stirn. »Die Menschen sind beunruhigt, weil sie ahnen, dass einer unter uns ist, der den Läpple auf dem Gewissen hat.« Er sieht den Schultes besorgt an. »Diese Ungewissheit kann die Gemeinde nur kurze Zeit ertragen, ohne an ihren Vorderleuten zu zweifeln. Sie, Herr Bürgermeister, und ich, wir beide stehen in der Pflicht.«

Der Schultes breitet hilflos die Arme aus. »Aber was kann ich noch tun? Der Gendarm hat gemeint, ich soll die Läpple und ihre Magd so lange ins Loch sperren, bis eine der beiden singt.«

»Dummes Zeug. Das riecht ja nach Hexenjagd. Die Hände in den Schoß legen dürfen wir aber auch nicht.«

Der Schultes nickt. »Haben wir nicht, Herr Pfarrer. Der Herr Lehrer hat sich die Frieda vorgeknöpft. Ich die Läpple.«

»Na, Herr Lehrer«, fragt Abel, »was sagt die Magd?«

»Sie ist bockig.«

»Warum?«

»Mir scheint, sie hat eine Liebschaft, die sie aber für sich behält. Sie ist ein unbedarftes Mädchen, beileibe keine Mörderin.«

»Und was haben Sie herausgefunden, Herr Bürgermeister?«

»Der Läpple ist am Sichelhenkensamstag gegen vier, halb fünf nach Hause. Die Frieda war bei ihm. Was er zuhause gemacht hat, weiß ich nicht. Jedenfalls muss er noch vor sechs zwischen Scheune und Stall aufs verlotterte Nachbarstückle gegangen sein.«

»Woher wissen Sie das?«

»Weil alle gleich nach dem Sechseläuten in der Scheune waren. Da hat der Läpple schon gefehlt.«

Abel schüttelt den Kopf. »Vielleicht war der Läpple bei einem Nachbarn und ist nach sechs auf dem Weg zur Scheune von seinem Mörder gestellt worden. Dass der dann nicht auf dem Läpplehof beschäftigt sein kann, ist sonnenklar.«

»Aber der Läpple ist von seinem Hof aufs Nachbargrundstück hinüber. Zwischen Scheune und Stall hindurch«, widerspricht der Schultes. »Das ist eindeutig. Wäre er erst nach sechs dorthin, hätten ihn seine Leute durchs Scheunentor über den Hof gehen sehen. Außerdem hätten sie ihn schreien hören, als er von der Sichel getroffen wurde.«

»Das glaube ich nicht, Herr Bürgermeister. Wenn die Sichelhenke beginnt, freuen sich alle und schreien durcheinander. Da kann man leicht etwas überhören oder übersehen. Außerdem ist für mich nicht ausgemacht, ob der Läpple überhaupt geschrien hat. Vielleicht kam der erste Streich gegen sein Ohr so überraschend, dass er entsetzt an seinen Kopf greifen wollte. Und schon sauste die Sichel zum zweiten Mal nieder. Mitten ins Herz. Da kann man nicht mehr schreien. Da macht es nur noch pfft.«

»Wenn der Läpple nach sechs erstochen worden ist«, mischt sich der Lehrer ein, »kann's nur seine Frau gewesen sein. Nach sechs war die Frieda nämlich in der Scheune. Das hat sie mir selber gesagt. Und die Läpple bestätigt es.«

»Letzte Woche habe ich auch gedacht, eine der beiden Frauen war's.« Der Pfarrer lächelt entschuldigend. »Inzwischen bin ich jedoch zur Ansicht gelangt, dass wohl nur ein Mann als Täter infrage kommt.«

Der Schultes schüttelt genervt den Kopf. »Bei mir dreht sich alles im Kreis. Ich weiß nicht mehr, was ich glauben soll.«

»Nehmen wir einmal an«, sagt Abel, »jemand hatte es auf das Geld vom Läpple abgesehen. Dann gibt es zwei Möglichkeiten. Entweder hat der Mörder schon das Geld. Oder er hat es noch nicht.«

Der Lehrer schaut sich um, nimmt einen Zettel und einen Bleistift von Abels Schreibtisch und fängt an zu rechnen.

Das verwirrt den Schultes noch mehr.

Doch der Pfarrer fährt ungerührt fort: »Und wenn er es nicht hat? Dann ist es noch am alten Platz. Aber wo?«

»Ich habe ausgerechnet«, meldet sich der Lehrer zu Wort, »dass vierundzwanzig Guldenstücke etwa ein Pfund wiegen. Sollte der Läpple fünfhundert Gulden gehabt haben, dann wären das mehr als fünfzehn Pfund in Silber. Im Hosensack kann man das nicht davontragen.«

»Was du alles weißt«, staunt der Schultes.

Abel lacht. »Sehr gut, Herr Lehrer. Damit dürfte feststehen, dass der Läpple ein größeres Versteck hatte. Tausend Gulden und mehr waren es bestimmt, wenn er Geld verleihen konnte. Das ist eine ganze Menge. Die braucht Platz und ist schwer.«

»Ein ganzer Schmalzhafen voller Gulden.« Der Lehrer kriegt rote Bäckchen und glänzende Augen.

Der Pfarrer lacht. Er macht sich nicht viel aus Gold und Silber.

Der Schultes ist skeptisch. »Wenn's Raubmord war, dann hat der Mörder das Versteck gekannt und leer geräumt. Sonst hätte er ihn doch nicht umgebracht.«

»Oder er hat ihn über den Jordan geschickt, weil er glaubte, das Versteck rasch finden zu können. Und jetzt sucht er es noch«, wirft der Lehrer pfiffig ein.

Pfarrer Abel hebt mahnend den Finger. »So oder so. Wir müssen das Versteck finden, auch wenn es möglicherweise leer ist.«

»Aberjetza, was schlagen Sie vor, Herr Pfarrer?«

»Sie, Herr Bürgermeister, sollten sich noch einmal auf dem Läpplehof umsehen. Vielleicht finden Sie doch das Versteck. Und ich höre mich im Städtle um, wer Geld beim Läpple geliehen hat. Meine Herren, bitte kommen Sie am Donnerstag vor dem Abendläuten wieder zu mir.«

# Donnerstag, 23. September 1841

*D*em Pfarrer vertrauen die meisten Männer mehr an als ihrer eigenen Frau.« Abel lacht. »Ich habe mit ein paar gesprochen, die in der Klemme waren und Geld geliehen haben.«

»Und bei allen hat's der Läpple so gemacht?« Der Lehrer legt die Stirn in Falten. Er denkt angestrengt nach. »Das heißt doch ...«

»Genau. Alles muss in seinem Buch stehen.«

Der Schultes trinkt aus. Abel schenkt ihm ungefragt nach.

»Schmeckt Ihnen Ihr Wein, Herr Bürgermeister?«

»Weil's Wetter heuer so lätz gewesen ist, Herr Pfarrer, wird der Einundvierziger kein so guter Wein. Also bewahren Sie den alten Jahrgang auf.« Er hält das Gläsle gegen das Licht und genießt mit geschlossenen Augen seinen *Enzheimer Grafenstolz.*

In Enzheim zahlt jeder Wengerter einen Teil seiner Kirchensteuer mit Gefällwein. Wer mit dem Pfarrer über Kreuz ist, der liefert seinen größten Sauerampfer ab. Der Schultes dagegen wählt stets seinen besten Tropfen aus, weil er Abel schätzt und ein gutes Verhältnis zu ihm hat. So darf er sich jedes Mal, wenn er im Pfarramt sitzt, an seinem eigenen Wein erfreuen.

»Hat er viel verliehen?«

»Ich weiß es nicht, Herr Lehrer, aber ich schätze, mehr als wir ahnen.«

»Immer zu zehn Prozent?«

»Ja.«

»Jetzt könnte man einen Zwiebelkuchen vertragen.« Dem Schultes läuft sichtlich das Wasser im Mund zusammen, denn er schluckt heftig.

»Auch bei armen Leuten?«

»Ja, Herr Lehrer, ohne Mitleid.«

»Und über alles hat er Buch geführt?«

»Musste er wohl, denn er hat kein Geld ohne schriftliches Schuldbekenntnis herausgerückt. So hat man mir gesagt.«

Die drei Herren sitzen im Pfarrgarten in der Sonne. Goldgelbe Quitten und rotbackige Äpfel glänzen zu ihnen herüber. Die Blumenrabatten strahlen in allen Farben. Drüben auf dem Kirchplatz schmeißen ein paar Buben mit Ästen nach den Kastanien.

»Seit der Leich vom Schulmeister am Dienstag ist schönes Wetter. Das hätten wir im Frühsommer brauchen können.« Die Wärme hat den Schultes schläfrig gemacht. Den ganzen Tag musste er in seinem Wengert schuften. »Schad, dass mr d Sonn no net einmache ka«, sagt er abwesend und blinzelt hinüber zu den Spatzen und Meisen, die in den Sonnenblumen hängen.

»Geht's Ihnen gut, Herr Bürgermeister?« Abel zwinkert dem Lehrer zu.

»Ah. Diese himmlische Ruhe.« Der Schultes streckt die Füße weit von sich und verschränkt die Arme hinter dem Kopf.

»Haben Sie's gefunden?« Abel lächelt nachsichtig.

»Was?« Der Schultes schreckt hoch.

»Das Buch vom Läpple.«

Der Schultes zermartert sich das Hirn. »Welches Buch, Herr Pfarrer?«

»Darüber reden wir doch die ganze Zeit.« Abel lacht verzeihend. »Der Läpple hat Buch geführt.«

»Sie meinen, der Läpple hat aufgeschrieben, wem er Geld verliehen hat?«

»Ja. Alle, mit denen ich gestern und vorgestern sprach, berichten von einem Buch mit Wachsumschlag. Immer auf der linken Seite habe Läpple den Namen und den Betrag notiert und vermerkt, dass der Zins zehn Prozent beträgt. Und auf die rechte Seite habe er das Datum gesetzt, bis zu dem man das Geld samt Zinsen zurückzahlen musste. Erst wenn man rechts unten unterschrieben hatte, holte er seine Geldkatze aus dem Hosensack und zählte das Geld bar auf die Hand. Nur Silbergulden. Nie Dukaten.«

Der Schultes kratzt sich am Kopf. Es ist ihm peinlich. Er hatte von einem Stück Schinkenwurst und einem Zwiebelkuchen geträumt.

»Sie wollten doch noch einmal bei der Läpple nachsehen, ob irgendwo auf ihrem Hof etwas versteckt sein könnte.«

»Ja, ja, ich war gestern bei der Läpple.« Mit Sicherheit wisse sie nicht, ob und wo ihr Mann Geld versteckt hat. Sie sei pleite und lasse überall anschreiben. Er habe das Dachgebälk genau inspiziert, auch die Holzvertäfelungen im Hausflur. Nichts, kein Hohlraum, in den man Geld oder ein Buch hineinstopfen könnte. Auch in der Wohnstube habe er nichts gefunden. »Ich meine, Herr Pfarrer, der Läpple hatte sein Versteck anderswo.«

»Hat er in Enzheim weiteren Grundbesitz? Oder hatte er einen Lagerraum gepachtet?«

»Als Schultes«, er schüttelt den Kopf, »müsste ich das wissen.«

»Dann bleibt nur der Hof als Versteck. Die Männer, die mich ins Vertrauen gezogen haben, berichten übereinstimmend, dass der Läpple binnen weniger Minuten Geldwünsche befriedigen konnte.«

Der Schultes wird nachdenklich. Vor der Hochzeit, sagt er, habe sich der Läpple auf Rechnung seines Schwiegervaters Möbel machen lassen. Nicht beim Gäbele in der Betnoppelgasse, sondern bei einem Möbelschreiner in Ludwigsburg, der für bessere Herrschaften arbeite. Einen Tisch, sechs geschnitzte Stühle, eine bemalte Truhe, eine Standuhr und einen reich verzierten, großen Kasten. Wirklich schöne Möbel seien das. Anfangs habe er gedacht, der Läpple könnte vielleicht in einem der kostbaren Stücke ein Versteck haben. Alles habe er abgeklopft, von innen und außen, aber ein Versteck habe er nicht gefunden. Deshalb müssten das Geld und das Buch irgendwo auf dem Dachboden oder im Sutrai in einem verborgenen Hohlraum stecken.

»Verzeihung, Herr Pfarrer, aber i han koi Geld.« Die Läpple steht mit hängenden Schultern an der Tür und fängt zu weinen an.

»Deshalb bin ich ja gekommen. Bezahlen Sie die Beerdigungskosten doch erst im neuen Jahr.«

Sie bittet ihn ins Haus und geht in die Wohnstube voraus.

»Derf i Ihne a Gläsle Wei abiete? An frische Zwieblkuache han i au bache.«

Sie komplimentiert ihn aufs Schäslo und rennt in die Küche. Gleich darauf drückt sie ihrem Gast ein Glas Wein in die rechte Hand und ein großes Stück Zwiebelkuchen in die linke. Sie selber begnügt sich mit einem Tässchen Kamillentee.

»Han i selber gsammelt«, sagt sie bescheiden und rührt Kandiszucker in ihren Tee. »Lasset Se sichs schmecke, Herr Pfarrer.«

Abel kennt die Gebräuche in Enzheim. Nur die Torte isst man mit dem Löffelchen vom Teller. Für den Kuchen benutzt man die Vatersgabel, wie man hier sagt, die Hand. Der Zwiebelkuchen ist nicht teigig, der Boden ist luck und doch fest genug, um den Zwiebeln Halt und geschmacklichen Kontrast zu geben.

Die Läpple erstaunt ihn immer mehr. Er kennt sie ja kaum. Vor etlichen Jahren hat sie in den Läpplehof eingeheiratet. Sie stammt aus irgendeinem Dorf vom Stromberg heraus, einer Wein-Wald-Region um Bönnigheim, Brackenheim und Cleebronn. In Enzheim hat sie sich bisher bescheiden im Hintergrund gehalten. Ihr Mann hätte wohl nichts anderes geduldet.

Dass sie Kamillen sammelt und im ersten Stock eine eigene Kammer mit Webstuhl und allerlei Handarbeitszeug hat, wie der Schultheiß berichtet hat, deutet wohl auf eine stille Seele hin. Laut sagt der Pfarrer: »Schöne Möbel haben Sie.«

Ja, bestätigt sie, die habe ihr Mann in Ludwigsburg schreinern lassen. Dieses Zimmer sei sein Heiligtum gewesen. Nur besondere Gäste durften es betreten. Knechte und Mägde habe er hier nicht geduldet, und die meisten anderen Enzheimer auch nicht. Aber das werde sie ändern.

Abel kaut genüsslich und sieht sich in der Stube um: Kasten, Truhe, Buffet, Tisch, Polsterstühle, Schäslo, Standuhr, Lampe und ein paar gerahmte Bilder an der Wand. Kein anderes Wohnzimmer in Enzheim könnte mit diesem mithalten. Sein eigenes auch nicht.

»Und wie war Ihr Mann zu Ihnen?«

Sie zuckt die Achseln. »O jegesle, Herr Pfarrer«, sagt sie, »i derf net jammere. Mei Johann isch oiga gwä. Scho mei Vadder hat mi vor em gwarnt. Anna, hat er gsagt, dr Johann isch a Lodderfall. Ein Tag so, dr ander Tag andersch. A Lompafetz halt, hat mei Vadder gsagt.« Sie schluchzt.

»Hilft Ihnen Ihr Vater nicht aus der Klemme?« Abel schluckt den letzten Bissen hinunter und leckt sich die Finger ab.

»I trau mi net zum frage. Bevor i s Geld vom Johann net gfunde han, gang i net hoim.«

Der Pfarrer zieht seine Geldkatz heraus.

Die Läpple reißt die Augen auf; sie ist so verblüfft, dass sie nichts sagen kann.

Abel legt zehn Guldenstücke neben sich aufs Schäslo. »Stecken Sie's weg. Und bitte zu niemandem ein Wort. Versprochen?«

Ihr laufen die Augen über. Sie schnäuzt sich und nickt eifrig. Dann steht sie auf, streicht die Gulden in ihre Hand und lässt sie in ihrer Schürzentasche verschwinden. »Dank schö, Herr Pfarrer. Dees denkt mir ewig, dass Sie mir helfet.«

»Erst wenn Sie das Geld Ihres Mannes gefunden haben, müssen Sie's mir zurückgeben. Aber das bleibt unter uns. Einverstanden?«

Sie nickt wieder.

»Zinsen will ich nicht.«

»I weiß, Herr Pfarrer, was Sie sage welle. Mei Johann soll an Wucherzins gnomme han. So schwätzet d Leut. Aber wann i sei Sach finde dät, no dät i dees gern ausbiegle welle.«

»Wie?«

»No dät i bloß dees Geld bhalte, was mei isch.«

Jetzt hält Abel die Zeit gekomme, der Läpple die heikelste Frage zu stellen: »Wo waren eigentlich Sie, als Ihre Dienstboten in der Scheune Sichelhenke feierten?«

Sie wird rot im Gesicht, schaut zu Boden und schweigt.

»Haben Sie ihn gesucht?«

Sie vergräbt ihre Hände in den Schürzentaschen.

»Sind Sie ihm noch einmal begegnet?«

Sie schüttelt den Kopf.

»Wollen Sie nicht darüber reden?«

Sie nickt.

»Weil Sie wissen, wer Ihren Mann umgebracht hat?«

Erneutes Kopfschütteln. Sie schaut immer noch zu Boden, das Kinn sinkt ihr auf die Brust. Wie ein Häufchen Elend steht sie vor ihm.

»I be …« Sie stockt.

»Ja?«

»I ben … en meiner Stub do drobe gwä.« Sie zeigt mit dem Finger in den ersten Stock hinauf.

»Und die Kinder? Wer hat Ihre Kinder zu Bett gebracht?«

»Mei Schwägere. Sie hen bocklet an der Tür, wo se ins Bett sen. Aber i han net uffgmacht.«

»Warum?«

»I han mi gschämt wege meim Ma.«

## Sonntag, 26. September 1841

Um zwei Uhr tagen Ortsschulrat und Kirchenkonvent gemeinsam. Insgesamt acht Männer sitzen um den großen Tisch im Pfarrhaus.

Der Kirchenkonvent, zuständig für Recht und Sitte in der Gemeinde, besteht aus dem Pfarrer, dem Schultes, dem Kastenpfleger und zwei Stadträten. Normalerweise kommen die obersten Sittenwächter der Stadt jeden ersten Sonntagnachmittag im Monat zusammen, um Fluchen, liederlichen Lebenswandel, Schulversäumnisse und wiederholtes Gottesdienstschwänzen abzustrafen.

Der Ortsschulrat hat sechs Mitglieder. Der Pfarrer, der Schultes, der inzwischen verstorbene Schulmeister und drei gewählte Elternvertreter. Der Rat wird vom Pfarrer nach Bedarf einberufen und überwacht den regelmäßigen Schulbesuch der Kinder, befindet über den Schulfonds, also die Ausstattung der Schule, verfasst eine Stellenbeschreibung, wenn ein neuer Schulmeister gewählt werden muss, und führt die Schulmeisterwahl durch.

Zunächst gedenkt Pfarrer Abel des toten Schulmeisters. Er sei leider lange krank gewesen und habe in den letzten Monaten nicht mehr unterrichten können. Fast vierzig Jahre lang habe Hermann Hartmann der Kirchengemeinde treu gedient. Als Pfarrer sei er dem Verstorbenen für gute Mesnerdienste dankbar, und als Schulleiter könne er bestätigen, dass der Bezirksschulinspektor mit Hartmanns Unterricht zufrieden war.

Dann zitiert Abel das Schulgesetz von 1836. Artikel 61 bis 71 regelten die Unterstützung der Witwen und Waisen eines Volksschullehrers. Danach erhalte Frau Hartmann ein Witwengeld. Das sei alles bis ins Kleinste im Schulgesetz und in der Satzung der Volksschullehrer-Witwenkasse geregelt.

»Aber«, er hebt den Zeigefinger und schlägt das Gesetz auf, »in Artikel 65 ist festgeschrieben, dass der Witwe der – ich zitiere – ›Fortgenuss der Dienstwohnung zusteht‹.«

»Soll das heißen, dass die Hartmann in ihrer Wohnung bleibt?« Korbmacher Schöpflein, in den Ortsschulrat gewählter Elternvertreter, zeigt sich verärgert.

Abel nickt und runzelt die Stirn. Er hält Schöpfleins Ton für despektierlich. Aber er will nicht alles auf die Goldwaage legen. Nicht jeder im Städtle hat so viel sprachliches Feingefühl, dass er taktvoll ausdrücken kann, was er meint. Die Schärfe im Ton zeugt oft, wie er aus langer Erfahrung weiß, nur von Unsicherheit.

»Dann brauchen wir ja noch eine Dienstwohnung ... für den neuen Schulmeister.«

»Richtig, Herr Schöpflein. Oder wollen Sie Frau Hartmann auf ihre alten Tage aus der Wohnung jagen?«

»Wenn ich sterb«, erregt sich Stadtrat Köhler, »kriegt dann meine Frau auch eine Dienstwohnung?« Jeder am Tisch weiß, dass er als Nagelschmied kaum noch ein Auskommen hat, seit es Nägel aus der Fabrik gibt.

Der Schultes kennt das zur Genüge. In jeder Stadtratssitzung muss er sich die Sprüche und den Griesgram des abgewirtschafteten Handwerkers anhören. ›Dem Motzer ghört endlich amol sei Maul zubitschiert‹, denkt er sich und grinst vor sich hin.

»Eine Dienstwohnung ist nicht kostenlos. Selbstverständlich muss Frau Hartmann Miete zahlen. Übrigens genauso viel wie zu Lebzeiten ihres Mannes, obwohl sie jetzt allein wohnt. Sie könnte das sogar für ungerecht empfinden, zumal sie nur eine geringe Witwenrente bekommt.«

Dann erläutert der Pfarrer das Verfahren zur Wiederbesetzung der Schulmeisterstelle, wie es amtlich geregelt ist. Erstens müsse der Kirchenkonvent die Schulmeisterstelle beschreiben: Größe der Schule, Zahl der Schüler, Zahl der Klassen und wöchentliche Unterrichtsverpflichtung. Zweitens sei eine Einkommensliste für den neuen Schulmeister beizufügen: Bargeld (aufs ganze Jahr bezogen), Naturalien (Getreide, Gefällwein, Brennholz, Stroh, Brot), Gütergenuss (Kraut- und Gemüsegarten,

Felder, Wiesen, einschließlich der Grasmenge auf dem Friedhof), Emolumente (ortsübliche Gaben bei Taufen, Hochzeiten, Leichen). Drittens müsse aufgelistet werden, wie viel vom Einkommen einzubehalten sei: für Miete der Dienstwohnung, für Kost und Logis des Provisors sowie für ortsübliche Taxen und Abgaben.

»Sie sehen, meine Herren, das ist ein Saugeschäft. Einen ganzen Tag muss ich dransetzen, bis ich alle Unterlagen fertig habe und nach Stuttgart schicken kann. Wenn alles glatt läuft, wird die Stellenausschreibung in etwa drei bis vier Wochen im Regierungsblatt veröffentlicht. Vier Wochen später ist Bewerberschluss. Dann werde ich die Bewerber im Gottesdienst vorstellen. Und in frühestens zehn Wochen können wir den neuen Schulmeister wählen. Ich schlage den zweiten Advent als Wahltermin vor. Das ist der 5. Dezember. Einverstanden?«

Alle nicken eifrig und ducken sich weg. Wer nicht einverstanden ist, das wissen sie aus leidvoller Erfahrung, muss es besser machen und selber im Pfarrhaus die Unterlagen fertigen. Umso engagierter diskutieren sie den folgenden Punkt: Wie soll die Stelle ausgeschrieben werden?

Einer fragt: »Will sich unser Unterlehrer auch bewerben, Herr Pfarrer?«

»Ich habe ihn noch nicht gefragt.«

Ein anderer meint: »Wenn sich der bewerben tät, wär das ein Segen für Enzheim. Gell, Herr Pfarrer?«

»Was wollen Sie damit sagen?«

»Dass wir ins Regierungsblättle hineinschreiben sollten, dass ein geeigneter Bewerber vorhanden ist.«

Abel weist das Ansinnen sofort zurück. »Genau das geht nicht. In einer Verordnung steht, dass fähige Kandidaten nicht von der Bewerbung abgehalten werden dürfen.«

Korbmacher Schöpflein will wissen, was passiert, wenn der neue Schulmeister bald nach Dienstantritt heiratet und stirbt. Wenn dessen Witwe auch in der Dienstwohnung bleiben dürfe, dann bräuchten sie für den übernächsten Schulmeister eine dritte Dienstwohnung. »Und wer zahlt's?«, fragt er empört und gibt sich selbst die Antwort: »Unser König bestimmt nicht. Das zahlen wir. Ich mag aber nicht mehr zahlen.«

»Wie willst du das verhindern?«, meldet sich der Schultes erstmals zu Wort.

»Wie's etliche Gemeinden enzabwärts auch schon gemacht haben.« Und dann trägt der Schöpflein einen abenteuerlichen Plan vor.

Man könnte die Stelle mit dem Zusatz ausschreiben, der neue Schulmeister müsse die Witwe seines Amtsvorgängers heiraten. Damit würde man mehrere Fliegen mit einer Klappe schlagen. Eine zweite Dienstwohnung sei nicht nötig. Man könnte das Witwengeld sparen. Außerdem sei der junge Schulmeister kräftig genug, die Äcker und Wiesen der Witwe zu bewirtschaften. Damit fiele die Hartmann der Gemeinde nicht zur Last. So würde Enzheim in diesen grausigen Zeiten viel Geld sparen.

Pfarrer Abel bleibt die Spucke weg. Fassungslos schaut er in die Runde und schluckt ein paar Mal. Dann sagt er so ruhig wie möglich: »Das können wir einem jungen Mann schwerlich zumuten.«

Stadtrat Köhler hält dagegen: »Einem jungen Stier tät's vor einer alten Kuh auch net grausen.«

Der Schultes schlägt sich vehement auf die Seite des Pfarrers. Wenn man so die Stelle ausschreibe, bekomme man zwar eine sparsame Lösung, aber bestimmt eine schlechte. »Welcher junge Mann, der etwas kann, lässt sich darauf ein, eine dreißig oder vierzig Jahre ältere Frau zu heiraten? Zumal er ja dann keine eigenen Kinder erwarten kann?«

Das Argument überzeugt. Die Fortschrittlichen siegen über die Entenklemmer. Die Stellenausschreibung wird ohne Heiratsauflage beschlossen.

Um vier ist der Schultes wieder in der Linde. Die Leute sitzen im Schankraum wie die Gurken im Gurkenfass. In jeder Waschküche ist die Luft klarer als hier. An allen Tischen wird gepafft und laut geschwätzt. Die Stammtischbrüder nähern sich dem eigenen Eichstrich. Sechs harte Arbeitstage liegen hinter ihnen, da wollen sie endlich das sagen, was sie die ganze Woche gedacht haben.

Der Schultes reißt alle Fenster auf, dann krempelt er die Ärmel hoch und hilft seiner Magda beim Ausschenken.

Eben füllt er ein paar Gläschen mit Schnaps, da kommt der Amtsdiener herein und salutiert: »I muss dir äbbes sage.« Der hinkende Heinrich ist aufgeregt.

»Hock de nüber in mei Büro«, sagt der Lindenwirt und serviert noch rasch den bestellten Schnaps. Dann setzt er sich zum wartenden Amtsboten an den Tisch.

»Heit hen se mi ins Armehaus eibstellt. D Kätter dät äll Nacht Reißaus nehme.«

»Tut se nachtwandle?«

»Noi. Se schloft jetzt em Stall.«

»Im Hennastall? Muss se wiedr d Henna vor em Gicker en Schutz nemme?«

»Noi, em Kuhstall nebe em Armehaus. Uff em Streu.«

»Aberjetza, spinnt se ällweil total?«

»S dät a grüns Männle komme, sagt se.«

»On warum schloft se net en ihrm Nescht?«

»Weil se no immer soichnass isch. Dees grüne Männle dät äll Nacht sage, sie dät jetzt d Scheißede kriege.«

»On uff em Streu?«

»Do isch ihrs egal.«

Der Amtsbote sieht den Schultes erwartungsvoll an. Doch der winkt ab: »I ka s au net verhebe. Lieber glücklich uff em Streu als soichnass em Nescht.«

Der Heinrich schüttelt den Kopf. »Aber durmelig im Kopf isch se annewäg.« Denn jetzt behaupte sie, der Scharwächter habe den Läpple gemeuchelt.

»Warum?«

»Sie meint, dr Scharwächter häb mit em Läpple gstritte.«

»Hat se en gsehe?«

»Noi.«

»Hat se en ghört?«

»Dr Läpple häb tobt. Verschwind, du Tagdieb, häb er brüllt, uff der Stell aus meine Auge. Pack dei Sach und verschwind!«

»Aberjetza, Heinrich, reg de ab. S isch no koi Not am Fiedle, solang s Hemd net brennt.«

Damit sei doch endgültig bewiesen, dass die Alte spinnt, meint der Amtsbote. Denn der Hilfspolizist sei an jenem Tag besoffen von Scheune zu Scheune getorkelt und könne dem Läpple gar nicht begegnet sein.

Der Schultes fällt ins Sinnieren. »Ganz meine Meinung, Heinrich.« Er ist schlagartig hellhörig und fällt ins Hochdeutsche. »Aber wenn etwas dran ist, dann muss der Läpple seinen Mörder gekannt haben.«

Der Amtsbote guckt seinen Herrn entgeistert an und salutiert. So erschrocken ist er. »Schultes, fehlt dir äbbes? Dees isch doch klar, dass der sei Mörder kennt hat. Sonst wär's jo an Fremder gwä.«

Keine Antwort. Dem Schultes muss irgendein Hintergedanke zu schaffen machen.

»Wie ka an Fremder am a Tag wie Sichelhenke rumschleiche«, fragt der Büttel, »wo älle aus em Häusle sind und feieret?«

Der Schultes schlägt sich an die Stirn. Es wetterleuchtet in seinem Gesicht. »Sie hat einen Mann mit dem Läpple streiten hören.« Er schaut auf und ist wieder der Alte: »Verstehsch? An Ma hat se ghört, koi Fra!«

»I war s aber net! On dr Scharwächter ka s au net gwä sei.«

»Glaub i dir, Heinrich. Aber an Ma aus em Städtle, der wo so tief schwätzt wia dr Scharwächter.«

»D Kätter spinnt doch! Oder glaubsch du au an dees grüne Männle?«

»Scho recht, Heinrich. De Domme sind em Herrgott seine liebschde Kinder. Aber manchmol schwätzet die Domme gscheit raus.«

# Montag, 27. September 1841

Um halb sechs, zu gänzlich ungewohnter Zeit, läutet eine Glocke. Jetzt kapiert auch der Allerletzte: Heute ist ein besonderer Tag. Die Leute waschen sich Gesicht und Hände. Dann schlüpfen sie in ihr Sonntagshäs.

Kurz vor sechs mahnt das volle Geläut: Höchste Zeit! Ab in die Kirche, und zwar plötzlich! Denn wer heute fehlt, den verdonnert der Kirchenkonvent zu einer saftigen Strafe. Unter sechs Kreuzern kommt niemand davon. Wer schon öfter geschwänzt hat, für den können es leicht zehn Kreuzer und mehr werden. So hat's der Büttel dreimal ausgeschellt.

Nur Fuhrmann Finkenberger polstert seelenruhig seinen leichten Reisewagen aus, legt Decken für die Fahrgäste zurecht. Es könnte später kühl werden, auch wenn die Sonne tagsüber noch kräftig heizt. Dann schirrt er seine vier besten Pferde an. Pfarrer Abel persönlich hat ihn von der Andacht befreit. Gleich nach dem Gottesdienst geht's ab nach Stuttgart zum großen Fest.

Drei Buben hängen im Glockenturm an den Seilen und ziehen nach Leibeskräften, kaum berühren ihre Füße den Boden. Der Unterlehrer steht daneben und gibt den Takt vor. »Sauber läuten, Buben, sauber läuten. Dann freut sich unser König.«

Punkt sechs stellt er eine große Sanduhr auf den Boden und schreit seinen Schülern ins Ohr, sie müssten weitermachen, bis der Sand in der Uhr durchgerieselt sei. Er selber schlüpft durch eine Nebentür in die Kirche und steigt hinauf zur Orgel. Kaum hat er auf der Orgelbank Platz genommen, springt der Schuster aufs Pedal des Blasebalgs und beginnt zu treten. Heute braucht die Orgel viel Luft, hat ihm der Lehrer schon gestern nach dem Gottesdienst gesagt.

Pfarrer Abel kommt aus der Sakristei, nickt aufmunternd hinauf zur Orgel und setzt sich auf einen Stuhl neben dem Altar. Der Lehrer zieht wieder das Kornettregister, weil dann die himmlische Musik so schön durch die Kirche hallt und die frohe Botschaft verkündet: Unser König Wilhelm wird heute sechzig.

Die Glocken verklingen. Schon jubilieren die kleinen, dünnen Orgelpfeifen in den höchsten Tönen, und die dicken Pfeifen dröhnen in den tiefsten Bässen. Die Luft bebt. Die Kirchenbänke vibrieren. Die Hintern zittern. Vom Gesäß bis hinunter in die Zehen und hinauf in die Haarspitzen schwingt der Wohlklang. Das weckt auch die letzten Schläfer. Erhebet euch, befiehlt die Orgel, erweiset dem König die Ehre! Der Lehrer zappelt mit den Füßen über die Pedale. Mit den Händen fegt er über die Tasten. Die Gemeinde ist entzückt. Stehend jauchzen die Frauen zur Linken, die Männer zur Rechten, der Gesangverein auf der Empore und der Kirchenchor vor dem Altar: »Lobe den Herren, den mächtigen König der Ehren«.

Die Gemeinde sinkt erschöpft auf die Bänke nieder. Der Kirchenchor schleicht zu den vorderen Sitzreihen.

Atemlose Stille.

Gemessenen Schrittes schreitet der Pfarrer zum Altar, dreht sich, die Bibel in den Händen, und verharrt auf der ersten Stufe.

»Zu Ehren unseres Königs Wilhelm«, Abel schaut prüfend ins Kirchenschiff, ob auch alle da sind, »haben wir uns heute hier versammelt. Aus freien Stücken«, oh, Graf Heinrich fehlt, stellt er fest, »auch wenn es von den drei obersten Kirchenbehörden, dem evangelischen Konsistorium, dem katholischen Oberkirchenrat und dem israelitischen Oberrabbinat, angeordnet worden ist.« Abel grinst in sich hinein; seine gräfliche Eminenz kann nämlich, wie oft genug betont, den König nicht leiden. »In allen Kirchen und Synagogen unseres Landes hören alle Württemberger in dieser Stunde die Worte des einundzwanzigsten Psalms: ›Herr, der König freut sich in deiner Kraft, und wie sehr fröhlich ist er über deine Hilfe! Du gibst ihm seines Herzens Wunsch und weigerst nicht, was sein Mund bittet. Denn du überschüttest ihn mit gutem Segen; du setzest eine goldene Krone auf sein Haupt. Er bittet Leben von dir; so gibst du ihm langes Leben immer und ewiglich.‹«

Nach dem nächsten Lied erinnert Abel von der Kanzel herab an die vergangenen fünfundzwanzig Jahre. Am 31. Oktober 1816, dem Tag, an dem König Wilhelm den Thron bestieg, war Württemberg noch von den Schrecken der napoleonischen Kriege gezeichnet. Das Land lag verwüstet, ausgeplündert, verarmt. Die Menschen waren mutlos. Bald darauf plagten sie schreckliche Missernten und bittere Hungersnöte. Doch allmählich wandte sich alles zum Besseren. Bauern, Handwerker und Kaufleute schöpften neuen Mut. Dank der Klugheit des neuen Königs wurden die Steuern gesenkt. Man dachte wieder an die Zukunft und baute den Wilhelmskanal; der Neckar wurde schiffbar von Heilbronn bis Cannstatt. Neue Straßen wurden geschottert, alte ausgebaut. Erste Pläne für eine Eisenbahn quer durch Württemberg entstanden.

»Vor vier Jahren«, Abels Gesicht glänzt vor Begeisterung, »ist unser König Wilhelm sogar nach England gereist. Er wollte sich dort selber ein Bild machen von den Fortschritten in Technik und Handel. Heute kann sich unser Land sehen lassen. Wir sind wieder wer. Und das verdanken wir unserem Herrgott und unserer Majestät.«

Die Ansprache ist kurz und kräftig. Noch ein Lied, dann ist die Festandacht nach nur fünfundzwanzig Minuten vorbei. Das Volk liebt kurze Predigten und lange Feste. Also fliegen dem Pfarrer die Herzen zu. Nur der hinkende Heinrich sitzt beleidigt in der ersten Bank. Keiner ist eingeduselt, keiner hat gerüselt. Heute hat er mit seiner Stange kein Geld verdient.

Alles wartet auf den Schlusssegen. Da ruft der Pfarrer einen jungen Mann vor den Altar.

»Das ist unser neuer Provisor. Er heißt Anton Baumeister, kommt aus dem Badischen und wird ab morgen die Unterklasse unterrichten. Dafür übernimmt Unterlehrer Wilhelm von unserem verstorbenen Herrn Hartmann die Oberklasse, bis ein neuer Schulmeister gewählt ist. Provisor Baumeister hat im Lehrerseminar auch das Dirigieren gelernt. Damit das Durcheinander in dieser Zeit des Übergangs nicht zu groß wird, habe ich entschieden, dass Herr Baumeister ab sofort den Kirchenchor dirigiert.

Dann kann sich Lehrer Wilhelm weiterhin dem Liederkranz widmen. Den Mesnerdienst übernehmen beide Lehrer zu gleichen Teilen, und zwar in folgender Weise: Körperliche Züchtigungen auf Anordnung des Pfarrers oder des Kirchenkonvents hat Unterlehrer Wilhelm auszuführen. Beim Kantoren- und Organistendienst sowie im Hochzeits- und Leichensingen wechseln sich beide Herren ab. Herr Wilhelm kann jederzeit, je nach Arbeitsanfall, seinen Kollegen mit weiteren Aufgaben betrauen. Die Sonntagsschule hält weiterhin der Unterlehrer. Das Läuten und Warten der Kirchturmuhr besorgt der Provisor. Die Arbeiten des Totengräbers erledigt bis zur Wahl des neuen Schulmeisters ein Tagelöhner, den unser Herr Bürgermeister noch bestimmen wird.«

Lange hatte sich Fuhrmann Finkenberger mit der Fahrt nach Stuttgart beschäftigt. Am Dienstag um neun Uhr, sagte ihm der Schultes, müssten sich die Reiter und Gespanne in Stuttgart rund um den Charlottenplatz zum Festzug aufstellen.

»Wann willsch no en Stuttgart sei?«, hatte er das Stadtoberhaupt gefragt.

»Spätestens um Mitternacht.«

Die Nachtkutsche zu nehmen, hatten die Herren abgelehnt. Die fahre erst um Mitternacht ab und sei allerfrühestens gegen drei oder vier Uhr morgens am Ziel. Außerdem koste die Nachtpost sehr viel, weil zu den schon hohen Normaltarifen saftige Nachtzuschläge hinzukämen. Auch müssten auf den nächtlichen Postkutschen Gendarmen auf dem Kutschbock mitfahren, was die Fahrt nochmals verteuere.

Darum hat der Stadtrat den Finkenberger mit der ehrenvollen Aufgabe betraut, das Enzheimer Festkomitee in die Landeshauptstadt zu kutschieren. Der Fuhrmann fühlt sich geschmeichelt, hat man ihm doch versprochen, er dürfe auch im Festumzug mitfahren.

Seit der Gründung seines Fuhrunternehmens ist der Finkenberger täglich auf der Staatsstraße Nummer 1 von Heilbronn bis Stuttgart unterwegs. Jeden Numerostutzen, jede Brücke, jede Abzweigung kennt er im Schlaf. Er ist die Strecke auch schon nachts gefahren, allerdings nur dann, wenn es hell genug war. Doch heute Nacht wird es hell sein, da ist er sich sicher. Übermorgen ist Vollmond und der Himmel sternenklar. Das Wetter ist seit Tagen schön, nachts zwar kühl, aber tags sonnig und warm. Es sei doch Erntemond, hat er dem Stadtrat gesagt, als ihm der zwei Reiter stellen wollte. Früher habe man die Ernte oft im Mondlicht eingebracht. Darum brauche er keine voraustrabenden Fackelreiter.

Finkenberger hat sich von einem Händler in Ludwigsburg einen leichten Reisewagen geliehen. Sollte sich das Gefährt bewähren, so will er es auf Kredit kaufen und eine regelmäßige Omnibuslinie nach Heilbronn und Stuttgart einrichten. Andernorts in Deutschland gibt es schon private Konkurrenz zu den teuren Postkutschen. Auf der wichtigsten Reiseroute des Königreichs, der Staatsstraße 1, sollten sich genug Reiselustige finden, die Geld sparen und bequem reisen wollen. Davon ist er felsenfest überzeugt. Dass er mit den Herren Stadträten eine Probefahrt für sein neues Geschäft macht, das hat er ihnen natürlich verschwiegen. Aber wenn alles zu deren Zufriedenheit ausfällt, dann ist ein guter Anfang gemacht, so hofft er.

Seine Pferde stehen gut im Futter und sind längere Strecken gewöhnt. Wenn sie die wenigen Steigungen im Schritt nehmen, ansonsten traben, so hat er überlegt, dann könnte er vierspännig in längstens drei Stunden Stuttgart erreichen, eine kleine Pause in Kornwestheim eingerechnet.

Gegen dreiviertel sieben besteigen die Reisenden den Wagen. Sie sind kreuzfidel, weil sie sich auf die Tage in der Landeshauptstadt freuen.

Auf den Kutschbock neben dem Finkenberger setzt sich der Willy, der neue Häfnerbauer. Im Frühjahr hat die Karlene ihn geheiratet. Ihr erster Mann wurde im letzten Jahr an Palmsonntag tot aufgefunden. Bis dahin war Willy Rossknecht auf dem Häfnerhof. Für den verstorbenen Häfnerbauern ist er in den Stadtrat nachgerückt.

Die anderen klettern von hinten in den geräumigen Reisewagen. Doch zuerst helfen sie Pfarrer Abel hinauf. Er trägt einen schwarzen, wadenlangen Übermantel, schwarze, an den Knien etwas abgeschabte Beinkleider, derbe Stiefel und ein schwarzes Käppchen auf dem silbergrauen Haar. Dann folgen fünf Mitreisende, gekleidet wie der Häfnerbauer. Kurze Schaftstiefel, weiße Strümpfe und gelblederne Kniebundhosen. Dazu ein rotes Wams über dem weißen Leinenhemd, einen leichten, blauen Mantel, der bis zu den Knien reicht, und einen Zylinder, an dem ein Sträußchen wippt. Enzheimer Wengertertracht eben.

Als Letzter wuchtet sich der Schultes ächzend hinauf. Er ist im vornehmen schwarzen Dreiteiler mit Zylinder.

Die Bänke sind in Fahrtrichtung seitlich befestigt. So sitzen sich die Fahrgäste gegenüber und können miteinander plaudern. Der Pfarrer besteht darauf, dass der Schultes neben ihm Platz nimmt.

Jeder hat sein Rasiersach und ein frisches Hemd in ein Tuch verknotet, das er unter den Sitz legt. Ansonsten haben die Herren nichts dabei, außer ein paar Fläschle Wein, etlichen Laib Brot und einer Auswahl an Würsten. Aber das zählt ja nicht zum Gepäck, sondern ist Wegzehrung. Man kann in Stuttgart doch nicht hungrig ankommen.

Finkenberger verteilt erst Decken, dann Gläser, die in die Löcher in den Sitzbänken passen. »No brauchet ihr net aus dr Flasch dudle.« Schließlich zurrt er die Plane fest, damit die Herren im Trockenen und nicht in der Zugluft sitzen.

Die Fahrgäste sind sprachlos. Der Schultes findet als Erster die Worte wieder: »Nobel. Grad wie bei de Fürste.« Auch Pfarrer Abel lobt den Komfort des Reisewagens über die Maßen.

Finkenberger miggt auf und knallt mit der Peitsche. Die Rösser ziehen an. Mit großem Hallo geht's durch das Schlosstor hinaus zur alten Flößerstraße und von da auf die Staatsstraße Nummer 1.

Während sich ihr Wagen auf der Hauptstraße Württembergs, von Obstbäumen, dann von Pappeln und Platanen gesäumt, rasch der Residenzstadt Ludwigsburg nähert, vespern die Herren nach Herzenslust. Dabei schwätzen sie über dies und das, bis der Rebstöckle-Wirt vom Schultes wissen will, ob die Sache mit dem Läpple eigentlich vorangehe. Von da an beschäftigt sie nur noch der Mord in Enzheim.

Von der Gendarmerie sei keine Hilfe zu erwarten, räumt der Schultes offen ein. Also bleibe die ganze Aufklärungsarbeit an ihm, Pfarrer Abel und dem Unterlehrer hängen.

»Koi Wonder bisch älleweil so grätig«, spottet der Knöpfle.

»Aberjetza, i han net so große Stiefel wie du, mit dene i em Geschäft älleweil davonlaufe könnt«, gibt der Schultes zurück. Mit dem Knöpfle gäbelt er sich immer wieder, weil sie, was den Wein betrifft, unterschiedlicher Auffassung sind. Während der Schultes auf den neuen Weinbau schwört, die sortenreinen Rebkulturen, lästert der Wirt vom Rebstöckle bei jeder sich bietenden Gelegenheit, das sei Unsinn, Blödsinn, ja Widersinn, der viel Geld koste und nichts bringe.

Pfarrer Abel bleibt es vorbehalten, das Stadtoberhaupt zu verteidigen und seine persönliche Sicht des Mordfalls darzulegen: »Meine Herren, ich muss doch bitten. Unser Bürgermeister bemüht sich sehr, allen Pflichten gerecht zu werden.« Er stellt sein Glas in die Halterung. »Der Mordfall ist allerdings sehr verzwickt. Darum würde mich Ihre Meinung interessieren.«

Die Gefragten sind saufidel. Der Wein, die Vorfreude auf morgen, die angenehme Gesellschaft lösen ihre Zungen. Frank und frei sagen sie, was sie von der Sache halten. Doch der Pfarrer hat sie ermahnt, in Stuttgart hochdeutsch zu schwätzen. Dort würden viele Zugereiste wohnen, die der jahrhundertealten Landessprache nicht mächtig seien. Sogar alteingesessene Stuttgarter könnten kaum noch Schwäbisch. Also hat Abel das Komitee gebeten, auf der Fahrt das Hochdeutsche zu üben. Darum kann man der Unterhaltung der Reisegesellschaft schriftdeutsch lauschen – oder zumindest dem, was die Herren darunter verstehen.

»Ich täte meinen, dass der Läpple ein Lumpaseckl gwä ischt, äh, gewesen ischt.«

»Ganz richtig. Das ischt auch meine Meinung. Er ischt ein saubers Früchtle, ein Profitmichel. Auch Nackten hat er in die Tasche gelangt.«

»Dass den amol oiner hee macht, isch doch normal. Wenn aber ein anständiger Mensch hee gemacht wird, no isch, Verzeihung, dann ischt das nicht normal.«

»Aber eine hübsche Frau hat er. Wenn man die jetzt einen Kopf kürzer machen␣t, das wär nicht schön.«

»Nie! Die Läpple kann das gar nicht gewesen sein, weil sie jetzt kein Geld hat und überall anschreiben lässt.«

»Es gibt nur zwei Möglichkeiten. Entweder hat ihn ein Weibsbild hin gemacht. Der hat nämlich schon viele sitzen lassen. Oder ein Mann hat ihn auf dem Gewissen. Einer, der bei ihm Schulden hat.«

Der Mond steht über den redseligen Herren und schickt seinen hellsten Schein hinab. Sie kutschieren schon auf Kornwestheim zu.

Nur der Schultes mampft schweigend, schneidet sich noch einen Bollen Schinkenwurst ab und nimmt einen großen Schluck. Dabei blinzelt er dem Pfarrer zu.

Abel lächelt zurück, dann wendet er sich an die anderen Mitfahrer: »Das alles weiß unser Herr Bürgermeister auch schon. Aber wie wollen sie das eine vom anderen unterscheiden?«

»Was? Dass die Läpple ihren Mann net hee gemacht hat?«

Der Pfarrer nickt. »Ja, und warum eher ein Mann als Mörder in Frage kommt.«

»Das ischt doch sonnenklar, Herr Pfarrer. Meine Nachbarin hat gesehen, wie der Läpple mit der Frieda die Schlosstorgass nauf ischt.«

»Und das hat die Berta gesehen?«

»Net die Berta Hägele. Die Nachbarin auf der anderen Seite, die Pauline Schneider hab ich gemeint.«

»Was hat sie gesehen?«

»Dass die Streit ghabt hen. Da isch die Frieda davon. Ins Kuckucksnest hinein. Und der Läpple ischt auf dem graden Weg hoim. Der Läpple ischt wütig gwä, weil er gleich nachher mit einem Mann Krach gehabt hat. Sagt meine Nachbarin.«

»O verreck! Und wer isch dees gwä?«

»Brrr!«

Die Herren horchen auf.

Der Wagen hält.

Kornwestheim. Sie stehen vor dem Hof eines Fuhrmanns. Der Finkenberger steigt vom Kutschbock und geht nach hinten: »Kurze Rast, meine Herren.« Dann hängt er seinen Gäulen die Hafer- und Heusäcke vors Maul und holt Wasser für sie.

Das Festkomitee klettert aus dem Wagen und stellt sich in Reih und Glied an die dampfende Miste, die neben der Hofeinfahrt ist. Der Rotwein verwandelt sich in goldgelben Soich und mischt sich mit der Gülle. Derweil sprechen sie weiter über den Mord am Läpple, aber jetzt auf Schwäbisch, weil Misthaufen und Gülle nicht Stuttgarter Pflaster sind, sondern vertrautes Terrain.

»Ja no, wenn d Pauline so gsagt hat, no isch do scho äbbes dra.« Der Wirt vom Rebstöckle knöpft seinen Hosenladen wieder zu.

»Überhaupt ko dees gar koi Frau gwä sei. Geld ausleihe, dees derfet bloß d Männer. Do gibt's viel Mannsbilder im Städtle, wo eifersüchtig sind und mit em Läpple no a Rechnung offe hen.«

»Ganz meine Meinung. Wenn die Frau Schneider gehört hat«, meint der Pfarrer mit nachdenklicher Miene, »dass der Läpple kurz vor seinem Tod mit einem Mann Streit gehabt hat, dann muss man das sehr ernst nehmen. Ich kann mir auch nicht vorstellen, dass Frau Läpple ihren Mann umgebracht haben könnte. Zumal auf so grausame Weise.«

Kaum rollt der Wagen wieder, schon sind sich die Herren einig, dass nur ein Mann für die Tat in Frage kommt. Eine Frau würde hälinge morden, wie man immer wieder hört. Mit Gift im Essen. Oder mit einem kleinen Schubs durch die Heuluke. Oder mit einem Sofakissen, wenn er besoffen schnarcht. Für einen Sichel- oder Sensenmord fehle den Frauen die Kraft. Da ist die Reisegesellschaft einer Meinung.

»Ja no«, sagt der Schultes und schenkt reihum seinen besten Wein aus, »wenn das so ist, dann trinken wir auf das Wohl von unserem König.« Bevor sie anstoßen, reicht er dem Häfnerbauern und dem Finkenberger Wein, Brot und Schinkenwurst auf den Kutschbock hinauf.

Dann schallt ein dreifaches »Hoch!« aus dem Wagen, der sich bereits Stuttgart nähert.

Der Finkenberger strahlt wie die goldene Herbstsonne und lässt die Peitsche knallen.

# Dienstag, 28. September 1841

*S*eit acht Uhr ist der Teufel los. Fünfmal mehr Besucher als Stuttgart Einwohner hat, wollen den Festzug sehen. Über zweihunderttausend Menschen säumen die Esslinger Straße, die Hauptstätter Straße, die Tübinger Straße und die Königstraße bis hin zum Schlossplatz. Jeder neunte Württemberger sei gekommen, berichten später die Zeitungen.

Zehntausend Männer und tausend Frauen stellen sich seit acht Uhr rund um den Charlottenplatz auf. Dazu fast siebenhundert Reiter und dreiundzwanzig Pferde- und Ochsengespanne. Aber nur ein Viererzug ist dabei, der vom Finkenberger.

Schon früh am Morgen hat er seine schwarzen Rösser gewaschen und gestriegelt, die Hufe mit Stiefelwichse geschwärzt, die Kummete geölt, den Gäulen die bestickten Ohrenschützer und Stirnbänder übergezogen, die Scheuklappen aufgesetzt, das Zaumzeug poliert und mit Bändern und Blumen geschmückt. Dann hat er den Wagen gewienert, Girlanden rundum aufgehängt, Kränze angebracht. Vorn verkündet jetzt eine große Tafel: *Schnellbus Stuttgart–Ludwigsburg–Enzheim–Heilbronn.* Auf beiden Seiten steht auf Bändern: *Enzheim grüßt seine Majestät!* Hinten wirbt ein Schild: *Enzheim, das Paradies im Diesseits.*

Der Finkenberger ist in den Enzheimer Stadtfarben schwarz-rot gekleidet. Er trägt schwarze Reitstiefel, eine schwarze Reithose und ein rotes Wams über dem weißen Hemd. Dazu einen roten Zylinder mit schwarzem Rand.

Auf dem Kutschbock neben ihm hockt der Schultes in schwarzer Hose, schwarzem Kittel, rotem Wams und schwarzem Zylinder, auf dem rote Blumen wippen.

Die fünf Enzheimer im hinteren Wagen sind schon in bester Stimmung, bevor sich der Festzug in Bewegung setzt. Sie prosten der jubelnden Menge zu, gönnen auch mal einem durstigen Zuschauer einen Schluck und singen die Lieder rauf und runter, die ihnen der Unterlehrer im Liederkranz beigebracht hat. Der Knöpfle hat schon eine schwere Zunge und fragt mit glasigen Augen, wo denn die vielen Leute herkämen.

Der Häfnerbauer ist nicht dabei. Er sitzt auf einem geliehenen Gaul ganz vorn bei den Fahnenträgern, in der zweiten Abteilung des Festzugs. Pfarrer Abel hat sich weiter hinten in die neunte Abteilung einreihen müssen, bei der Geistlichkeit des Landes. Verdrießlich hat er dreingeschaut, als er sich von seinen Reisegefährten verabschiedete. Ausgerechnet die Pfarrer werden nicht gefahren, sondern müssen die ganze Strecke zu Fuß zurücklegen. »Das hat uns die Regierung eingebrockt«, schimpft er, »weil wir ihr immer wieder den Spiegel vorhalten.«

Um halb elf befehlen drei Kanonenschüsse: Abmarsch! Der Zug setzt sich in Bewegung. Erst Richtung Königstraße, dann hinunter zum Schloss. Genau um elf Uhr erreichen die ersten siebzig Pferde den äußeren Schlossplatz. Die Glocken aller Kirchen der Stadt beginnen zu läuten. Sie beglückwünschen seine Majestät zum gestrigen Geburtstag und zum bevorstehenden Thronjubiläum.

Vor dem Mittelbau des Schlosses steht der König. An seiner Seite der Thronfolger, Kronprinz Karl, achtzehn Jahre alt und Student in Berlin. Erwartungsvoll sehen sie den Zug nahen, der vom äußeren Schlosshof in den inneren einbiegt und an der neu errichteten, hölzernen Festsäule wieder zur Königstraße zurückführt.

An der Spitze des Zuges reitet die Bürgergarde der königlichen Residenzstadt in Paradeuniform. Es folgen drei Herolde zu Pferde. Dann vierundzwanzig Trompeter, auch sie hoch zu Ross.

Die zweite Abteilung bilden berittene Flaggenträger. Der erste Reiter präsentiert die originale Landesfahne, die König Wilhelm bei seinem Regierungsantritt selbst entworfen hat. Ihn eskortiert die Fahnenwache. Es folgen die Flaggen der vier Regierungsbezirke, dann die der sieben guten Städte, wie es in der traditionsreichen württembergischen Verfassung heißt: Stuttgart, Tübingen, Ludwigsburg, Ellwangen, Ulm, Heilbronn und Reutlingen. Schließlich die Flaggen der übrigen Städte des Landes: Esslingen, Vaihingen, Calw, Neuenbürg, Wildbad, Nürtingen, Rottenburg, Rottweil, Gmünd, Hall, Heidenheim, Biberach, Göppingen, Kirchheim und Ravensburg. An letzter Stelle reitet der Häfnerbauer. Er schwingt die schwarz-rote Enzheimer Flagge mit aufgesticktem Stadtwappen: rote Trauben auf schwarzem Grund, darüber ein weißes Feld mit einem schwarzen Kreuz. Dass er den Schluss dieser Abteilung zieren darf, wurde dem Häfner von höchster Stelle anbefohlen, weil die Enzheimer Stadtfarben mit den württembergischen Landesfarben übereinstimmen.

In der dritten Abteilung ziehen Veteranen der Napoleonkriege und Soldaten des württembergischen Armeekorps mit Trommeln und Pfeifen vorbei. In der vierten marschieren zweihundert Ehrenjungfrauen vorweg, gefolgt von den gewählten Abgeordneten des Landtags. Die Abteilungen fünf bis zwölf präsentieren die Land- und Forstwirtschaft, das Gewerbe, den Handel, die Schulen und Hochschulen, die Geistlichkeit, die Mitglieder der Ständekammer, den königlichen Hofstaat und schließlich die Vereine: Liederkränze, Schützengesellschaften und Turnvereine.

Gegen zwölf biegt der Vierspänner unter dem Applaus von etlichen zehntausend Menschen auf den inneren Schlossplatz ein. Er führt die Weinbaudelegationen im Festzug an.

Der Adjutant flüstert seinem König ins Ohr: »Euer Majestät, das sind die Enzheimer. Der Dicke auf dem Kutschbock«, der Lakai deutet mit dem Finger, »der mit den roten Blumen auf dem Zylinder, das ist der Schultheiß Frank.«

Wilhelm I., von der langen Steherei und dem ständigen Grüßen und Winken reichlich ermattet, strafft sich. Das prächtige

Gespann, das auf ihn zufährt, imponiert ihm. »Heidenei, d Enzheimer schießet amol wieder dr Vogel ab«, sagt er anerkennend.

Der geschmückte Wagen hält. Der Schultes, drei gefüllte Gläschen in der Hand, springt vom Bock. Der Finkenberger windet die Zügel um die Migge, dann folgt er dem Stadtoberhaupt mit einem schweren Korb voller Enzheimer Spezialitäten: Wein, Schinken, frische Walnüsse, zuckrige Trauben, goldgelbe Äpfel und saftige Birnen. Es hat sich bis nach Enzheim herumgesprochen, dass der König Nüsse zum Wein liebt und frisches Obst.

»Aberjetza, Majeschtät, hen mir dir äbbes Rechts mitbrocht!« Das Stadtoberhaupt von Enzheim überreicht mit einem artigen Diener, soweit es sein Bauchumfang zulässt, dem König ein Gläschen. Dann dem Thronfolger. Der Finkenberger drückt derweil dem miesepetrigen Adjutanten den Korb in die Hand.

»Gell, do dazu kennt ma jetzt an Epflkuache vertrage«, sagt der Thronfolger zum Schultes und prostet ihm und seinem Vater zu.

Der König beißt und schlürft genießerisch. »Awa, der isch saugut, Schultes«, lobt er seinen Untertan.

Doch der Schultes nutzt die Gelegenheit, sozusagen von Stadtoberhaupt zu Staatsoberhaupt, ein ernstes Wörtchen zu wagen: »Wenn deine Minischter an andere Termin für dees Feschdle rausgsucht hättet, no wäret mir Enzheimer mit tausend Mann heut do.«

»Ja, isch dr heutig Termin so schlecht?« Der König dreht sich erstaunt zu seinem Adjutanten um.

»Mir müsset ja au noch äbbes schaffe, Majeschtät. Mitte em Obste und Ehmde ka mr net verdlaufe. Ond nächst oder übernächst Woch fange mir mit em Traubelese a. Zum Thronjubiläum Ende Oktober wär der Umzug grad recht gwä.«

»Dass du trotzdem komme bisch, Schultes, dees freut mi. Aber äbbes musch mir no verspreche.«

»Was?«

»Dass ihr morge mit eurem schöne Wage uff em Cannstatter Wase au no do send.«

Der König sieht die Sorgenfalten im Gesicht seines Untertanen. Deshalb wendet er sich an den Adjutanten: »Die Koschte für de Wage ond für deine Leut zahlet mir.« Grinsend fragt er die Enzheimer Delegation: »Recht so?«

Was bleibt dem Schultes anderes übrig, als ja zu sagen, zumal seine Mitfahrer auf dem Wagen, weinselig gestimmt und in bester Laune, ihrem König bereits zugejubelt haben. Aber er stellt eine Bedingung: »No musch du ons im schöne Enzheim au amol bsuche. Mir henket unsere Füß in d Enz, gucket de Fisch zu on schlotzet a paar Schoppe. No musch du dir net äll Tag dees Geseiere von deine Minischter ahöre.« Er rollt die Augen und deutet kurz mit dem Kopf in Richtung des Adjutanten. »Aber kommsch ohne deine Lackaffe.«

Der König nickt und schmunzelt, der Thronfolger lacht. Nur der Adjutant verzieht das Gesicht, als habe er eine Flasche Essig auf einen Zug leeren müssen.

Noch ein kurzes Zuprosten, dann wird wieder aufgesessen. Mit Peitschenknall geht's weiter, vom König und seinem Sohn huldvoll applaudiert.

Um halb eins verstummen die Glocken und Kanonen. Die letzte Abteilung ist auf dem Schlossplatz angekommen. Über siebzig Gesangvereine aus dem ganzen Land nehmen Aufstellung. Tausendstimmig tragen sie das eigens für diese Feier gedichtete und komponierte Festlied vor.

Dann spricht der Stadtschultheiß von Stuttgart ein kurzes Dankeswort und bringt ein Lebehoch auf den geliebten Landesvater aus. Zehntausendfach schallt es über den Platz: »Lang lebe unser König!«

Sichtlich gerührt nimmt König Wilhelm die Ehrung entgegen. Zum Schluss singen die Chöre und die Menschenmenge den Choral »Nun danket alle Gott«.

Gleich danach ziehen die Abteilungen in ihre Quartiere davon. In den geschmückten und beflaggten Straßen Stuttgarts hört man aber noch lange den Ruf »Es lebe unser König!«.

Schultes und Pfarrer, mit Sauerkraut und Bratwürsten frisch gestärkt, schlendern durch die festlich dekorierte Innenstadt. Eigentlich sind beide rechtschaffen müde nach dem Umzug. Der eine vom vielen Grüßen und Saufen. Der andere vom vielen Gehen und Stehen. Außerdem hat Abel bereits die Stände und Lauben mit ihrem reichhaltigen Warenangebot besichtigt.

Der Pfarrer zerfließt vor Selbstmitleid. Er jammert die ganze Zeit, weil ihm die Füße wehtun. Überdies ärgert ihn der Gestank: »Überall Rossbollen und Pferdeurin. Dagegen duftet ein Kuhstall wie eine ganze Flasche Parfüm.« Dem Schultes ist das egal. Stallgeruch ist ihm ebenso vertraut wie Gaststube, Misthaufen und Natur. Er nickt abwesend und malt sich aus, wie er den König in Enzheim empfangen könnte.

Vor der Sonnewaldschen Buchhandlung bleibt der Pfarrer stehen. Das Festbuch *König Wilhelm und sein Volk* sticht ihm ins Auge. Er betritt das Geschäft und bittet den Ladner, einen Blick in das Buch werfen zu dürfen. Ein kurzes Studium des Inhaltsverzeichnisses, ein schnelles Durchblättern, schon zückt er die Geldkatz. Das sei ein wunderbares Erinnerungsstück an den heutigen Tag. Es ist ihm die achtundvierzig Kreuzer wert.

Der Schultes hat's nicht so mit dem Lesen. Darum kauft er sich für sechsunddreißig Kreuzer den reich bebilderten *Jubiläums-Courier*, in dem nur ganz wenig Text ist. Und seiner Frau nimmt er zwei kupferfreie Dosen als Reispräsentle mit, die mit dem Bild des Königs verziert sind. Sie stammen aus der königlich privilegierten Dosenfabrik, versichert der Verkäufer; die Scharniere seien garantiert lange haltbar.

Sie machen kehrt, weil sie vom Schlossplatz aus das Feuerwerk anschauen wollen. Dabei kommen sie an einem Gebäude vorbei, in dessen Fenstern *Württembergische Spar-Casse* geschrieben steht.

Abel schaut am Haus hinauf: »Darüber habe ich schon im *Merkur* gelesen. Die hat unser König bald nach seinem Regierungsbeginn für das ganze Königreich Württemberg gegründet.«

Er winkt dem Schultes: »Kommen Sie. Das interessiert mich.«

Sie betreten die Bank und lassen sich erklären, wie das Geschäft funktioniert. Bringe man zum ersten Mal Geld, dann bekomme man ein Einlagen-Buch. Der Bankier, der sie berät, holt eines. Es ist ein Heftchen mit wenigen Seiten, in dem zwei Männer der Bank auf vorgedruckten Zeilen und Spalten eintragen und mit Unterschrift bestätigen müssen, wie viel Geld sie an welchem Tag entgegengenommen haben. Wenn man wieder etwas einzahlt oder von seinem Guthaben etwas zurückhaben will, dann wird das auch im Heftchen vermerkt. Für das Guthaben bekommt man am Jahresende zwei Prozent Zinsen. Möchte man von der Bank Geld leihen, muss man einen Schuldschein unterschreiben und vier Prozent Schuldzinsen zahlen.

Der Pfarrer ist begeistert, und der Schultes wird nachdenklich. So etwas in Enzheim, das wär's.

»Dann könnten wir solchen Malefizaffen wie dem Schnellreich und dem Läpple das Wasser abgraben«, sagt der Schultes. Abel stimmt ihm sofort zu. »Wenn wir nicht handeln, wird es schon bald einen neuen Läpple geben, der Geld zu Wucherzinsen verleiht.«

Sie schlendern plaudernd weiter, vertiefen das Gesehene, bis sich ein Gedanke bei ihnen festsetzt: Eine Bank, von ehrlichen Leuten geführt, zum Beispiel von Männern des Armenkastens, wäre ein Segen für das Städtle.

Auf dem Schlossplatz genießen sie inmitten jubelnder Menschen das erste Feuerwerk ihres Lebens. Es wird zwar auf der Prag abgebrannt, ist aber von hier aus gut zu sehen. Auf allen Höhen über Stuttgart lodern Feuer. Sie tauchen die Stadt in ein rötliches Licht, das den warmen Herbstabend verzaubert. Ein Gesangverein steht an der hölzernen Siegessäule und singt patriotische Lieder.

Danach fühlen sich beide Herren matt und schläfrig. Es ist ja auch schon spät. Sie machen sich auf *Zum König von Württemberg*. In diesem Gasthaus logiert die Enzheimer Delegation, weil der Schultes den Besitzer gut kennt. Zum großen Tag hat Eduard Schildknecht, wie viele Stuttgarter Gastronomen, sämtliche Zimmer weißeln und seinen Festsaal mit Wandbildern aus der württembergischen Geschichte ausmalen lassen.

Die Enzheimer Reisegenossen sind schon da. Sie bechern im Schanksaal, sprechen mit schwerer Zunge und sind heilfroh, dass sie nachher nicht mehr die Treppe hinauf müssen. Gleich unter der Stiege können sie sich, voll des süßen Weines, auf Strohsäcke fallen lassen. Weil es in der ganzen Stadt kein freies Bett mehr gibt, hält Schildknecht, wie andere Stuttgarter Wirte auch, Strohsäcke bereit, die er nach der Sperrstunde in der Schankstube und im Festsaal auslegen lässt.

In der einen Ecke des Saales ist ein kleines Podest. Dort sitzen fünf Männer und machen Harmoniemusik. Auch bei Königs geht es bestimmt nicht fideler zu. Vielleicht hat man bei Hofe acht oder neun Musiker, aber hier genügen eine Posaune, eine Trompete, eine Oboe, eine Klarinette und ein Fagott, um den Gästen ordentlich die Ohren vollzublasen.

Abel verzichtet aufs Nachtmahl und zieht sich sofort in seine kleine Kammer im Dachgeschoss zurück.

Der Schultes nächtigt in Schildknechts Privatwohnung im zweiten Stock. Vor dem Zubettgehen sitzt er mit seinem Wirtskollegen noch auf einen Schoppen direkt vor dem Schanktisch. Der Gastgeber schwärmt vom Festzug und vom Cannstatter Wasen. Der Schultes hört zunächst zu. Dann kommt er auf den Mordfall in Enzheim zu sprechen und auf die vergebliche Suche nach einem Versteck. Alles habe er durchstöbert und abgeklopft, sagt der Schultes, die Dachbalken ebenso wie die Wandverkleidung. Nichts. Keine Spur von dem vielen Geld.

Da suche er an der falschen Stelle, lacht der Schildknecht. Türchen in der Wand oder auf dem Dach seien viel zu auffällig. Selbst wenn sie gut getarnt seien, hätte jeder Beobachter im Haus bald heraus, wo etwas verborgen sein müsse. Das häufige Herumschleichen um solche Stellen falle mit der Zeit sogar einem Blinden auf. Nein, nein, winkt er ab, da gebe es elegantere Möglichkeiten.

Der Schultes kneift die Augen zusammen. »Welche denn?«

In viele Möbel könne man Geheimfächer einbauen lassen. Das würden viele Stuttgarter bevorzugen, die etwas verstecken, aber nicht zur Bank tragen wollen.

Dann beauftragt der Wirt eine Schankmagd, ihn für eine Viertelstunde zu vertreten. Er selbst führt den Schultes in seine Wohnung hinauf. In der Wohnstube ist auf dem Sofa ein Gästebett hergerichtet.

»So, Fritz«, sagt der Schildknecht und grinst, »jetzt such amol, wo do äbbes versteckt sei könnt.«

Der Schultes beäugt die Möbel, klopft sie mit den Knöcheln ab. Nichts.

Sein Stuttgarter Kollege lacht. »I geb dir an Rat. Guck dir die Sidel genau a.«

Die Truhe ist etwa hüfthoch, zwei Schritt lang, hat oben einen Deckel und ist außen rundum bemalt. »Isch an doppelter Bode drin?«

»Kalt! Aber net schlecht. Könnt mr au mache.«

Der Schultes klappt den Deckel hoch. Wäsche ist drin. Er betastet die Wände außen und innen.

»Kalt.«

»I sieh aber nix!«

Der Schildknecht greift unter den Deckelrand und zieht ein Brett heraus. Eigentlich ist es eher eine dünne Schublade. Sie ist leer. Viele Leute verstecken da ihr Geld, erklärt er, und Wilderer ihr Pulver und Blei.

»On em Kaschte hasch au a Versteck?«

»Em Tisch on em Kaschte.«

Der Schultes reißt Mund und Augen auf. Er ist wieder hellwach. Ächzend bückt er sich und kriecht unter den Tisch. Vier schräg stehende, breite Beine aus Eichenholz, die in der Mitte zusammengeleimt sind. Sonst nichts. Er besieht und betastet alle Kanten, ob sich aus der Tischplatte eine Lade ziehen ließe. Auch nicht. Kopfschüttelnd steht er wieder auf und bestaunt das Wunderwerk.

»Guck! Ganz oifach.« Der Schildknecht packt den Tisch an den gegenüberliegenden Seiten und zieht die Platte nach vorn. Da, wo die vier Beine zusammenlaufen, wird ein geräumiges Fach sichtbar. Papiere liegen drin, auch ein Buch und ein paar Schmuckstücke. Die nimmt der Hausherr heraus und hält sie dem Schultes hin. Eine Brosche, ein Ring, ein Armband und ein Halsband. Alles aus Gold.

»Solche Tisch gibts haufeweis in Tirol. Manche Leut hen ihr Geld da drin, andre ihre Würscht. Wieder andre, wie i au, d naidigschd Papier on d Erbstück von meiner Mudder.«

»Aberjetza, Eduard, zeig mir no, wie dees em Kaschte geht.«

Da gebe es, je nach Bauart, viele Möglichkeiten, sagt Schildknecht und stellt sich vor seinen Schrank. Manche hätten einen doppelten Boden oder doppelten Deckel, so wie bei der Truhe. Andere, sein Schrank auch, besäßen eine doppelte Rückwand. Er öffnet beide Schranktüren, bückt sich, tastet mit dem Finger unter einem Einlegebrett herum, schon springt eine Klappe heraus und öffnet ein schmales Fach an der Rückwand.

»A paar hundert Gulde on meh könnt mr do schon verstecke«, sagt er stolz.

»Schlag mes Blechle.« Der Schultes muss sich setzen. Er ist fix und fertig. So etwas hätte er nicht gedacht.

»Ja weisch, Fritz, en dr Stadt hats ällweil Erdefetz. Do musch wachsam sei.«

# Donnerstag, 30. September 1841

Kurz nach dem Abendläuten kommt der Pferdeomnibus vor dem Rebstöckle an. Der Knöpfle hat die Mitreisenden zur Nachfeier in seine Weinstube eingeladen. Drei Tage zum Schwanzen fort, nicht nur mitten in der Erntezeit, sondern auch unter der Woche, das muss begossen werden. So etwas hat es seit Jahrhunderten nicht mehr in ihrer Stadt gegeben.

Wären da nicht das Lob des Königs über ihren glanzvollen Auftritt in der Landeshauptstadt und das königliche Versprechen, bald zu Besuch zu kommen, die Festzügler wären auf Jahre hinaus bei den Enzheimern unten durch. Aber so werden sie wie

Weltumsegler gefeiert und können die eingewurzelten Schoppenschlotzer im Rebstöckle mit allerlei Schnurren und Anekdoten beglücken, die sich in Windeseile im Ort verbreiten.

Besonders der Wasen, das Cannstatter Volksfest, ist für die Zuhörer eine große Gaude: Pferderennen, Wettpflügen, Prämierung der schönsten Kühe, Ochsen und Pferde, Seiltänzer, Moritatensänger, Kasperletheater, Mastbaumklettern, Wurst- und Sauerkrautstände, Zwerge und Riesen, wilde Tiere, Neger, Musikanten und Drehorgelmänner. Auch das große Stuttgarter Schloss, der Schlossplatz, die Königstraße, die schönen Geschäfte rufen viele Ahs und Ohs hervor.

»Do welle mir au no!«, ist der erste Satz, den einer aus dem Publikum nach langem Staunen stammeln kann.

»On zwar glei!«

»Morge!«

»Ihr spinnet ja!« Der Schultes wird wütig. Immerhin sei noch Erntezeit. Da könne man doch nicht davonlaufen. Sonst verfaule das Obst, vergammele die Öhmd, übernähmen die Vögel die Traubenlese.

Heftiger Widerspruch. So etwas ist dem Stadtoberhaupt schon lange nicht mehr widerfahren.

Selber auf Lustreise, aber anderen ein bisschen Vergnügen verwehren wollen, maulen die Weinzähne. »Mir wellet au amol äbbes sehe.«

Sie beschwören den Finkenberger, eine regelmäßige Linie nach Stuttgart einzurichten. Wann er das nächste Mal nach Stuttgart fahre, löchern sie ihn, wie viel es koste ...

Der Schultes steht leise auf und schleicht sich davon. Er muss noch heute Abend Gewissheit haben.

Missmutig stapft er durch die Krumme Gasse, dann das Wuselgässle hinauf, die Paul-Gerhard-Straße entlang, überquert die Jakobsgasse und biegt in die Foltergasse ein. Im Läpplehof brennt Licht in der Küche. Er klopft ans Fenster. »Anna, mach uff!«

Die Läpple steht unter der Tür, ihren Jüngsten auf dem Arm, und hört sich an, was der Schultes zu sagen hat. Dann bittet sie ihn in die gute Stube, entschuldigt sich für einen Augenblick, denn sie wolle das Kind zur Schwägerin in die Küche bringen.

Gemeinsam untersuchen sie die Einrichtung der Wohnstube. Die anderen Möbel im Haus kämen nicht in Frage, meint die Läpple, zu alt seien die, außerdem ständig im Blick des Gesindes, wie zum Beispiel in der Küche. Oder sie stünden an so abgelegenen Stellen, dass es schon sehr aufgefallen wäre, wenn sich ihr Mann da öfters aufgehalten hätte.

Der Tisch hat kein Geheimfach unter der Platte, das haben sie schnell heraus. Beim Kasten brauchen sie eine Weile, bis sie alle Möglichkeiten ausprobiert haben. Keine schmale Lade im Boden oder im Deckel, auch kein Fach in der Rückwand. Auf Herz und Nieren haben sie den Schrank untersucht. Nirgendwo eine Feder, ein Knopf oder eine Auskerbung, womit sich ein Versteck öffnen ließe.

In der Truhe werden sie allerdings fündig. Wie beim Schildknecht ist unter dem Deckelrand ein kleiner Knubbel, an dem sich ein ausgehöhltes Brett herausziehen lässt. Goldmünzen! Zwanzig Stück!! Lauter Zehnergulden!!!

Die Läpple weint vor Glück. Aber der Schultes will von einem Erfolg nichts wissen. Das könne nur ein kleiner Teil des Vermögens sein. Wer Geld von ihrem Mann wollte, habe ausschließlich Silbergulden bekommen. Das Gold in der Lade sei vielleicht eine Art eiserne Reserve. Oder Brautgeld vom Schwiegervater?

Nein, nein, wehrt die Läpple ab. Ihr Vater habe die ganze Aussteuer, die neuen Möbel und etliche Gerätschaften für Haus und Hof bezahlt, aber nur wenig Silbergeld dazugegeben.

Aber wo noch suchen?

Sie drehen die Stühle um. Sie nehmen die Bilder von der Wand. Sie räumen das Buffet aus und zerlegen es in alle Einzelteile.

Nichts. Kein Silbergeld. Auch kein Schuldnerbuch.

»Aberjetza, wenn dei Vadder die Möbel zahlt hat, no hasch vielleicht no d Rechnung?«

»Sälle hat mei Vadder. Der hat doch älles zahlt. Aber i weiß no, wie dr Schreiner heißt. Höfele. Glei am Markt in Ludwigsburg soll er sei.«

»Weisch, Anna, i denk halt so: Dees muss an de neue Möbl liege. Du hasch ja selber gsagt, dass dein Johann ällweil in dr Wohnstub koine Leut glitte hat.«

»Schultes, was solle mir jetzt mache?«

»Dr Schreiner frage. Äbbes anders bleibt uns ja net übrig.«

»Aber no weisch immer no net, wer mein Johann gmeuchelt hat.«

Der Schultes kratzt sich verlegen am Kopf. Er nickt nachdenklich.

»Aber dees Geld muss aus em Haus.«

»Warum?«

»Dees bringt Uglück. Erscht wenn i weiß, was mir wirklich ghört, no nemm i s.«

Er fragt, ob sie Papier und Schreibzeug habe. Sie öffnet das Buffet und zeigt ihm Tintenfass, Federkiel und ein paar Zettel, die auf der Rückseite unbedruckt sind. Er setzt sich wortlos an den Tisch und schreibt einen Schuldschein über hundertneunzig Gulden. Dann zählt er ihr zehn Silberstücke in die Hand, gibt ihr den Schein und steckt das Gold ein.

»Was soll i damit?«

Er legt den Zeigefinger auf die Lippen, schiebt den Schuldschein in ihre Schürzentasche und verpflichtet sie zum Schweigen. Nur Pfarrer Abel werde er einweihen. Sie solle weiterhin behaupten, die Barschaft ihres Mannes sei unauffindbar. Sogar der Pfarrer und der Schultes hätten vergeblich danach gesucht. Was sie unbedingt zahlen müsse, könne sie von den zehn Silbergulden bestreiten. Das sei geliehenes Geld, solle sie auf Nachfrage behaupten. Von wem sie es habe, sei allein ihre Sache.

Er wendet sich zum Gehen, doch sie hält ihn zurück. Sie müsse ihm noch etwas sagen.

»Geschtert isch d Agathe do gwä.«

»Em Scharwächter sei Agathe?«

»Jo. Sie müss mir äbbes beichte.« Und dann erzählt sie, der Scharwächter habe von ihrem Mann fünfzig Gulden geliehen. Ultimo September, also heute, sei die Rückzahlung fällig. Dazu fünf Gulden für Zins. Aber weil der Johann inzwischen tot ist, müsse sie wohl ihr das Geld geben. Unter Tränen habe die Agathe gefleht, die Summe zu stunden und keine Anzeige zu machen. Wer sorge für ihre Kinder, wenn ihr Mann ins Gefängnis käme und kein Geld mehr ins Haus komme?

Der Schultes wird kreidebleich und verabschiedet sich schnell.

Keine zehn Minuten später sitzt das Stadtoberhaupt beim Scharwächter in der Küche. Wäsche hängt über dem Herd. Am Fenster grünt der letzte Peterling. Auf dem Boden steht ein kleiner Zuber. Der Hilfspolizist hat seine Füße gebadet. Er ist stocknüchtern, macht aber ein besorgtes Gesicht. Seine Frau und seine Kinder hat er vorsorglich ins Nebenzimmer gesperrt, als er durchs Fenster sah, wer ihn besuchen kommt. Dass ihn der Schultes beehrt, kann nichts Gutes bedeuten. Ängstlich und nervös hockt er am Tisch. Er erwartet ein Unwetter. Trotzdem versucht er es mit Galgenhumor.

»Soll i glei an Eimer hole?«, fragt er und sieht seinen Besucher treuherzig an.

Der Schultes stutzt. Er kapiert nicht.

Ja, meint der Scharwächter, der Herr Stadtpräsident sei gewiss gekommen, um ihm die Läuf abzuschlagen. Dann müsse er doch irgendwo seinen Allerwertesten hintun. Da würde so ein Eimer praktische Dienste leisten.

Beim Schultes blitzt ein leichtes Grinsen auf. »Bisch heut wieder gut druff?« Aber er will diesem Kerl da Respekt abnötigen. Also zwingt er sich zu einem bärbeißigen Gesicht. Außerdem spricht er jetzt nach der Schrift, damit glasklar ist, dass es nun amtlich wird. »Hanswurst, blöder!«, eröffnet er das Verhör, und zwar laut und streng, will er doch seinem Gegenüber gleich den Schneid abkaufen.

Der Aushilfsgendarm zieht das Genick ein. Er hat verstanden. Ein schweres Gewitter naht mit Hagel, Blitz und Donner.

»Aberjetza, raus mit der Sprache.«

»I verstand net.«

»Du weißt genau, was ich wissen will.«

»Lass mi rate: Du willsch gucke, ob i bsoffe be.« Der Beschuldigte grinst verlegen. »Ben i aber net! Kannsch mei Fra frage.«

Der Schultes winkt ab. »Du bisch doch net ganz bache!« Das Maß sei endgültig voll. Noch ein Rausch, und er suche sich einen neuen Hilfspolizisten. In puncto Alkohol kenne er kein Pardon mehr. Weder heute noch in Zukunft. »Tu net so, als ob du net wüsstescht, dass ich wegen dem Läpple da bin, du Schereschleifer!«

Der Uniformierte kratzt sich verlegen am Kopf. »I weiß net, Herr Bürgermeister, was Sie von mir wellet.«

»Affadackel, Oberdibbel, Allmachtsbachel! Denk nach!«

Der Beschuldigte schaut seinen Vorgesetzten scheu an, als könne er kein Wässerchen trüben.

»Wann hast du den Läpple zum letzten Mal gesehen?«

»Wo er in de Brennnessle gwä isch.«

»Zum Donnerwetter! Lüg mich nicht an!«

»I schwör's. Das ischt die Wahrheit. Die ganze Wahrheit und nichts als die reine Wahrheit.«

Der Schultes schlägt ärgerlich mit der Hand an seiner Nasenspitze vorbei, als ob er sieben Fliegen auf einen Streich erlegen müsse. »Vorher, du Hennemelker!!«

Der Scharwächter macht gottergeben die Augen zu. Er spielt auf Zeit und tut so, als müsse er nachdenken. Dann schaut er den Gast unsicher an und spricht gleichfalls nach der Schrift, weil auch er eine Amtsperson ist: »Ich weiß es nicht mehr. Das muss zu jener Zeit gwä sei, als ich nicht immer ganz bei mir war.«

»Dann hast du also im Suff fünfzig Gulden vom Läpple geliehen?«

Dem Scharwächter fallen fast die Augen aus dem Kopf. Er wird blass. »Woher …?«

»Ja oder nein?«

Der Gescholtene windet sich wie ein Aal. Er sieht zur Tür, hinter der seine Frau steht. Das spürt er. Hat sie vielleicht etwas verraten?

»Aberjetza mach's Maul auf, du Drallewatsch!«

»Da muscht du meine Frau frage.«

»Hast du das Geld geliehen oder deine Frau?«

»Ich han koi Geld braucht.«

Dem Schultes wird es zu dumm. Hier kann und will er den Scharwächter nicht in den Senkel stellen. Die Kinder nebenan könnten es hören. Darum steht er auf und ordnet an, dass der Scharwächter morgen früh um Viertel nach sieben in die Linde kommen muss. Gewaschen, rasiert und nüchtern. Seine Frau solle er mitbringen.

# Freitag, 1. Oktober 1841

»Ihr wartet hier!« Der Schultes reibt sich mit der Hand das Gesicht, als sei ihm die Sache zuwider. Dann verlässt er wortlos den Raum. Der Scharwächter samt Gattin bleibt allein zurück.

Der Lindenwirt will sie piesacken und weichkochen. Also lässt er sie zappeln. Noch einmal werden die ihn nicht zum Narren halten.

In der Küche hockt er sich an den Tisch und sieht seiner Frau und seiner Tocher beim Karottenputzen zu.

»Schaff was, du fauler Stinker«, sagt Minna, steht auf und drückt ihm ein Messer in die Hand. »Äbira schäle!« Sie rollt die Augen und seufzt: »Dees kannsch doch hoffentlich.«

Er tut so, als bemerke er die scheelen Blicke nicht. Die Zunge zwischen den Zähnen, fängt er zu schälen an. Immer im Kreis herum schnitzt er ein Stückchen ab, bis ein Würfelchen übrig bleibt. Das betrachtet er von allen Seiten, schneidet da noch etwas weg, bohrt dort mit der Messerspitze ein Äuglein hinein.

Dann nimmt er Maß und wirft es gekonnt in den bereitstehenden Kochtopf. Das Wasser spritzt auf.

Magda kichert vor sich hin. Ihre Mutter grinst bis hinter die Ohren, weil sie zum ersten Mal in ihrem Leben ihren Fritz Kartoffeln schälen sieht.

»Was soll dees werre, Vadder?«

»Kunst.« Er sagt es mit spitzem st.

»Mir brauchet koi Kunscht, mir wellet Äbire mit Spätzle«, faucht ihn seine Frau an.

Der Schultes lässt sich nicht davon abhalten, pfeifend drei weitere Kunstwerke herzustellen. Als er beim fünften ist, klopft es an der Tür.

Die Lindenwirtin öffnet mit dem Ellbogen, denn sie hat mehlige Hände. Der Unterlehrer steht draußen. Die Wirtstochter strahlt übers ganze Gesicht, als habe sie eben ein achtbeiniges Wunderpferd geschaut. Sie wird rot, streicht sich die Haare glatt und wirft dem jungen Mann feurige Blicke zu.

Der Schultes lässt das Messer fallen und steht auf. »Aberjetza lecket mich am Arsch«, sagt er, wischt sich die Hände am Hosenboden ab, schiebt den Unterlehrer wieder durch die Tür und schmeißt sie hinter sich zu.

Im Büro muss sich der Lehrer an den Schreibtisch setzen. Der Schultes nimmt neben ihm Platz. Die Besucher lässt er stehen. Vor dem Richter müssen die Angeklagten auch stehen, hat er einmal gehört.

»Unser Herr Lehrer muss ein Protokoll machen und aufschreiben, was ich frag und was ihr sagt. In einer halben Stund fängt die Schule an. Also machet keine Fisimatenten. Sonst rauchts.«

Der Lehrer holt Schreibzeug und einen neuen Kanzleibogen aus der Schublade. Dann nickt er dem Stadtoberhaupt zu.

»Aberjetza, wie war das mit dem Läpple?«

Der Scharwächter druckst herum. Schließlich sagt er: »Ich hab kein Geld gebraucht.«

»Wer dann?«

»Schultes, i han a …«, will sich die Scharwächterin rechtfertigen.

»Hochdeutsch, Agathe, dein Lettagschwätz kann der Lehrer nicht aufschreiben.«

»Ich han ein Gärtle kaufe welle aus der Gant von einer ausgewanderten Familie. Do han ich ein Krautgärtle mache welle.«

»Wann?«

»Im April.«

Der Scharwächter mischt sich ein: »Und dann isch mei Agathe zum Läpple und hat gsagt, dass sie fünfzig Gulden brauche dät.«

»Lass mi schwätze, Gottlob.« Sie strafft sich und gibt sich einen Ruck. »Dann bin ich zum Läpple und hab gsagt, dass er mir Geld gebe muss.«

»Warum?«

»Weil er mir noch äbbes schuldig isch.«

»Der Läpple? Dir etwas schuldig?«

Der Scharwächter rutscht auf seinem Stuhl hin und her. Dann fasst er sich ein Herz. »Der Donnderkrippel isch ja an allem schuld.«

»An was?«

»Dass mei Agathe in d Schand komme isch.«

Dem Lehrer stockt die Feder. Der Schultes greift sich an die Stirn und schluckt trocken. Der Läpple und die Agathe? Alles hätte er sich vorstellen können, aber das?

Sie weint und zieht die Nase hinauf. »Er hat bloß glacht.«

Der Scharwächter sieht seine Frau mitleidig an. »No bin ich zum Läpple und han ihm gsagt, dass ich ein paar Sache wisse dät, wo sich die Gendarmen dafür interessieren dädet.«

»Und dann hast unterschrieben?«

Beide nicken.

»Fünfzig Gulden und fünf Gulden Zins«, sagt der Hilfspolizist mit betrübtem Gesicht. »Bis ultimo September.«

Der Unterlehrer lässt vor Schreck den Federhalter fallen. Tinte spritzt über das Papier. »Fünf Gulden für vier Monate? Das sind ja dreißig Prozent Zins!« Hastig reißt er die Schublade auf. »Kein Löschpapier, Herr Bürgermeister?« Er sucht und findet: »Ah, eine Streusandbüchse.«

Der Schultes wendet sich wieder den beiden zu. »Ihr wisst doch ganz genau, dass das Wucherzins ist.« Er schüttelt den Kopf. »Warum seid ihr nicht zu mir gekommen?«

»Weisch, Schultes«, gesteht sie unter Tränen, »mein Gottlob hat gsagt: Gang nicht zum Fürscht, wenn du nicht gerufen wirscht.«

»Du heiliger Strohsack! Ihr hättet doch niemals fünfundfünfzig Gulden auftreiben können.«

Sie schauen den Schultes bockig an.

Der Schultes begreift. »Also habt ihr Geld geliehen mit der Absicht, es niemals zurückzuzahlen.«

»Der ischt mir no äbbes schuldig«, sagt die Scharwächterin unter Tränen, aber trotzig.

»Ich bin kein Advokat. Aber das riecht doch nach Betrug oder Erpressung.«

Sie wird wild. »Das ischt mir scheißegal, Schultes!« Ihre Augen funkeln wie bei einer Katze in der Nacht. »Ich bin auch äbber!« Erregt, laut und schrill: »Glaubsch du, dass der älles machen derf, bloß weil der Geld hat? Der hat mir älles verschprochen. Und wo des Kindle da gwesen ischt, no hat nix meh gegolten.« Grimmig fragt sie: »Und was ischt no dees?« Sie stampft auf. Zorn blitzt aus ihren Augen. »Betrug, tät i sage!! Vergifte hätt i den Scheißkerle solle.«

»Dass der Haderlomp jetzt hee ischt, das geschieht ihm ganz recht!«, steht der Scharwächter seiner Frau bei. »Dass mr so an Lomp irgendwann amol verdwischt on hee macht, dees isch doch normal!« Jetzt kocht er vor Wut. »So ein Drecksack, verreckter!! Bringt älle Leit um ihr bissle Lebe on lacht oim au no frech ins Gsicht! Pfui Deifl!« Er spuckt auf den Boden. »Der hat doch d Leut scho bschisse, eahnd er hat laufe on schwätze kenne! Der Sappermenter, der wurmstichige!«

Der Schultes hat den Hilfspolizisten noch nie so wütend gesehen. Ruhig fragt er ihn: »Und was hast du mit seinem Tod zu tun?«

»Nix!!« Der Scharwächter stampft zweimal auf.

»Die Kätter hat dich aber mit dem Läpple ghört.«

»Die hat doch a paar Dachsparre offe! Die soll ihre Eier ausbrüte on s Maul halte, die alt Schädderbix, die verschissne!«

»Sie hat gsagt, dass du mit ihm gestritten hast.«

»Wann?« Der Scharwächter beruhigt sich langsam, weil ihn seine Frau an der Hand fasst und bettelt: »Komm Gottlob, reg de net so uff.«

»Um die Zeit, wo der Läpple gmeuchelt worden ist.«

»Kann net sei, Schultes!«

»Aberjetza, wo bist du am Sichelhenkensamstag um sechs Uhr gwesen?«

»Weiß ich nemme. Un jetzt lass mi in Ruh.«

»Vielleicht in der Nähe vom Läpple?«

»I sag nix meh.«

Um acht stiefelt der Schultes unter dem Wengertturm hindurch zum Städtle hinaus. Es ist hohe Zeit, dass er in seinen Weinberg auf dem Schlossberg kommt.

Er trägt wieder seine abgeschabte, gelbledderne Kniehose mit Knieriemen, das geflickte Leinenhemd, den alten, wasserdichten Zwilchkittel, einen blauen Schurz und seine vom Schweiß speckig gewordene blaue Schildkappe mit lackiertem Lederschild.

Auf der langen Treppe zum Schloss muss er schnaufen wie ein Ross. Die steile Lage am Schlossberg ist prächtig für den Weinbau; sie liegt genau nach Süden. Aber sie kostet viel Kraft und Schweiß. Kreuzlahm wird man beim Weinanbau. Erst die endlosen Treppen, bis man überhaupt in den Wengert kommt. Dann die vielen Stäffele zwischen den Schrannen. Immer treppauf, treppab. Beim Schneiden, beim Binden, beim Hacken, beim Lesen, beim Pfählen. Im Herbst zieht man die Pfähle aus dem Boden und deckt die Reben mit Stroh und Erde zu. Im Frühjahr muss man neu pfählen, die Reben aufrichten, anbinden, schneiden, die Schrannen mehrmals hacken und die Trockenmauern ausbessern.

Zum Glück kommt am Jahresende der Christian heim. Der versteht inzwischen mehr vom Weinbau als jeder andere im Städtle, weil er seit zwei Jahren beim Schwager, dem Bruder der Lindenwirtin, in Oberriexingen lernt. Zudem hilft er Pfarrer Steeb, der in dem kleinen Ort an der Enz einen berühmten Versuchsweinberg betreibt. Steeb ist für seine modernen Weinbaumethoden bekannt, weit über die Landesgrenzen hinaus.

Der Schultes lässt sich auf halber Höhe erschöpft auf ein Mäuerle fallen und schaut auf sein geliebtes Enzheim hinab. Von oben ist es ein friedliches Städtchen. Über hundertfünfzig Wohnhäuser mit Scheunen, Ställen und Werkstätten. Eine Kirche. Ein Rathaus. Eine Volksschule mit zwei Klassen und eine einklassige, verwahrloste Lateinschule. Eine alte Zehntscheuer, drei Tortürme und ein Nachtwächterturm. Das und noch mehr hat der Unterlehrer im Frühjahr auf Geheiß der Regierung zählen müssen. Neunundneunzig Bauern leben hier, davon fast die Hälfte Weinbauern. Dazu etwa fünfzig Handwerker, drei Gastwirte und ein Viehhändler. Schließlich noch die ansässigen Tagelöhner und viele Knechte und Mägde auf Zeit, die an Martini kommen und gehen. Alles in Butter da unten, könnte man meinen. Auf den ersten Blick.

Doch sogleich fällt dem Schultes ein, wie es in den Häusern drinnen aussieht. Man könnte weinen, wenn man an das Elend und die Bosheit, die Raufhändel und die Armut denkt. Auch Wucherer, Beutelschneider und Brunnenvergifter treiben in dem unschuldigen Städtle ihr Unwesen. Aber wie denen das Handwerk legen? Zu allem Übel jetzt noch der Mord am Läpple. Aber warum? Und wer?

Hilft alles nichts. Er muss weiter. Heute hat die Lese begonnen. Da will er dabei sein. Christian hat am Montag geschrieben, Pfarrer Steeb schneide in dieser Woche die ersten Trauben ab. Zuerst die Reben am Berggipfel lesen, lasse Steeb ausrichten. Dann die am Bergfuß und in der Bergmitte, aber nur reife Beeren ernten. Die Trauben am Gipfel seien nämlich in aller Regel die schlechtesten und würden am schnellsten faulen. Sie stünden in der kalten Zugluft und hätten den magersten Boden. Der Wind blase die gute Erde fort und häufe ihn in der Bergmitte und am Fuß des Berges an. Die Reben im Tal bekämen Frost und wenig Sonne. Heuer ganz besonders. In der Bergmitte dagegen wachse der beste Wein. Der erziele die höchsten Preise. Vor allem dieses Jahr, prophezeit Steeb, weil die Traubenernte sehr gering ausfallen werde.

Viele Reben um Enzheim herum sind Anfang Mai erfroren. Zudem war es in den Sommermonaten kalt und regnerisch. Darum muss man heuer darauf achten, immer nur die reifen Trauben abzuschneiden und sofort zu keltern. Die nachgetriebenen Trauben und die Geiztrauben, die erst nach dem Maifrost ausgetrieben haben, werden wohl noch zwei Wochen bis zur Reife brauchen.

Der Schultes ist stolz auf seinen Christian. Mit jedem Schritt und Schnaufer, den er seinem Wengert näher kommt, wächst der Respekt vor seinem Zweitältesten. Man müsse die Weinstöcke heuer mehrmals durchsehen, hat er geschrieben. Jede Woche ein- bis zweimal. Immer von oben nach unten, und immer nur die reifen und süßen Trauben herausschneiden. Dann könne man aus den wenigen Trauben einen guten Wein machen und so über den Preis den Mengenverlust etwas ausgleichen.

Als der Schultes unten an seinem Wengert ankommt, sieht er seine Dienstboten am Hang über sich arbeiten. Ganz oben, dort, wo der Fahrweg ist, steht der Wagen mit dem großen Kübel. Die Pferde sind ausgeschirrt und grasen am Wegrand.

In aller Herrgottsfrühe hat der Schultes seine Leute eingewiesen. Faule Beeren wegschmeißen! Unreife stehen lassen! Die kommen nächste oder übernächste Woche dran. Mit der obersten Schranne beginnen! Dann die nächste drunter, dann die übernächste. Ganz was Neues, hat eine Magd gemault, aber der hat er gleich den Marsch geblasen.

Seine Frau Minna ist mit Frieder und dessen Mannschaft auf die Lug gefahren. Der Oberknecht Karl und der Schweizer lesen mit ihrer Gruppe hier am Schlossberg.

Der Schultes steigt bis zur obersten Schranne hinauf. »Wie gehts, Hänsli?«

»Heute Morgen ist es a bitzeli kalt.« Der Fachmann fürs Vieh, der aus der Schweiz stammt und schon lange auf dem Lindenhof lebt, kennt sich inzwischen auf allen Gebieten der Landwirtschaft gut aus. Er zeigt seine Hände vor. Die Finger sind schwarz und klebrig vom Rebensaft und von der Erde. »Eine mühsame Arbeit ist das, Schultes. Wir schneiden bloß heraus, was überreif ist. Was noch ein paar Tage Sonne vertragen kann, lassen wir bis nächste Woche hängen.«

»Sehr gut, Hänsli! Der Sommer war schlimm. Aber dieser schöne und milde Herbst versöhnt a bitzeli. Odr?«

Der Schweizer lacht gutmütig. Er mag seinen Bauern, der nach der Devise handelt: Leben und leben lassen, immer im Respekt vor anderen Leuten.

»Aber du weißt, Hänsli, wenn der erste Nachtfrost kommt, muss alles gelesen sein.«

»Weiß schon. Der Frieder, der Karl und ich passen auf das Wetter auf.«

Der Schultes ist zufrieden. Er kann sich auf seine Leute verlassen.

Der Schweizer und drei Mägde suchen auf der obersten Schranne die Rebstöcke ab. Sie wühlen unter den Blättern nach den reifen Trauben, schneiden sie ab und werfen sie in Eimer. Sind die voll, schütten sie die Beeren in die Butte. Dabei läuft Saft aus und tropft dem Karl ins Genick. Der hockt auf der Schrannenmauer und hat die Butte auf dem Rücken. Geduldig wartet er ab. Dann steht er auf, ächzt und stöhnt wegen der vielen Stäffele. Am oberen Fahrweg kraxelt er über die schwankende Leiter den Wagen hinauf, bückt sich und leert, die Butte zur Seite geneigt, Beeren samt Soße über die rechte Schulter in den großen Zuber. Die Magd, die in dem großen Bottich steht und mit bloßen Füßen die Trauben zertritt, schreit auf, wenn der Most aufschwappt.

Die schwere Arbeit, der süßliche Geruch und die wärmende Sonne machen hungrig. Das Morgenessen ist ja schon lange her. Um halb fünf sind alle aufgestanden, und die Knechte und Mägde haben noch vor dem Aufbruch das Vieh im Stall versorgt.

Darum macht der Schultes ein Kartoffelfeuer. Er zündelt gern. Das hat er schon als Bub gemocht. Mit ein paar Zweigen wedelt er den Flammen Luft zu und schmeißt altes Rebholz hinein. Dann holt er zwei Körbe vom Wagen. Im einen Brot, Wurst und Käse, im anderen Becher, Messer, Wein und Most.

»Vesper!«, schreit er die Schrannen hinunter. Gleich kommen seine Leute herauf, waschen sich in einem Eimer die Hände und hocken sich ums Feuer. Die Obermagd putzt dem Karl, der sich über den Eimer beugt, die klebrige Brühe aus dem Genick. Der Schweizer zieht die Glut auseinander, dass die Funken stieben und die Mägde kreischen. Dann holt er Kartoffeln vom Wagen und legt sie ins Rotglühende.

Sie essen und trinken, wärmen sich am Feuer und erzählen. Wie's früher bei der Lese war. Was für schlechte Zeiten das damals waren. Dass man kaum zu essen hatte. Doch nach kurzer Zeit sind sie beim wichtigsten Thema in Enzheim, dem Mord. Sie berichten, was im Städtle getratscht wird. Sie rätseln, was den Mörder zur Tat getrieben haben könnte. Sie malen in schreienden Farben aus, wie der Läpple wohl gestorben ist. Sie sind sich einig. Einer oder eine aus dem Städtle war's. Die Knechte behaupten, nur ein Mann könne den stämmigen Läpple so hingerichtet haben. Die Mägde bezweifeln das. Wenn eine Frau eine Stinkwut habe, dann sei ihr alles zuzutrauen.

Der Schultes hört, sieht und schweigt. Er weiß ja auch nicht mehr. Das verdrießt ihn. Heut Abend schwätz ich mit dem Pfarrer, beschließt er. Vielleicht weiß Abel einen Rat, wie man den Mord endlich aufklären könnte. Laut sagt er: »I gang heut Abend a Stund früher wege dem Läpple.« Die Leute sollen denken, er wüsste etwas.

Bis um fünf reiht er sich in die Arbeit seiner Knechte und Mägde ein, spricht nicht viel, schuftet, bis der Schweizer zu ihm sagt: »Du schaffst heut für zwei, Schultes.«

»Stellen Sie sich vor, Herr Bürgermeister, heute Nachmittag bin ich in meinem Garten in der warmen Sonne eingedöst. Da war mir, als säße ich auf dem Mond und schaute mit meinem neuen Fernrohr auf die Erde herab. Merkwürdiges habe ich gesehen.« Abel trinkt einen Schluck.«Vierfüßler, die um Häuser springen. Pferde, Rindviecher, Schafe, Ziegen, Schweine, Hunde. Dazwischen ein paar armselige Kreaturen, die auf zwei Beinen daherwackeln und mit den Vorderfüßen in der Luft wedeln, damit sie nicht umfallen. Jedenfalls«, er muss lachen, »hatte ich ganz deutlich den Eindruck, wir Menschen sind doch nicht die Krone der Schöpfung.«

Er schiebt dem Schultes noch ein paar Rädchen Wurst auf den Teller. Dann prostet er seinem Gast zu.

Er habe am Morgen in seinen Weinberg unterm Schloss hinauf müssen, berichtet der Schultes. Unterwegs sei ihm der Schnaufer ausgegangen. »Da hab ich mich auf ein Mäuerle an der Schlossbergstaffel gehockt.« Er nimmt einen Schluck. »Schön hat's ausgeschaut, unser Enzheim. Von oben! Geglänzt hat es in der Sonne, als wär alles wunderbar. Aber dann hab ich dran denken müssen, dass es in den Häusern Lug und Trug gibt, Streit und sogar Mord. Da hab ich gewusst, ich muss mit Ihnen wegen dem Läpple reden. Die Leute zerreißen sich schon das Maul, weil der Mörder immer noch frei herumläuft.«

»Also ich für meinen Teil«, Abel kaut und schluckt, »glaube nicht, dass seine Frau etwas mit dem Mord zu tun hat.«

Der Schultes runzelt die Stirn und legt die Gabel auf dem Tellerrand ab.

»Natürlich hat sie sich über ihren Johann geärgert. Welche Frau verliert nicht die Fassung, wenn der eigene Mann ständig neue Liebschaften beginnt?«

»Sehen Sie, Herr Pfarrer, genau darum will ich nicht ganz ausschließen, dass die Läpple …«

»… ja, ja, Herr Bürgermeister, insoweit gebe ich Ihnen ja Recht. Der Läpple hat seiner Frau nie die Möglichkeit geboten, bei uns in Enzheim heimisch zu werden oder eine Freundin zu finden. Er hat sie wie eine Gefangene gehalten, obendrein noch seine Schwester als Aufpasserin ins Haus geholt. Bestimmt hat die Läpple mit der Zeit nicht nur einen dicken Hals gekriegt, sondern auch eine Wut. Vielleicht hat sie ihn sogar gehasst. Trotzdem bleibe ich dabei: Ein so brutales Verbrechen passt nicht zu ihrem sanften Wesen.«

»Wer soll es denn sonst gewesen sein?«

»Offensichtlich hat ein Kampf auf Leben und Tod stattgefunden. Anders kann man sich diese scheußliche Tat doch nicht erklären.«

»Dann halten Sie auch die Frieda nicht für verdächtig?«

»Nein. Sie ist dem Läpple kräftemäßig weit unterlegen. Vielleicht hat sie ihm die Zähne gezeigt. Mehr bestimmt nicht. Wie ich höre, wollte sie sowieso an Martini weg und sich anderswo eine neue Stelle suchen. Selbst wenn ihr der Läpple vier Wochen vor der Zeit gekündigt hätte, wäre sie nicht in Verlegenheit gekommen. In der Erntezeit braucht man jede Hand.«

»Und warum schweigt sie?«

»Vielleicht hat sie etwas gesehen oder gehört. Möglicherweise fürchtet sie, in etwas hineingezogen zu werden.«

Dann wirft Abel drei Fragen auf, die er sich seit Tagen überlegt hat: Wer ist der Ermordete? Wie ist er ermordet worden? Was hat der Täter wohl nach der Tat gemacht?

»Der Läpple«, erinnert sich der Schultes, »ist einer von hier. Wann er geboren ist, weiß ich nicht genau. Jedenfalls ist er mindestens zehn Jahre jünger als ich. Nach der Schule hat er gleich auf dem elterlichen Hof angefangen. Und als sein Vater verunglückt ist, hat er alles geerbt. Er war ja der einzige Sohn.«

»Mir wurde vor Jahren zugetragen, dass es wegen des Unfalls Gerüchte gegeben haben soll.«

»Ja, Herr Pfarrer, der Jakob ist durch die Heuluke gefallen und war gleich tot. Der Johann soll zu der Zeit im Stall gewesen sein und nichts mitbekommen haben.«

Abel zieht die Nase kraus und sieht seinen Gast nachdenklich an.

»Jedenfalls war der Johann von heut auf morgen der Bauer. Schon in der Schule war er ein jähzorniges und herrisches Bürschle. Aber als Bauer hat er versucht, mit den Leuten Katz und Maus zu spielen. Scham, Demut, Mitgefühl hat der Johann nicht gekannt. Rücksichtslos hat er seinen Vorteil gesucht. Deshalb war er in Enzheim unbeliebt. Er wurde zum Außenseiter. Keiner von den alteingesessenen Bauern hätte ihm seine Tochter zur Frau gegeben. Darum hat er sich eine Auswärtige nehmen müssen. Aber keine Magd im Städtle war vor ihm sicher.«

»Sie zeichnen kein gutes Bild von ihm, Herr Bürgermeister.«

»Aber so war er, Herr Pfarrer. Großkotzig und herrisch. Sie werden im Städtle nichts anderes über den Kerl hören.«

»Wie ist er zu seinem Geld gekommen?«

»Vom Vater hat er wohl einiges geerbt. Mit Wucherei hat er es in zehn Jahren vervielfacht.«

»Wenn er vielleicht doch Freunde hatte, könnten wir die befragen.«

»Freunde?« Der Schultes denkt lange nach. Er schüttelt den Kopf. »Nein!« Und nach einer kleinen Pause. »Aber genug Feinde.«

»Wegen der Frauengeschichten?«

»Hätte der etwas mit meiner Tochter angefangen, wär ich mit einem Prügel dazwischen. Auf den anderen Höfen wär's ihm genauso ergangen. Nur an die Mägde hat er sich herangetraut. Darum könnte er allenfalls einem Knecht ins Gehege gekommen sein.«

»Oder seine Wucherei ist ihm zum Verhängnis geworden.«

»Für Sie, Herr Pfarrer, kommt also nur ein Mann in Frage?«

»Bedenken Sie, dass Frauen nicht geschäftsfähig sind. Sie dürfen keine Schuldscheine unterschreiben. Nur ein Mann darf das. So steht's im Gesetz. Ich habe Ihnen doch berichtet, was mir ein paar Schuldner verraten haben. Der Läpple hat erst Geld herausgerückt, wenn er ein schriftliches Schuldanerkenntnis hatte. Also musste immer ein Mann unterschreiben. Dem hat er dann auch das Geld gegeben.«

»Aber was ist, wenn er doch wegen seiner Frauengeschichten über den Jordan ist?«

Abel lacht. »Auch dafür kommt nur ein Mann in Frage. Eine Magd kann in der Erntezeit jederzeit ihre Stelle kündigen und woanders hingehen. Einen zudringlichen Kerl muss sie sich nicht mit einer solchen Bluttat vom Hals schaffen.«

Der Schultes mampft, schluckt und verzieht das Gesicht. Er ist beeindruckt. »Die Enzheimer denken wie Sie, Herr Pfarrer«, sagt er nach einer langen Pause. »Einen Menschen erschießen, erwürgen, erschlagen oder abstechen, das könnten nur Männer.«

»Dass ein Kampf stattgefunden hat, das zeigen die Spuren. Der Täter muss kräftig sein. Ich nehme an, der erste Schlag kam für den Läpple überraschend. Dem zweiten wollte er ausweichen. Er hat den Kopf zurückgeworfen, darum ist er ins Herz getroffen worden.«

»Zu Ihrer Frage, was der Mörder jetzt macht, meine ich, dass er sich im Städtle versteckt. Er tut so, als könne er kein Wässerchen trüben und wartet ab. Vielleicht will er ans große Geld.« Und dann überrascht der Schultes seinen Pfarrer mit der Nachricht, dass er gestern in Läpples Truhe zweihundert Gulden in Gold gefunden hat.

»Du meine Güte!« Abel ist begeistert. »Sehen Sie, Herr Bürgermeister, der Kerl hatte Geld wie Heu, wie wir's vermutet haben.« Eine Spur leiser: »Und vom Silbergeld und dem Schuldnerbuch keine Spur?«

Der Schultes schüttelt betrübt den Kopf. »Wir haben das Unterste zuoberst gekehrt. Sogar das Buffet ausgeräumt, die Stühle umgedreht, die Bilder abgehängt. Nichts. Keine Silbergulden, erst recht kein Buch.«

»Wir müssen das Versteck finden, Herr Bürgermeister! Es ist unsere einzige Chance, den Mörder zu überführen.« Abel zeigt ein betrübtes Gesicht. Doch plötzlich hellt sich seine Miene auf. »Vielleicht weiß der Schreiner in Ludwigsburg noch, ob er ein Geheimfach eingebaut hat.«

»Wir sind mitten in der Traubenernte, Herr Pfarrer. Ich kann nicht nach Ludwigsburg.«

Abel denkt ein Weilchen nach. »Dann machen wir's ganz unauffällig. Der Unterlehrer soll am nächsten Mittwoch mit der Postkutsche reisen und abends mit dem Finkenberger zurückkommen.«

# Mittwoch, 6. Oktober 1841

*K*urz nach zwölf, die Schule ist gerade aus, rennt der Unterlehrer die paar Schritte hinüber zum Ochsen, wo die Postkutsche abfahrbereit steht. Er müsse im Auftrag des Pfarrers etwas in Ludwigsburg besorgen, sagt er dem Ochsenwirt und den Mitreisenden. Weil nachmittags keine Schule sei und der neue Provisor den Mesnerdienst versehe, könne er ausnahmsweise auch mal fort. Abends um halb sechs warte der Finkenberger in Ludwigsburg am unteren Schlosstor auf ihn und nehme ihn wieder nach Enzheim zurück.

Die Kutsche ist schnell, die Mitfahrt teuer. Doch das stört den Lehrer heute nicht, weil ihm der Pfarrer Fahr- und Zehrgeld in die Hand gedrückt hat.

Kurz nach eins hält die Post in Ludwigsburg. Als der Lehrer aus der Kutsche klettert, kommt er aus dem Staunen nicht mehr heraus. Er steht auf einem riesigen, fast quadratischen Platz. Das sei der Marktplatz, sagt ihm ein Passant, der sich über den perplexen jungen Mann amüsiert. Der dreht sich im Kreis und schaut mit offenem Mund. Dann lehnt er sich in der Mitte des Platzes an den eisernen Brunnen, auf dem Herzog Eberhard Ludwig sein Volk grüßt, den Marschallstab zum Kommando erhoben. Das Marktkarree ist außen von Arkadenhäusern gesäumt. Zwei Kirchen stehen sich spiegelbildlich gegenüber.

Eine so prächtige Stadt hat er noch nie gesehen. Hier Schulmeister werden, das wär ein Traum. Aber heute ist keine Zeit für Hirngespinste. Wo hat der Schreiner Höfele seine Werkstatt? Gleich beim Marktplatz, hat der Pfarrer gesagt.

Er fragt einen vorbeieilenden Bäckerburschen. »In der Bärenstraße!« Der Junge deutet auf eine der beiden Kirchen. Rechts vorbei, dann die Eberhardstraße schräg überqueren.

Schreinermeister Höfele steht in seiner Werkstatt vor der Hobelbank. Dahinter ist ein großes, zweiflügeliges Sprossenfenster. Rechts daneben hängen allerlei Werkzeuge an der Wand. Hobel aller Größen, Handsägen, diverse Schraubzwingen, Stechbeitel, Raspeln und Feilen. Darunter lehnt eine Bügelsäge. In der Mitte des Raumes steht ein gusseiserner Ofen mit einer großen Herdplatte und einem langen Ofenrohr, das aufsteigt, dann eine Holzablage umwindet und durch die Decke verschwindet. Auf dem Herd köchelt ein Topf mit Leim und summt eine Wasserkanne. An der Decke trocknen Bretter auf einer Stellage. Der Hobelbank gegenüber steht ein großer Blechkasten auf zwei Holzböcken. Darin werden Latten im heißen Wasser biegsam gemacht.

Der Meister hört aufmerksam an, was der junge Mann zu sagen hat.

»Wie lang isch dees her?«

»Zehn Jahre.«

»O jegesle, dees isch lang. Dees weiß i nemme.«

»Aber Pfarrer Abel muss es wissen«, bettelt der Lehrer.

»No müsse mr halt in meim Büchle nachgucke.« Er wischt sich die klebrigen Hände an seinem Schurz ab und öffnet ein kleines Hängeschränkchen. Offensichtlich sein Büro. Ein paar Bücher sind drin, auch ein verschraubtes Tintenfass, eine Gänsefeder und etwas Papier.

Er nimmt ein blau gebundenes Buch heraus. *1825 bis 1835* steht vorne drauf. Mit dem Zeigefinger, den er auf der Zunge befeuchtet, blättert er andächtig in seinen alten Aufschrieben. Dabei summt er vor sich hin.

»Noi, nix isch. Einunddreißig han i nix für an Läpple aus Enzheim gschreinert.«

»Bitte schauen Sie im Jahr davor nach. Bitte! Für meinen Pfarrer ist es sehr wichtig.«

Der Schreiner zieht die Augenbrauen hoch und schaut den jungen Bittsteller lange an. Dann befeuchtet er nochmal seinen Finger und blättert zurück, liest, blättert weiter. »Jetzt schlag mes Blechle.« Er deutet auf einen Eintrag. »Do isch er ja.«

Er murmelt etwas vor sich hin. Offensichtlich liest er seine alten Notizen. Laut sagt er: »An Kaschte. Au, der isch aber groß gwä. An Tisch. Vier Stühl. A Sidel on an Uhrekaschte.«

»Es geht darum, dass Pfarrer Abel der Frau Läpple helfen will, die Papiere und Urkunden ihres Mannes aufzuspüren. Wegen dem Erbe, Sie verstehen? Der Läpple ist nämlich leider gestorben.«

Der Schreiner kratzt sich am Kopf. »Au, dees isch heikel«, er denkt nach, »hasch a Papier von deim Pfarrer dabei?«

»Wozu?«

»Dass i dir dees sage derf.«

Der junge Mann schüttelt betrübt den Kopf.

»I glaub dir ja. Aber do geits Vorschrifte. I derfs neamerd sage, sonscht wär's ja koi Geheimfach meh. Du könntsch ja au an Spitzbue sei.«

Der Lehrer sieht den Handwerker entsetzt an.

»Eins derf i dir verrate. Drei Fächer han i gmacht.«

»Drei Geheimfächer?«

Der Schreiner nickt.

»Und jetzt, Herr Höfele?«

»Sau nüber zum Vogel. Dees isch dr Schlosser en dr Alte Gass. Der hat zwei Schlösser neigmacht.«

Der Meister geht mit seinem Besucher vors Haus und zeigt ihm den Weg. Die Bärengasse wieder vor bis zur Eberhardstraße. Diese an der Rückseite der Kirche entlang. Und am nächsten Abzweig rechts rein, das sei die Alte Gasse. Dort finde er den Schlossermeister Vogel.

Der Schlosser fertigt den Besucher rasch ab. Ja, er habe in die Möbel vor der Auslieferung etwas eingebaut. Was und wie, das dürfe er nicht sagen. Berufsgeheimnis. Alle seine Kunden, und er bediene die nobelsten Herrschaften in und um Ludwigsburg, würden ihm wegen seiner Verschwiegenheit heikle und knifflige Aufträge anvertrauen. Darum werde er nur etwas sagen, wenn man ihm eine schriftliche Aufforderung der Gendarmerie vorlege.

Dass diese Antwort den jungen Mann reichlich enttäuscht, sieht man ihm deutlich an.

Darum fragt Meister Vogel eine Spur freundlicher: »Hen ihr wenigschtens dees Schlüssele gfunde?«

Der Lehrer schüttelt den Kopf. Dabei schaut er wohl etwas dumm aus der Wäsche. Er ahnt ja nicht, dass ihn der Schlosser prüfen will.

»Jetz do guck no«, erregt sich der Handwerksmeister. »Hasch me reilege welle, Bürschle? Du hasch ja vo nix a Ahnung. Brauchsch gar nemme komme. Dir verrat i uff koin Fall äbbes. On deim Pfarrer sagsch, i will a Papier von de Gendarme sehe.«

Enttäuscht und wütend rennt der Lehrer aus der Schlosserei. Was wird wohl Pfarrer Abel sagen? Wird der Schultheiß ihm diesen Misserfolg verübeln? Zu allem Unglück findet im Dezember die Schulmeisterwahl statt. Aus der Traum, Meister Hartmann beerben zu können.

Kopflos läuft er im Kreis; zweimal kommt er an der Kirche vorbei. Dann reißt er sich zusammen und geht durch die Altstadt hinunter zum Schloss.

Wie ein Häufchen Elend hockt er sich neben dem unteren Eingang auf ein Mäuerchen.

Wenn man mir einen neuen Schulmeister vor die Nase setzt, schimpft er vor sich hin, dann muss ich weg von Enzheim. Ein gewählter Schulmeister sitzt in der Regel dreißig oder vierzig Jahre auf der Schulstelle. Und so lange nur den Handlanger spielen? Den Hanswurst, der nach der Pfeife des Neuen tanzen muss? Der die niedrigsten Arbeiten verrichten muss, aber nichts verdient? Dann kann ich ja nie heiraten und eine eigene Familie gründen. Nein, nicht mit mir. Er stampft auf.

Aber wohin? Hierher nach Ludwigsburg? Wär nicht schlecht. Da verdient man als Unterlehrer bestimmt viel mehr als im Städtle an der Enz. Aber das Leben in einer so großen Stadt wird wohl teurer sein. Und ob man so schöne Nebenämtchen wie in Enzheim bekommen würde? Also doch lieber als Unterlehrer in eine kleinere Gemeinde, wo der Schulmeister schon alt und das Nachrücken auf seine Stelle wenigstens in Reichweite ist.

Langsam kommt er zur Ruhe. Er bummelt bergauf, an der Schlossmauer entlang, und späht immer wieder durch die schmiedeeisernen Gitterstäbe hindurch aufs Schloss und den Park. Dann biegt die Mauer rechtwinklig nach links ab. Er folgt ihr noch ein Stück, bis er auf der gegenüberliegenden Straßenseite das Tor zum berühmten Zucht- und Arbeitshaus sieht.

Über das Leben in der Anstalt gibt es viele Gerüchte. Die einen sagen, die Häftlinge führten ein herrliches Leben auf Staatskosten. Die anderen behaupten, die Gefangenen seien nachts angekettet und müssten tags zwölf Stunden und mehr schuften, um ihr Wasser und Brot selber zu verdienen.

Es läuft ihm eiskalt den Buckel runter, als er an den Gefängnismauern vorbeischleicht. Nichts wie weg!

Um halb acht sitzt der Lehrer in Abels Amtsstube. Zerknirscht und niedergeschlagen beichtet er seinen Misserfolg.

»Nein, nein, mein Lieber«, versucht ihn der Pfarrer aufzurichten, »Sie haben zwar weniger erreicht, als ich in meinen kühnsten Träumen erhoffte, aber mehr als ich schlimmstenfalls befürchtete. Es hätte ja auch sein können, dass Sie ohne jede Erkenntnis heimkommen würden.«

»Aber ich habe doch nichts in Erfahrung bringen können, Herr Pfarrer.«

»Dusma, mein Sohn, ganz langsam. Immerhin wissen wir jetzt, dass es drei Geheimfächer in Läpples Möbeln geben muss. Außerdem hat der Schreiner verraten, dass Meister Vogel in zwei der drei Geheimfächer Schlösser eingebaut hat. Sprach der Schlosser nicht auch von einem Schlüsselchen?«

»Aber Sie haben doch die Möbel gesehen. Der Herr Bürgermeister sogar zweimal, wenn ich's recht weiß. Ein Schlüssel braucht ein Schlüsselloch. Das fällt doch auf. Nein, Herr Pfarrer, so wie die mich in Ludwigsburg behandelt haben, bin ich eher der Meinung, die haben mich hinters Licht führen wollen.«

Abel lächelt milde. »Im Gegenteil, junger Mann. Ich habe schon viel von verborgenen Schätzen in Möbeln gehört. Daran geglaubt habe ich bisher nicht. Schmale Schubfächer in Tischen, Truhen und Schränken? Ja, das war mir bekannt. Vielleicht passen da ein paar Münzen hinein. Niemals jedoch einige hundert Gulden oder gar ganze Bücher. Hingegen eröffnet das, was Sie berichten, eine ganz neue Perspektive.«

Im Lehrer keimt wieder Hoffnung. Er strafft sich. »Meinen Sie, Herr Pfarrer?«

»Aber ja doch! Gerade weil beide Handwerker die Auskunft verweigert haben, scheint mir an der Sache etwas dran zu sein. Würden sie nämlich jedem, der bei ihnen anfragt, bereitwillig erklären, wo solche Behältnisse versteckt sind und wie sie funktionieren, dann wären es ja keine Geheimfächer mehr.«

Abel hebt warnend den Finger. »Sie müssen mir allerdings versprechen, dass Sie das, was Sie in Ludwigsburg erfahren haben, für sich behalten. Nur den Herrn Bürgermeister werde ich einweihen.«

Der junge Mann nickt eifrig. Er ist erleichtert.

»Darum danke ich Ihnen, dass Sie mir die Bücher und das Schreibzeug besorgt haben.«

Der Lehrer schaut Abel entgeistert an. Doch der schmunzelt, bis seinem Gast ein Licht aufgeht. »Verstehe, Herr Pfarrer«, er schlägt sich an die Stirn, »offiziell habe ich ja für Sie ein paar Besorgungen in Ludwigsburg machen müssen.« Er holt zwei Drei-Kreuzer-Münzen aus der Hosentasche. »Das Rausgeld, Herr Pfarrer.«

»Sie haben sich keinen Imbiss in Ludwigsburg gegönnt?«

»Mir war nicht danach.«

»Dann behalten Sie's als Schweigegeld.«

»Danke, Herr Pfarrer. Und was machen wir jetzt?«

»Ich muss unseren Bürgermeister konsultieren.«

»Schlossermeister Vogel wird auch dem Herrn Bürgermeister nichts verraten.«

»Gemach, junger Freund. Wenn wir eine Bescheinigung des Gendarmeriekommandanten vorlegen, dann werden die Herren Handwerksmeister in Ludwigsburg sich fügen müssen.«

»Wir, Herr Pfarrer? Verstehe ich Sie richtig, dass Sie sich selbst bemühen wollen.«

»Mit dem Gendarmeriekommandanten muss sich der Herr Bürgermeister auseinandersetzen. Aber auf die Fahrt nach Ludwigsburg möchte ich nicht verzichten. Wollen wir einmal sehen, ob mir die Handwerker die Auskunft verweigern, wenn ich das geforderte Papier vorlege. Ich will jetzt wissen, wie so ein Geheimfach funktioniert. Außerdem hat mir die Reise in unsere Landeshauptstadt gut getan. Warum sollte ich mir nicht hin und wieder ein Ausflügle gönnen, nachdem der Finkenberger seine Pferdebuslinie eingerichtet hat?«

# Freitag, 8. Oktober 1841

Wie mit der Läpple tags zuvor verabredet, ist der Schultes um halb sieben am Abend bei ihr. Sie empfängt ihn freundlich und bedankt sich, dass Pfarrer und Bürgermeister um sie besorgt seien. So viel Wohlwollen habe sie in Enzheim noch nie erlebt.

Sie bietet ihm ein Stück Nusskuchen an. Aus neuen, frisch gemahlenen Haselnüssen hergestellt und mit einer Schokoladenglasur überzogen, sagt sie stolz.

Der Schultes kommt aus dem Staunen nicht heraus. Diese Frau, die er bisher kaum beachtet hat und die im Städtle nie aufgefallen ist, zeigt Qualitäten, die ihm verborgen waren. Sie kann vorzüglich backen, besser als seine Minna mit ihrem ewigen Hefezopf. Sie kennt sich in den Handarbeiten aus. Und sie liest. Welch ein Kontrast zum Läpple, dem Grobian und selbstverliebten Gockeler.

»Ich habe«, sagt der Schultes, »mit dem Pfarrer über dich gesprochen.« Er sagt es auf Hochdeutsch, damit die Läpple begreift, dass es amtlich ist, was er mit ihr bereden muss. »Ich will ganz ehrlich sein, Anna. Unser Pfarrer meint, dass du unschuldig bist. Ich habe ihm nicht widersprochen. Aber ein bisschen beunruhigt es mich doch, dass du mir bisher nicht alles gesagt hast. Was ist vor vier Wochen geschehen?«

»I kann di schon verstande, Schultes«, sagt die Läpple und bemüht sich, auch nach der Schrift zu sprechen, »dann frag halt, was du wisse willscht.« Sie weicht seinem Blick nicht aus.

»Aberjetza, hat dich dein Mann geschlagen?«

»Manchmal. Er hat sich halt immer aufspiele müsse. Und wenn i em gsagt hab, Johann, a kleins bissele netter könnsch scho sei, dann war er glei obedusse.«

»Geld hat er nie bei sich gehabt?«

Sie überlegt nicht lang. »Doch, oin oder zwei Gulde, aber selte meh.«

»Und dir hat er wirklich nie Geld gegeben?«

»Fraue könnet net mit Geld umgange, hat mein Johann immer gsagt. Du hasch ja Geld von deine Hühner.«

»Seine Weibergeschichten haben dich bestimmt arg geplagt, oder?«

Sie nickt und fängt zu weinen an.

Er lässt ihr Zeit, sich wieder zu beruhigen.

Noch ein paar Schluchzer, dann sagt sie, jetzt in breitestem Schwäbisch: »Was hätt i denn doe solle? I han doch neamerd zum Schwätze gheht.«

»Hast du dir manchmal seinen Tod gewünscht?«

Sie schaut ihn ruhig an, dann senkt sie den Blick. »Wenn's schlemmer worre wär, no wär ich verloffe.«

»Würdest du beim Pfarrer einen Eid auf die Bibel schwören, dass du deinen Mann nicht auf dem Gewissen hast?«

In ihren Augen liest er zunächst so etwas wie Überraschung, dann eine gewisse Freude. »Glei«, sagt sie erleichtert, »no wär endlich raus, dass i dees nie doe kennt. No dätsch du mir endlich glaube.«

»Und die Frieda?«

»Dees isch a arms Mädle. I glaub net, dass se a Luder isch. Do isch mein Ma schuld.«

»Könnte sie deinen Johann …«

»Noi, nie, Schultes!« Sie widerspricht energisch. Die Frieda könne keiner Fliege etwas zuleide tun. Wäre ihr Mann nicht hinter dem Mädchen her gewesen, hätte sie die Frieda auch künftig gern um sich gehabt. Die Frieda verstehe sich gut mit ihren beiden Kindern. Aber das arme Ding wolle weg. Vielleicht wegen eines Mannes. Manchmal habe das Mädchen so ein Glitzern in den Augen, wenn es sagt, an Martini sei Schluss. Die arme Magd freue sich richtig auf den 11. November.

Der Schultes verputzt den Kuchen im Galopp. Als die Läpple ein zweites Stück anbietet, verschlingt er auch das in kürzester Zeit. »Nicht schlecht«, sagt er anerkennend, weil er nach der Devise lebt und handelt: Nicht geschimpft ist genug gelobt.

Dann steht er auf und tritt vors Fenster. Wie beiläufig nimmt er die Uhr, die immer noch auf dem Sims liegt, in die Hand. »Ein schönes Stück. Für eine Taschenuhr überraschend groß, dick und schwer.« Sie hat ein weiß emailliertes Zifferblatt mit römischen Ziffern und zwei goldenen Zeigern. Auffällig ist ein dritter Zeiger. Er ist lang und schwarz. Ganz außen um das Zifferblatt herum sind Striche. Er zählt. Genau sechzig. Das müssen Sekunden sein. Also wird der lange Zeiger, der auf diese Striche zeigt, ein Sekundenzeiger sein. Fürs Pulsmessen hätten manche modernen Ärzte Chronometer mit Sekundenzeiger, hat ihm einmal der Wundarzt aus Besigheim erzählt. Aha, darum wird die Uhr auch so groß sein. Jedenfalls ein merkwürdiges Stück. Genau über der römischen Zahl XII ist die Krone angeschraubt. An ihr hängt der Ring für die Uhrenkette.

Er lässt die schwere Silberkette durch die Finger gleiten. Das kleine Schlüsselchen, an einem filigranen Kettchen befestigt, betrachtet er von allen Seiten. »Darf ich die Uhr aufmachen?«

»Willsch se?«

»Ja, würdest du sie verkaufen?«

»Klar. Tascheuhre sen äbbes für Männer.«

»Ich überlegs mir.«

Mit dem Fingernagel drückt er auf den kleinen Knubbel neben der Krone. Der hintere Uhrendeckel springt auf. Dem Scharnier gegenüber, genau da, wo die Krone ansetzt, sind zwei Löcher. Kreisförmig sind vier Wörter eingraviert. »Sapperlott! Kann i net lesen.«

»Dees isch a englischs Ührle, hat mein Johann gsagt.«

Sie nimmt ihm die Uhr aus der Hand. »Komische Sache standet do.« Sie buchstabiert: »w-i-n-d u-p. Weisch du, Schultes, was dees heißt?«

»S Schlüssele dät neipasse. Soll i s amol probiere?«

»Probier s halt. Wenn s hee isch, isch s halt hee. No lasse mir s wieder mache.«

Er steckt das Schlüsselchen hinein und dreht. Das Uhrwerk schnurrt. Die Uhr läuft wieder. *Wind-up* bedeutet offensichtlich so etwas wie *aufziehen*. Um das andere Loch steht *set hands*. Das kann dann nur *Zeiger drehen* heißen.

»Passt des Aufziehschlüssele au wo anders nei?«

»Net dass i wüsst.« Sie geht von einem Möbelstück zum anderen und bleibt vor der Standuhr stehen. »Vielleicht in die da?« Sie hängt das schwarze Tuch ab. Die Uhr steht. Großer und kleiner Zeiger zeigen auf die Zwölf, das Zeichen für die Ewigkeit.

Das sei ein teures Stück, sagt sie. Ihr Johann habe es in Ludwigsburg erstanden, vermutlich auch beim Höfele, aber genau wisse sie das nicht mehr.

Der eichene Uhrenkasten ist dreigeteilt. Unten ein etwas breiter ausgestellter Sockel. Darüber der schmälere Schrank für das Gangwerk. Oben der eigentliche Uhrenkasten, auf dem ein Schnitzwerk aufgesetzt ist. Der Schrank hat eine Türe mit eingesetzter Scheibe. Durch das Glas sieht man die Uhrgewichte an Ketten hängen, dahinter das Perpendikel.

Die Uhr regelmäßig aufziehen, sei ihre Aufgabe, sagt die Läpple. Jeden Samstag öffne sie die Glastür und ziehe die beiden Gewichte nach oben. Sie macht es vor und stößt das Perpendikel an. Die Uhr tickt wieder.

Der Schultes betrachtet das seltene Stück von allen Seiten. »Und wie richtest du jetzt die Zeiger?« Er hat entdeckt, dass der dreigeteilte Uhrenkasten, außer an der Glastür, nirgendwo zu öffnen ist und kein Schlüsselloch hat.

Das sei ganz einfach, wenn auch ungewöhnlich, meint sie. Jedenfalls von zuhause kenne sie so etwas nicht. Sie holt einen Stuhl und steigt hinauf. Dann zieht sie das oberste Gehäuse samt Schnitzwerk nach vorn ab und reicht es dem Schultes. Zifferblatt und Räderwerk stehen jetzt ohne Schutzhülle auf dem hohen Perpendikelkasten. Mit dem Finger dreht sie die Zeiger auf Viertel vor sieben.

Der Schultes holt sich einen Stuhl, denn er will aus nächster Nähe prüfen, ob ein Schlüsselloch oder sonst eine Erhebung oder Vertiefung auf einen verdeckten Schließmechanismus im mittleren oder unteren Kasten hindeuten. Aber da sind nur Zifferblatt, Uhrwerk und Schlagwerk. Ein kleines Hämmerchen schlägt jede volle Stunde auf eine kleine Glocke.

Er steigt wieder vom Stuhl und klopft den Perpendikelkasten auf allen Seiten ab, auch den Boden und den Deckel. Er rüttelt da, drückt dort. Kein Geheimfach.

Auf Knien betatscht er den Sockel rundum. Vier verleimte Brettchen, kein Scharnier, kein Spalt, den man aufdrücken könnte.

Es ist wie verhext. Der Uhrenkasten birgt kein Geheimnis.

»Du hast gesagt, dass dein Johann selten Leute in die Wohnstube hereingelassen hat.«

Ja, sagt sie, für Knechte und Mägdle sei das Zimmer verboten gewesen. Nicht einmal zum Saubermachen habe er hier eine Magd geduldet. Das habe sie selber machen müssen. Wahrscheinlich aus Angst, man würde mit seinen kostbaren Sachen nicht sorgsam genug umgehen, hat ihr Johann das von ihr verlangt. Er selber habe sich zum Zeitunglesen an den Tisch gesetzt. Dabei hat ihn aber keiner stören dürfen. Nicht einmal sie. Als sie einmal doch herein wollte, um dringend etwas zu holen, habe sie die Tür nicht öffnen können. Er habe einen Stuhl unter die Türklinke geschoben, weil er ungestört sein wollte.

»Das alles hast du dir gefallen lassen?«

»Ha, du hasch leicht schwätze. Du kennsch en doch von früher. No musch doch wisse, wie mein Johann gwä isch.«

# Sonntag, 10. Oktober 1841

*A*bel beugt sich über die Brüstung der Kanzel und liest seinen Schäflein von oben herab die Leviten. Er predigt über die Sauberkeit der Stadt und die Reinheit der Gedanken.

»Noch in späteren Zeiten«, donnert er, während er einen feinen Spucknebel über die Zuhörer sprüht, »wird man erkennen, ob das jetzt lebende Geschlecht sittsam und reinlich war. Was helfen die schönsten Häuser in unserer Stadt, wenn die Straßen und Plätze stinken? Was bewirken die herrlichsten Blumen in den Gärten, wenn die Seelen der Enzheimer nicht rein sind?«

Die ganze Stadt sei in Unruhe. Ein Mensch hat gemordet. Warum? Weil er in Not war. Und warum war er in Not? Weil ihm niemand geholfen hat. Darum hat er keinen anderen Ausweg gesehen, als sich an einen Wucherer zu wenden, wohl wissend, dass er dann unter die Räuber fällt.

»Ich frage euch, liebe Brüder und Schwestern in Christo: Ist einer, der zehn Prozent Zins und mehr verlangt, noch ein Christ? Ist einer, der diesem Treiben zusieht und nichts tut, noch ein Christ? Also werfe keiner von uns den ersten Stein.«

Vielmehr müsse man die Gemeinschaft so gestalten, dass ein jeder seinen Platz darin findet. Das wiederum sei nur möglich, wenn das Bibelwort gilt: Einer trage des anderen Last! Das müsse Richtschnur und Ansporn zugleich sein, einiges in Enzheim zu ändern.

»Es kann nicht sein«, wettert Abel, »dass eine ganze Stadt ein paar Halsabschneidern wehrlos ausgeliefert ist. Es darf nicht sein, dass eine Familie nach der anderen keinen anderen Ausweg sieht, als auszuwandern. Es ist höchste Zeit zu handeln.«

Der Kirchendusler hockt in der ersten Bank, seinen langen Stupfer zwischen den Knien, die Augen fest auf den Boden gerichtet. Er ist hin- und hergerissen. Den einen Moment möchte er am liebsten aufspringen und Beifall klatschen. Den anderen knirscht er mit den Zähnen. Keiner duselt, keiner ruselt. Kein Stupferlohn heute. Er braucht sich gar nicht umzuschauen; das spürt er aufgrund seiner langen Erfahrung. Der Pfarrer rechnet mit den Beutelschneidern ab, auch wenn er sie nicht beim Namen nennt. Das gefällt dem Heinrich so sehr, dass er, ganz in Gedanken, mit seiner Stange auf den Boden haut, erschrickt und ein entschuldigendes Achselzucken zur Kanzel hinauf sendet.

Am Nachmittag tage der Kirchenkonvent, sagt der Pfarrer mit erhobenem Zeigefinger. Der werde sich Gedanken machen. Aber eines stehe für ihn fest: Stadt und Kirchengemeinde werden Mittel und Wege finden, Familien in Not zu helfen und mutigen Männern günstige Kredite für die Gründung eines Gewerbes zu bieten. Dem Schlangen- und Otterngezücht, das sich nur vom Geld ernährt, werde man jedenfalls in Enzheim den Kampf ansagen.

Der Schultes grinst. Ui, diese Predigt läuft ihm runter wie Öl. Je älter der Pfarrer wird, desto größer werden seine Hörner, stellt er erstaunt fest. Der räumt heute auf und rammt die größten Hammel in Grund und Boden.

»Rosen, Tulpen, Nelken, alle Blumen welken«, fährt Abel fort, »auch die Sonnenblumen, die Lilien und die Stiefmütterchen. Und was dann? Alles auf den Mist! Aber ausmisten? Schaut euch doch um«, ruft er den Enzheimern zu, »wie's in der kalten Jahreszeit bei uns aussieht. Haltet euch nicht die Nase zu! Atmet tief ein! Und was riechen wir? Unseren eigenen Gestank!«

Er hält ihnen vor: »Die ganze Stadt stinkt zum Himmel. Die Güllegruben stinken, die Misthäufen stinken, die Straßen und Gassen stinken, die Plätze stinken. In den Häusern stinkt es. Ja, sogar die Menschen stinken. Und die größten Stinker sind die, denen das alles gleichgültig ist und die nichts ändern wollen.«

Dabei müsste man endlich die Brunnen sauber halten und die Straßen und Wege vom Dreck befreien, den man im Lauf der letzten Jahre angehäuft habe. Nur in einem gesunden Körper könne ein gesunder Geist wohnen. Die Voraussetzung für einen gesunden Körper aber seien gesunde Speisen und Getränke.

»Ich kann nicht länger gelten lassen«, schimpft Abel, »dass die Enzheimer so viel Wein und Most trinken, nur weil das Wasser verunreinigt ist. ›Saufet euch nicht voll Wein‹, heißt es schon im Epheserbrief. Also müssen wir unser Wasser so sauber halten, dass wir es jederzeit trinken können. Darum müssen wir endlich alle Verunreinigungen von unserem Trinkwasser fernhalten. Wer Wasser verschmutzt, schadet sich und anderen Menschen. Das können wir nicht länger dulden. Deshalb dürfen weder Unrat noch Mist und Gülle in der Nähe unserer Wasserläufe und Brunnen sein. Wer dagegen verstößt, handelt gegen Gottes Gebot. ›Waschet euch, reiniget euch!‹ So heißt es in der Bibel. Vom Stinken steht da nichts drin. ›Gott hat uns nicht berufen zur Unreinheit‹, lesen wir im zweiten Thessalonicher. Darum sind Reinheit und Sauberkeit göttliche Pflichten. Amen.«

Um zwei tagt der Kirchenkonvent, zuständig für Recht und Sitte in der Gemeinde. Pfarrer Abel eröffnet als Vorsitzender die Beratung und begrüßt den Schultes, den Kastenpfleger und die Stadträte Bierlein und Schöpflein. Heute gehe es nicht um Fluchen, liederlichen Lebenswandel, Schulversäumnisse und Gottesdienstschwänzen, wie sonst am Sonntagnachmittag. Heute stehe ein einziger Punkt auf der Tagesordnung: Kampf gegen die Wucherei in Enzheim! Die neue Verordnung für die Sauberkeit in der Stadt falle dagegen nicht in die Zuständigkeit des Kirchenkonvents, sondern sei Sache des Stadtrats.

Der Schultes meldet sich als Erster zu Wort. Das hat er mit dem Pfarrer ausgemacht. Anschaulich schildert er, wie Abel und er am Nachmittag nach dem Festzug durch Stuttgart gebummelt und zufällig an der *Württembergischen Spar-Casse* vorbeigekommen seien. Ein Fachmann habe ihnen genau erklärt, wie das Bankgeschäft funktioniert.

»Jetz schwätz net im Viereck rum«, ereifert sich Korbmacher Schöpflein.

»Gemach!« Pfarrer Abel hebt beruhigend die Hand, »Eine solche Sache muss wohl bedacht sein. Nicht dass später einer im Städtle erzählt, die Herren vom Kirchenkonvent hätten vom Bankgeschäft keine Ahnung.«

»Jeder, der Geld auf der hohen Kante hat«, erläutert der Schultes, »kann es der Bank geben. Die bewahrt es auf und zahlt dafür sogar Zinsen. Und wenn jemand Geld leihen will, gegen Sicherheiten natürlich, bekommt er es auch von der Bank, gegen Zinsen selbstverständlich.«

»On no schleift oiner mei sauer verdients Geld umenand?« Der Schöpflein kann es nicht fassen. »Dees geht mir kolossal über mei Hutschnur!«

Abel schnauft tief durch, damit ihm kein unflätiges Wort entschlüpft. Dann leert er seinen Geldbeutel auf dem Tisch aus. Einunddreißig Kreuzer und ein Knopf, der ihm neulich vom Hemd abgefallen ist. »Bitte holen Sie sechzig Gulden und etwas Kleingeld aus dem Kasten«, sagt er zum Kastenpfleger, der für das Kirchenvermögen zuständig ist.

Während der Mann im Nebenraum verschwindet, versucht der Schultes, den Schöpflein zu beruhigen. »Guck, Adam, wenn du hundert Gulden im Schrank hast ...«

»Han i aber net!«

»Pfeifst du schon aus dem letzten Loch?« Der Schultes grinst. »Gell, du hast dein Geld im Sparstrumpf unter der Matratze.«

»I han überhaupt koine hundert Gulde.«

»Aberjetza, Adam, gib a Ruh!« Der Schultes richtet genervte Blicke himmelwärts. Dann erzählt er mit einem feinen Grinsen im Gesicht das Märchen vom sparsamen Handwerker: »Es war einmal ein armer Korbmacher. Der hatte fünfzig Gulden. Die wollte er nicht im Haus aufbewahren. Was tat er also, der kluge Mann? Nein, er trug sie nicht bei Tag und Nacht im Hosensack spazieren. Er brachte sie zur Bank. Dort kriegte er ein Sparbüchle. Und in dem wurde mit Stempel und Unterschrift vermerkt, dass er jetzt fünfzig Gulden gut hat. Die kann er jederzeit wieder abholen. Wenn er sie aber das ganze Jahr der Bank überlässt, dann kriegt er nach einem Jahr zwei Prozent Zins dazu.«

»Isch dees viel Geld?«, will der Bierlein wissen. Als Töpfer und Ziegelbrenner sollte er eigentlich die Zinsrechnung beherrschen. Aber als er vor über dreißig Jahren die Volksschule besuchte, war Rechnen noch kein ordentliches Schulfach. Darum hat er mit der Zeit nur notdürftig die Grundrechenarten gelernt.

»Zwei Prozent Zins von fünfzig Gulden sind ein Gulden.« Abel hat längst erkannt, dass er heute viel Geduld braucht. »Und wenn Sie hundert Gulden bei der Bank sparen, dann bekommen Sie nach einem Jahr zwei Gulden Zins. Zwei Prozent heißt zwei von hundert.«

Er dankt dem Kastenpfleger, der ihm eine Geldkatze überreicht, schüttet das Geld auf den Tisch, während er seelenruhig erklärt: »Nehmen wir an, zuerst kommt Herr Bierlein zur Bank und bringt dreißig Gulden.« Er fingert die Summe aus dem Haufen und stapelt sie in drei Münzsäulen zu je zehn Gulden. »Dann trägt unser Herr Bürgermeister zwanzig Gulden zur Bank.«

»Was? Bloß zwanzig?« Der Schöpflein lacht. »Dees isch doch en Geldsack, unser Schultes.«

Der Pfarrer runzelt die Stirn, sagt aber nichts, sondern setzt zwei weitere Geldsäulen neben die drei anderen. »Und jetzt kommt Herr Schöpflein zur Bank, weil er dringend Geld braucht.« Er sieht mit einem heimlichen Schmunzeln, wie der vorlaute Stadtrat zusammenzuckt. Abel schiebt die fünf Säulen zum Schöpflein hin.

»Nach einem Jahr zahlt Herr Schöpflein die fünfzig Gulden zurück und noch vier Prozent Zins fürs Ausleihen dazu. Vier Prozent sind vier von hundert Gulden. Bei fünfzig Gulden ist das die Hälfte von vier, also zwei Gulden.«

Abel zieht die fünf Säulen wieder zu sich heran und legt zwei Gulden daneben. »Nehmen wir an, die habe Herr Schöpflein bezahlt.« Der Angesprochene macht ein stoisches Gesicht.

»Zugleich wollen Herr Bierlein und unser Herr Bürgermeister ihr Geld wieder zurückhaben, einschließlich zwei Prozent Zins fürs Sparen.« Er schiebt die zwei und drei Säulen von sich weg, wechselt die eingenommenen zwei Zinsgulden in Kleingeld um. Dann legt er neben die dreißig Gulden sechsunddreißig

Kreuzer Zins und neben die zwanzig Gulden vierundzwanzig Kreuzer. In der Hand hat er noch einen ganzen Gulden übrig.

»On wem ghört der übriche Gulde?« Der Schöpflein ist neugierig geworden.

»Dem Enzheimer Sparverein.«

»On wer isch dees?«

»Das sind wir alle. Der Enzheimer Sparverein ist unsere gemeinsame Bank.«

Die Herren sind begeistert. Mit ein bisschen Geldverschieben einen ganzen Gulden verdient! Ohne Arbeit! Ohne sich die Finger zu verstauchen!

»On wenn oiner unserm Sparverein s ganze Geld klaut?« Der Schöpflein ist immer noch nicht vollständig überzeugt.

»Dann bekommt er sein Geld trotzdem. Der Verein hat ja mit Stempel und zwei Unterschriften garantiert, dass er fremdes Geld zurückzahlen muss.«

Nur noch strahlende Gesichter. Einzige Frage: Wann eröffnen wir den Sparverein? Halt, nein, noch eine Frage: Wem muss man das Geld bringen?

»Ganz einfach«, sagt Abel, »jeden Samstagnachmittag bin ich in meiner Amtsstube. Der Kastenpfleger arbeitet zur gleichen Zeit im Nebenzimmer. Er wird Geld entgegennehmen und ausleihen. Seit etlichen Jahren verwaltet er das Kirchengeld, zur vollen Zufriedenheit aller Enzheimer. Er ist der beste Mann für diese Arbeit. Ich selber werde jeden eingenommenen und ausgegebenen Betrag gegenzeichnen.« Er mustert die Runde. »Heute in einer Woche kann es losgehen, wenn Sie einverstanden sind.«

Und ob die Herren einverstanden sind.

Euphorisch machen sie sich auf den Heimweg.

Gegen fünf klopft es an die Pfarrhaustür. Abel schaut aus dem Fenster und sieht die Läpple draußen stehen. Er öffnet und führt sie in seine Amtsstube.

»Sie müsset mir helfe, Herr Pfarrer.« Sie fängt zu weinen an. Die Predigt am Vormittag treibe sie um, denn schon seit Wochen träume sie schlecht. Bereits vor dem gewaltsamen Ende ihres Mannes habe sie geahnt, dass er vom rechten Weg abgekommen sei. Aber auf ihre Fragen habe er nur gelacht. Das gehe sie einen feuchten Dreck an, habe er gesagt.

»Und wie kann ich Ihnen helfen?«

»I möcht wieder gutmache, was mei Ma Schlechts gmacht hat.«

»Wie wollen Sie das anstellen?«

Sie hat einen abenteuerlichen Plan. Jedem, der bei ihrem Mann Geld geliehen hat, will sie den überhöhten Zins zurückzahlen.

Abel denkt eine Weile nach. Dann muss er sie enttäuschen. Ihr Plan sei nicht realisierbar, erklärt er ihr. Leider. Er habe ein paar Schuldner befragt. Von denen wisse er, dass sich ihr Johann vor allem an den vielen Ausgewanderten bereichert hat.

Aber die, wendet sie ein, die noch in Enzheim wohnen, könnte sie doch entschädigen.

Nicht jeder Schuldner möchte sich zu seiner Geldnot bekennen, auch nachträglich nicht, gibt Abel zu bedenken. Ferner könnte ihr der eine oder andere im Städtle nur vortäuschen, Schuldner ihres Mannes gewesen zu sein. Wie sie eine berechtigte Forderung von einer unberechtigten unterscheiden wolle, sei ihm schleierhaft.

Die Läpple ist verzweifelt. »Dees bringt mi no ins Grab, Herr Pfarrer.« Sie bricht in heftiges Schluchzen aus.

Abel legt das Gesicht in die Hände und überlegt hin und her. »Und wie wär's, wenn Sie einen Teil des Geldes, das Ihr Mann durch Wucherzins eingenommen hat, dem Armenkasten oder der Gemeinde spenden würden?«

Was dann mit dem Geld geschieht, will sie wissen.

»Nun, mit der einen Hälfte, die Sie dem Armenkasten spenden, würden wir die Armen im Armenhaus unterstützen, armen Kindern das Schulgeld zahlen und für die Schule einiges anschaffen.«

»On was wird mit dr ander Hälft?«

»Sie könnten bestimmen, dass dieses Geld nur dafür verwendet werden darf, Arbeit für Arme zu beschaffen. Vielleicht würde die Summe sogar ausreichen, mutigen Männern und Frauen, die ein eigenes Geschäft gründen wollen, zinsgünstiges Geld zu leihen.«

Sie trocknet ihre Tränen mit der Schürze. Die Idee gefällt ihr.

»Aber Sie müssen schon warten, bis wir das Geld Ihres Mannes gefunden haben.«

»Noi, noi, Herr Pfarrer, dees muss heut no sei.«

Abel ist ratlos. Er möchte verhindern, dass die Frau im Überschwang ihrer Gefühle ihr ganzes Vermögen verschenkt und womöglich ihren eigenen Hof ruiniert.

»I wüsst äbbes«, sagt sie nach einem Zögern. »I geb die Hälft von dem Geld, wenn mirs gfunde hen. On do davon die oi Hälft für de Kaschte on die ander für de Schultes.«

# Dienstag, 12. Oktober 1841

Um halb sieben tagt der Stadtrat. Der Schultes eröffnet die Sitzung und bittet die Herren, sich von ihren Plätzen zu erheben. Dann verliest er die Verlautbarung *An mein Volk*, die König Wilhelm I. zu seinem bevorstehenden Regierungsjubiläum am 31. Oktober eigenhändig formuliert hat:

»Liebe Getreue! In dem allgemeinen und begeisterten Anteil, welchen Mein Volk durch Abgeordnete aus allen Ständen und Klassen desselben aus allen Oberämtern und Gemeinden des Königreichs an der Feier Meines fünfundzwanzigjährigen Regierungs-Jubiläums genommen, habe Ich mit freudiger Rührung neue sprechende Beweise seiner Mir stets bewährten Treue, Liebe und Anhänglichkeit erhalten. Ich folge daher gerne dem Drange Meines Herzens, indem Ich Meinen sämtlichen geliebten Untertanen, und insbesondere denjenigen, welche bei dieser

Feier persönlich mitgewirkt haben, Meinen gnädigen Dank und zugleich Mein allerhöchstes Wohlgefallen über den Sinn für Anstand und Ordnung, welcher diese Feste auszeichnete, hiermit öffentlich ausdrücke. Ich erteile hierbei mit wahrem Vergnügen Meinen getreuen Untertanen die Versicherung, dass Ich in ihren dankbaren Gefühlen und Gesinnungen den schönsten Lohn für dasjenige finde, was Ich im Laufe Meiner fünfundzwanzigjährigen Regierung für ihr wahres Wohl zu wirken bestrebt gewesen bin, dass ihr Glück und ihre Wohlfahrt auch ferner das einzige Ziel Meiner landesväterlichen Bemühungen sein werde, und dass Ich die allgütige Vorsehung mit gerührtem Danke für ihren bisherigen Beistand anflehe, auch in Zukunft diese Meine Bemühungen mit ihrem göttlichen Segen zu begleiten. Hiernächst verbleibe Ich allen Meinen getreuen Untertanen mit Meiner Königlichen Huld und Gnade zugetan. Wilhelm.«

Der Schultes muss sich vor lauter Rührung erst mal schnäuzen. Dann bringt er ein dreifaches Hoch auf den König aus.

Sobald die Herren wieder sitzen, gibt der Schultes bekannt: »Die Tollwut verbreitet sich unter den Hunden rasend schnell. Im ganzen Land. Auch bei uns im Raum Stuttgart, Ludwigsburg, Heilbronn.«

»Hat des Jubiläum vielleicht äbbes mit dr Tollwut zum doe?« Der Knöpfle von der Weinstube Rebstöckle ist bekanntlich ein Erdefetz. Er macht ein Gesicht, als könne er kein Wässerchen trüben.

»Also in unmittelbarer Nähe von Enzheim wütet die Tollwut«, nimmt der Schultes, milde lächelnd, den Faden wieder auf. »Darum hat das Innenministerium die Gendarmerie angewiesen, alle bösartigen Hunde zu erschießen, die gereizt sind oder schon Menschen angefallen haben. Dabei darf auf das Ansehen des Hundesbesitzers keine Rücksicht genommen werden. Außerdem ist es ab sofort untersagt, Hunde frei herumlaufen zu lassen. Große Hunde wie Bullenbeißer, Metzger- und Schäferhunde müssen einen Maulkorb tragen. Amtsdiener und Scharwächter haben freilaufende Hunde einzufangen. Wenn der Besitzer seine Hunde nicht binnen zweimal vierundzwanzig Stunden gegen eine Gebühr von einem Gulden auslöst, sind die

Tiere entweder zum Wohl der Ortskasse zu verkaufen oder zu töten.«

Einige Stadträte können ihren Unmut nicht verbergen. So dürfe man mit Tieren nicht umspringen. Andere halten dagegen. Wenn in Enzheim der erste Mensch an Tollwut sterbe, werde die Bevölkerung vor Wut kochen. Also sei Vorbeugung das Gebot der Stunde.

Man einigt sich. Der Unterlehrer muss noch heute Abend eine Warnung an alle Hundebesitzer verfassen. Der Amtsbote wird sie morgen früh an die Rathaustür und an die drei Stadttore nageln und eine Woche lang jeden Abend nach dem Glockenläuten ausschellen.

»Die von mir in der letzten Sitzung angekündigte Liste der neuen Rekruten wird unser Ratsschreiber bis morgen erstellen. Befehl von oben«, fährt der Schultes fort. »Die Eltern oder die Rekruten selber müssen sich an den beiden kommenden Mittwochnachmittagen auf dem Rathaus in diese Liste eintragen. Wer sich nicht erfassen lässt, der muss Reisepass und Wanderbuch abgeben. Auch verliert er das Recht, im Königreich Württemberg zu wohnen, wird verhaftet und ohne Losverfahren in jedem Fall zu den Soldaten eingezogen.«

Schließlich kommt der heikelste Punkt der Sitzung: die Sauberkeit im Städtchen. Zum Glück hat Pfarrer Abel mit seiner Predigt die ärgsten Gegner schon eingeschüchtert. Aber ein leichtes Grummeln nimmt der Schultes doch noch wahr, als der Unterlehrer in seiner Funktion als Ratsschreiber den recht gemäßigten Vorschlag für eine Enzheimer Sauberkeitsverordnung vorliest.

»Dass mr de Nachthafe nemme uff d Gass leere derf, dees ka i no verschtande«, mault der Schöpflein. »Aber was geht dees andere Leut a, wie weit mei Mischte von dr Kandl weg isch?«

»Weil dei Scheißbrüh d Kandl na lefft und bei mir in de Hof, du Hamballe«, erregt sich der Küfer Schorsch. »Ällweil muss i en meire Werkstatt en deim Gstank schaffe.«

»S isch no koiner beim Schaffe verstunke«, gibt der Schöpflein zurück.

Erstens gehe es nicht nur um den Dreck und den Gestank auf den Straßen, führt der Bierlein die Debatte wieder auf ein sachliches Niveau zurück, sondern zweitens auch um sauberes Wasser. Oft sei das Trinkwasser in den letzten Jahren durch Gülle verunreinigt gewesen. Zu Recht habe Pfarrer Abel in seiner Predigt darauf hingewiesen, dass unser Wasser ungenießbar sei. Darum würden viele, die eigentlich Wasser trinken wollten, zu alkoholischen Getränken gezwungen. Die seien teuer und ungesund.

Die Mehrheit der Gemeinderäte ringt die paar Widerborste nieder und beschließt, dass Mist und Jauche in ausgemauerten oder mit Ton ausgeschlagenen Gruben gelagert und mit Brettern abgedeckt werden müssen.

Bleibt ein letzter Punkt. Die berühmte Kehrwoche, die andernorts bereits gilt. Jeden Samstag solle vor dem Haus und anteilig auch die Straße gekehrt werden.

Den stadtbekannten Streithähnen schwillt sofort der Kamm. Sie können das Maul nicht halten und bringen lauter Scheinargumente vor. Der Schultes hört eine Weile zu, dann gibt er dem Ratsschreiber einen Wink. Der Unterlehrer liest die geplante Verordnung abschnittweise vor. Nach jedem Abschnitt wird abgestimmt. So tritt endlich die Verordnung zum Zwecke der Sauberkeit in Kraft. Sie wird an der Rathaustür angeschlagen, vom Amtsboten bis auf weiteres jeden Freitagabend ausgeschellt und mehrfach im *Enzheimer Intelligenz-Blatt* veröffentlicht:

»Alle Fahrten aus den Höfen sind so einzurichten, dass die Straßenkandeln nicht beschädigt werden und das Wasser abfließen kann, ohne auf die Straße zu laufen.

Alle Misthäufen und Jauchegruben, die nicht ganz von der Straßenseite entfernt werden können, müssen mindestens sechs Fuß von der Kandel weg sein. Sie müssen in einer ausgemauerten oder mit Ton ausgeschlagenen Grube angelegt und mit Brettern abgedeckt werden. Ab dem 1. November dieses Jahres darf keine Jauche in die Kandel fließen.

Das Entleeren von Nachthäfen auf die öffentliche Straße ist ab sofort strengstens untersagt.

Jeden Samstag ist die Straße vor dem Haus zu reinigen. Das Pflaster ist zu kehren. Der Kot muss abgezogen und weggeschafft werden.

Unterlassung oder Zuwiderhandlung gegen diese Anordnung wird für jeden Einzelfall mit einer Strafe von acht Kreuzern bis zu fünf Gulden geahndet, je nach Vermögen des Betreffenden.«

# Mittwoch, 13. Oktober 1841

In der Lindenküche hockt das Gesinde und isst zu Mittag. Bis Freitag, schätzt der Frieder, könnte alles gedroschen sein. Die Traubenlese in Etappen und das Keltern nach Lage der Rebstöcke verursache zusätzliche Arbeit. Noch zwei Wochen mindestens. Doch wenn so ein besserer Wein und ein höherer Preis erzielt würden, dann werde sich der große Aufwand lohnen.

Auch die Schankstube ist bis auf den letzten Platz gefüllt. Etliche Bauern sind schon mit dem Dreschen und Mosten fertig, manche sogar mit dem Keltern. Sie warten auf das Erntedankfest am Sonntag und gönnen sich einen Vorlauf auf den Umtrunk am kommenden Wochenende. Dabei kriegt der eine oder andere Appetit und vergisst das Heimgehen. Was die Lindenwirtin heute zu Mittag gekocht hat, ist gar zu verlockend: Kartoffelsuppe, geröstete Dampfnudeln mit Schweinebraten und Krautsalat.

In Küche und Schankstube ist der Mord am Läpple immer noch Mittelpunkt der Gespräche. Die Leute sind sehr beunruhigt, weil der Mörder nach wie vor frei herumläuft. Oder ist es gar eine Mörderin? Jedenfalls schießen die Spekulationen ins Kraut.

Magda, des Schultheißen Töchterlein, plagt offensichtlich etwas ganz anderes. Sie ist patzig. Sie kratzt und beißt, schmollt und randaliert. Sie schmeißt mit Besteck, haut die vollen Krüge auf die Tische, dass das Bier zur Decke spritzt. Sie lümmelt sich hinter der Theke und streckt auch mal dem einen oder anderen Gast die Zunge raus.

Der Schultes will sich ein Bier holen und betritt die Schankstube durch die Küchentür. So hört und sieht er seine Tochter von hinten fauchen und fuhrwerken.

»Aberjetza, fehlt dir äbbes?«

»Dees geht di an Scheißdreck a!!«, keift sie mit funkelnden Augen und explodiert.

Er zieht sich beleidigt in die Küche zurück und fragt seine Minna, was denn mit dem Mädle los sei.

»Gute Morge, Herr Stadtpräsident«, höhnt sie und schneidet ihm eine Fratze. »Ausgschlofe?«

»Ja spinnet heut älle?« Er ärgert sich donderschlächtig, will aufbrausen.

Doch sie lässt ihm die Luft ab und faltet ihn zusammen: »De ganze Tag in de Gegend rumschwanze, wenn ander Leut schaffe müsset. Dees isch doch seit vier Woche so.«

»Was?«

»Dass d Magda rallig isch.«

Er macht eine wegwerfende Handbewegung. »Dees vergeht au wieder.«

»Bloß dass mir no a neus Mobiliar brauchet. Jeden Tag batscht se Fenschter on Türe, dass unser ganz Haus wackelt. Aber dr Herr Stadtobersembl isch jo emmer unterwegs on muss dr Läpple s Fiedle putze.«

Der Schultes schaltet auf sanftmütig. Was denn in sein geliebtes Töchterlein gefahren sei, will er wissen.

Da gerät er bei ihr aber an die Falsche. »Töchterlein?«, höhnt sie. Das habe man davon, wenn man eine Blindschleiche zum Stadtschultheißen wählt. »S schwätzt koiner gscheiter raus als wie er isch!«, ranzt sie ihn an. Er solle sich gefälligst auf die Suche nach dem Mörder machen. Hintenrum würden die Leute schon über ihn lästern.

Als er sie verdattert ansieht, schnauzt sie ihn an: »Hasch koine Auge em Kopf?« Die Läpple wickle ihn mit ihrem sanften

Gschieß doch nur ein. »Aber mit so me Bschole wie du oiner bisch, ka mr de ganze Tag s Michele treibe.«

Sie schmeißt ihn aus der Küche und orakelt, er solle sich eine halbe Stunde in die Gaststube hocken und seine verschlafenen Glotzer aufmachen. Dann wisse er, was mit der Magda los sei.

Er schlurft missmutig in die Wirtschaft zurück und setzt sich an seinen Stammplatz vor dem Schanktisch.

Magda schmeißt den Putzlappen in die Spülschüssel. Dann füllt sie ungefragt einen Bierkrug und klatscht ihn vor ihren Vater hin. Dabei würdigt sie ihn keines Blickes.

In dem Augenblick öffnet sich die Tür. Der Unterlehrer kommt herein.

Der Schultes winkt ihn an seinen Tisch. Welche der gestrigen Stadtratsbeschlüsse schon erledigt seien, will er wissen.

»Alle, Herr Bürgermeister.«

»Was? Auch die Rekrutierungsliste?«

Magda wieselt herbei. »Nehmen Sie doch bitte Platz, Herr Lehrer. Was möchten Sie trinken?«

»Seid wann kannsch du Hochdeutsch?« Der Schultes ist platt.

Sie gebietet ihm mit erhobener Nase und knapper Handbewegung zu schweigen. Mit einer eleganten Geste nötigt sie den Lehrer, sich in ihre Nähe zu setzen.

Der Schultes runzelt die Stirn.

»Darf ich Ihnen ein guts Weinle bringen, Herr Lehrer?« Sie zerfließt vor Anmut und streichelt ihn mit sanften Augen.

Verlegen schaut der schüchterne junge Mann den Schultes an. Ausgemacht ist, dass ihm mittwochs für sein Ratsschreiberamt ein Essen und ein Glas Bier auf Spesen zustehen.

»Jetzt trink halt en Wein«, beruhigt ihn der Lindenwirt. »Musst ja auch in der Woch mehr als sonst fürs Rathaus schaffen.«

Kaum hat er das gesagt, schon flitzt das Fräulein hinter den Schanktisch, sucht den schönsten Pokal heraus, wienert ihn, bis er funkelt. Dann nimmt sie die beste Flasche ihres Vaters aus dem Schrank und serviert den rubinroten Wein mit einem honigsüßen Lächeln. Gleich darauf trägt sie das auf Hochglanz polierte Besteck herbei. Nicht in der Hand, wie sonst. Nein, auf einem Tablett, wie es bei seiner Eminenz Graf Heinrich zu Enzheim üblich sein soll.

Der Schultes kriegt den Mund nicht zu. Er guckt, schluckt und eilt in die Küche.

Was denn mit der Magda los sei, fragt er seine Minna. Das Mädle sei übergeschnappt. Auf einmal überschlage sie sich vor lauter Höflichkeit.

Sie lacht. Verliebt sei Magda. Sonst nichts. Heut sei doch Mittwoch. Und jeden Mittwoch komme der Lehrer zum Essen, mal mittags, mal abends vor der Singstunde. Magda sei in den Kreidefresser verschossen. Sie lebe nur noch für den Moment, bis die Tür aufspringt und der Buchstabierfritze hereinspaziert. Könne sie aber den armen Schlucker nicht mit ihrer inwendigen Hitze wärmen, dann schlage ihr das überschüssige Feuer zu den Ohren hinaus. Die Liebe sei halt eine Himmelsmacht.

Der Schultes schüttelt den Kopf. Es will ihm nicht in den Kopf, was sein Mädle an dem dürren Zaunstecken findet. Blöd ist er ja nicht, aber ein Langweiler.

»Der isch bloß vernagelt«, grinst die Minna. »Da kenn i nomol oin. Der isch vor etlich Jahr au so an Lole gwä. Wenn i den damals net verschüttlet hätt, no wär der nie zu sich komme.«

Der Schultes versteht nicht. Das macht ihn langsam wütig. Er fühlt sich verschaukelt.

»Damals. Weisch no?« Sie geht mit dem Kochlöffel auf ihn los.

Er zuckt die Schultern.

Sie drückt ihm den Löffel auf die Brust und schiebt ihn vor sich her. »Weisch nemme?«

Er winkt ab. »I weiß bloß no, dass du gmeint hasch, d Kinder dädet von de rote Rübe komme.«

Sie nagelt ihn mit dem Kochlöffel an der Küchentür fest. »Wenn i dir d Hose net ra doe hätt, no hättet mir heut no koine Kinder.«

Er stößt den Löffel zurück. »Aberjetza! Her uff mit dene alte Fürz. Aberjetza sagsch mir, ob dir dr Lehrer als Tochterma gfalle dät.«

»Schiech isch er net. Schepps au net. Halt a weng überzwerch. Dafür hat er koine falsch neigschraubte Füß wie du. On so blöd wie du isch er au net.«

»No nehme mr den Hungerleider?«

»Musch en halt zum Schulmeischter mache.«

Der Schultes stapft durch die Hauptstraße zum Rathaus hinauf. Mittwochnachmittag ist Amtszeit und Sprechstunde. Unterwegs sinniert er. Den Lehrer als Tochtermann annehmen oder ablehnen?

Er hat es in der Hand. Zugegeben, nicht allein. Stimmt er bei der Schulmeisterwahl für einen anderen Bewerber, dann kratzt ihm seine Magda die Augen aus, weil der Unterlehrer in dem Fall davonlaufen könnte. Magda würde zwar noch ein Weilchen toben, aber vier Wochen später wäre auch das überstanden. Aus den Augen, aus dem Sinn. Einer Ehe, nur auf Liebe gebaut, fehlt die innere Mitte. Davon ist der Schultes felsenfest überzeugt. Liebe kommt, Liebe geht, aber die Ehe bleibt. Deshalb braucht es mehr als ein bisschen inwendige Hitze. Nämlich auch die Liebe zu all jenen Sachen, womit man sein Leben bestreiten muss.

Abel wird wohl für den Unterlehrer stimmen. Der zählt auf den jungen Mann. Zugegeben, fleißig, zuverlässig und pünktlich ist das Paukerlein. Außerdem angenehm im Wesen. Und er kann was, gerade als Ratsschreiber. Sein Abgang wäre für Enzheim gewiss ein Verlust, zumal nicht klar wäre, ob der neue Schulmeister all die Ämtchen, die mit dem hiesigen Schuldienst verbunden sind, übernehmen könnte. Selbst wenn er es tun würde, wäre noch lange nicht sicher, dass er es so gut macht wie der Unterlehrer.

Wenn der Kinderbändiger bloß kein Hungerleider wäre. Hat nichts. Angeblich nicht einmal Eltern und Geschwister. Ein Waisenkind, wie so viele Lehrer in Württemberg. Hat er einmal in einer stillen Stunde gestanden. In Beuggen im Südbadischen sei er in der Armenschule gewesen, im Schloss der Barmherzigkeit von Pfarrer Zeller. Saublöd! Hätte sich das Mädle nicht einen reichen Bauern oder Handwerker aussuchen können?

Während ihn diese Gedanken beschäftigen, steigt er im Rathaus in seine Amtsstube hinauf und lässt sich auf den Stuhl hinter dem Schreibtisch fallen. Sein erster Blick fällt auf die drei Sprüche, die an der gegenüberliegenden Wand hängen. Immer dann, wenn er sich über jemand zu ärgern beginnt, schaut er auf den Satz: *Allen Leuten recht getan, ist eine Kunst, die niemand kann.* Noch zwei Sätze stehen dort, auch sie von Pfarrer Abel empfohlen: *Heute ist der erste Tag der nächsten hundert Jahre* und *Auch in der ärmsten Hütte kann ein großer Geist wohnen.* Vor ein paar Jahren hat er sich die Sprüche von einem Kalligrafen auf dem Jahrmarkt schreiben und rahmen lassen.

Im Grunde genommen, fällt dem Schultes ein, als er lustlos auf die Wand starrt, ist heute nicht der erste Tag der nächsten hundert, sondern der kommenden fünftausend Jahre. Er grinst vor sich hin. Würde er heute die Füße auf den Tisch legen und das Regieren auf morgen verschieben, dann blieben immer noch 4999 Jahre zum Schaffen übrig.

Er seufzt. Ihm schießt durch den Kopf, dass die hohen Herren in Stuttgart keine Ruhe geben würden. Schon zweimal hat das statistisch-topografische Büro der Regierung die Übersicht über den Viehbestand in Enzheim angemahnt. Meldung auf einem Vordruck bis spätestens 1. November!

Zum Glück hat der Unterlehrer schon gezählt, wie ein Zettel auf dem Schreibtisch belegt: 164 Pferde, 1 Zuchtstier, 726 Stück Rindvieh, 327 Schafe, 128 Ziegen, 1 Zuchteber, 389 Schweine.

»Respekt!«, nuschelt der Schultes vor sich hin. Erstaunlich, was der junge Mann jede Woche wegschafft. Nur zweierlei muss man noch korrigieren.

Erstens zählen Zuchtstier und Zuchteber zum Kirchenpersonal. Sie stehen zwar im Farrenstall, aber der gehört zum Pfarramt. Das ist in Enzheim seit Menschengedenken so. Allerdings berappen die Bauern die Farrengebühren seit einigen Jahren nicht mehr im Pfarramt, sondern auf dem Rathaus. Das muss der Lehrer noch mit einer Fußnote erläutern.

Zweitens fehlen die Bienenstöcke auf der Liste. Mit geschultem Verwaltungsblick ist das dem Schultes sofort ins Auge gestochen. Wer sich wohl in Stuttgart in die hirnverbrannte Idee verrannt hat, die Bienen zum Vieh zu rechnen? Er schüttelt den Kopf über die trübsinnigen Allmachtsdackel an höchster Stelle. Wissen die nicht, dass alle Viecher vier Beine haben, nicht fliegen können, Heu fressen und furzen? Oder gibt es in Stuttgart vierbeinige Bienen, die man melken kann?

In dem Moment hört der Schultes zwei Personen ins Rathaus kommen. Den Schritten nach ein Mann und eine Frau. Da wird wohl ein Pärchen um Heiratserlaubnis nachsuchen. Er legt die Liste zur Seite und bereitet sich auf den Besuch vor.

Und schon steht seine Magda vor dem Schreibtisch. Sie hat es offensichtlich eilig, denn sie überfällt ihn mit dem Satz: »Vadder, i muss mit dir schwätze.«

Er sieht sie an. Eine leichte Zornfalte bildet sich zwischen seinen Augenbrauen.

Sie weicht seinem Blick nicht aus, aber setzt eine bockige Miene auf.

»Ha, du bisch mr a rechte Gurk. Vor a Stund hättsch mit mir en der Linde schwätze kenne, aber do hasch net welle.«

»Do hot dr Albert au no net gwisst, dass er mi heirate will.«

Dem Schultes verschlägt es die Sprache. Entgeistert stiert er seine Tochter an.

»I han dr Albert gfragt, on er hat net noi gsagt.«

Er überlegt hin und her. Wer ist Albert?

»No han i d Mudder gfragt, on die hat au net noi gsagt. Aber di müsse mir frage, hat se gsagt. I bräucht a Heiratspapier von dir, Vadder. On dr Albert vom Pfarrer, weil er a Waisekindle gwä isch.«

Da scheppert es bei ihm im Kopf. Waisenkindle? Albert? Das muss der Unterlehrer sein! Und doch kann er immer noch nicht fassen, was ihm seine Tochter da an den Kopf geschmissen hat.

»Weisch, Vadder, dr Albert hat gsagt, wenn er Schulmeischter werre dät, no müsst er sowieso heirate. So sei s vorgschriebe. No kennt er au glei mi heirate.«

»On du hasch dr Albert gfragt, ob er …?«

»D Mudder hat gsagt, du wärsch a Lole gwä. No hätt se di au frage müsse. Du wärsch nie uff die Idee komme.«

»Do gohsch seeleruhig ins Gschäft. On a paar Minute später bisch Großvadder. I glaub, i spinn.«

Ihr kullern Tränen herab, sie stampft auf und flennt.

Er beginnt zu wanken und weich zu werden. Seiner weinenden Tochter hat er noch nie etwas abschlagen können.

Sie legt nach: »Wenn d jetzt net ja sagsch, no gang i an Martini aus em Haus. Dass dees bloß weisch. No bisch du schuld, wenns mir amol dreckig geht.«

Er fährt sich mit der Hand übers Gesicht, weil er feststellen will, ob er wach ist oder träumt. »Do hat dr Albert no Glück ghet, dass du en überhaupt gfragt hasch.« Er sieht sich um. »Ja, wo isch er denn, der Glückliche?«

»Em Sutrai. Er traut sich net.«

»No holsch en her. I muss em no äbbes wege dr Viehzählung sage. Aber oins merksch dir: Sein Hoselade bleibt zu bis noch dr Hauchzet!!«

# Sonntag, 17. Oktober 1841

## (Erntedank und Kirchweih)

*D*er Gottesdienst ist wie immer an Erntedank. Schlicht und ernst. Ohne Firlefanz und Brimborium, Kirchenchor und Gesangverein. Für Chorproben war nämlich noch keine Zeit. Erst wenn die letzten Trauben gelesen und gekeltert sind, wird die Arbeit weniger. Dann besucht man auch wieder die Singstunde.

Pfarrer Abel blickt von der Kanzel herab auf seine müden Schäflein und zählt die Herausforderungen der letzten Monate auf. Das macht er jedes Jahr so. Darum droht seine Herde einzuschlafen. Nur den Bibeltext wechselt er von Jahr zu Jahr. Heuer legt er den hundertsechsundzwanzigsten Psalm aus: *Die mit Tränen säen, werden mit Freuden ernten. Sie gehen hin und weinen und tragen edlen Samen und kommen mit Freuden und bringen ihre Garben.*

Am Vorabend sind die Hammel seiner Herde schon reichlich zur Tränke geführt worden. Jetzt wird heftig gerülpst und gefurzt. Das verdrießt den Pfarrer, aber freut den Kirchendusler. Seine dürre Stange trägt heute reichlich Früchte, denn bis zum Duseln und Ruseln ist es nicht mehr weit. Wie immer im Erntedankgottesdienst.

Er habe im *Schwäbischen Merkur* gelesen, sagt Abel, wie die schlechte Ernte die Preise nach oben treibt. Zum Beispiel habe die Stuttgarter Kornhaus-Inspektion festgestellt, dass das Simri Weizen innerhalb eines Monats um einen dreiviertel Gulden teurer geworden ist. Das lasse für den Winter nichts Gutes ahnen. Sparen sei angesagt, wieder einmal. Zum Glück habe der Kirchenkonvent den Sparverein auf Gegenseitigkeit beschlossen. Jeder, der Geld hat, solle es zum Kastenpfleger bringen. Dort sei es sicher und bringe sogar noch Zinsen. Rathaus und Kirche bürgten dafür. Je mehr Enzheimer ihr Geld dem Sparverein anvertrauten, desto mehr Kredite könne man an unverschuldet in Not Geratene vergeben. Wucher werde es ab sofort nicht mehr in Enzheim geben. Einer trage des anderen Last. So stehe es in der Bibel, und das gelte ab jetzt.

Am Reformationstag werde er nachmittags, wie schon öfters angekündigt, denjenigen, die bereit seien, ihr Schicksal in die eigenen Hände zu nehmen, einen Vortrag halten und Wege aus der Krise weisen.

Eine kurze Predigt ohne besondere Höhepunkte. Dennoch endet der Gottesdienst mit einem Knall, der in die Annalen der Stadt eingeht. Pfarrer Abel stellt sich vor die erste Reihe, direkt vor den Schultes, und verliest ein Schriftstück:

»Seine königliche Majestät haben aus Anlass seines Thronjubiläums eine Reihe verdienstvoller Persönlichkeiten des Landes geehrt und vermöge höchster Entschließung vom 30. September 1841 dem Schultheißen Fritz Frank in Enzheim in gnädigster Anerkennung seiner tätigen und erfolgreichen Wirksamkeit geruht, die goldene Verdienst-Medaille zu verleihen und zugleich angeordnet, ihn wegen seiner Verdienste um die Gestaltung seiner Stadt öffentlich zu beloben.«

Die Gemeinde ist zunächst sprachlos. Dann wird es, entgegen sonstiger Gepflogenheit, laut in der Kirche.

Der Schultes läuft rot an und schnappt nach Luft. Minna, die in der ersten Bank auf der linken Kirchenseite sitzt, schaut besorgt zu ihm hinüber. Eben steht sie auf und will zu ihrem Mann eilen, doch sie besinnt sich und setzt sich wieder.

Abel tritt einen Schritt vor und streckt dem Schultes die Hand hin. Der erhebt sich zögernd. Verwirrt sieht er den Pfarrer an. Offensichtlich hat er noch nicht kapiert, was die ganze Gemeinde längst begriffen hat.

»Ich gratuliere Ihnen von ganzem Herzen, Herr Bürgermeister«, sagt Abel, »Sie haben es wahrlich verdient.«

Erst jetzt ergreift der Schultes die ausgestreckte Hand. Vor lauter Rührung bringt er keinen Ton heraus. Darum beschränkt er sich darauf, voller Dankbarkeit zu nicken und sich zu schnäuzen.

Der Pfarrer tritt wieder einen Schritt zurück und hält eine kurze Ansprache. Wenn sogar der König im fernen Stuttgart die gute Arbeit des Bürgermeisters von Enzheim anerkenne und dazu auffordere, das Stadtoberhaupt öffentlich zu loben, wie viel mehr müssten die Bewohner dieser Stadt ihrem Schultheißen dankbar sein. Denn mit der Ehre für das Oberhaupt der Stadt würdige Seine Majestät ganz Enzheim. Jeder dürfe sich heute geehrt fühlen. Das Königreich Württemberg blicke heute voller Bewunderung auf die schöne Stadt an der Enz. Das wiederum verdanke man dem unermüdlichen Schaffen des Bürgermeisters. Der König habe in einem Anschreiben ausrichten lassen, dass die Ehrung voraussichtlich Ende November im Schloss zu Ludwigsburg stattfinden werde, wo Seine Majestät dann zu weilen gedenke. Aus Respekt vor den noch nicht abgeschlossenen Erntearbeiten sei das so beschlossen worden. Der genaue Termin werde dem Herrn Bürgermeister rechtzeitig vom Hofamt mitgeteilt.

Etwas Ungeheures, noch nie Dagewesenes in der Kirchengeschichte Enzheims tritt nun ein. Die Gemeinde erhebt sich. Beifall brandet auf. Händeklatschen in der Kirche! Und vorn auf den Stufen zum Altar steht Pfarrer Abel und applaudiert mit.

Gleich nach dem Mittagessen strömen die Enzheimer nahezu vollzählig zur Ruglerwiese vor dem Enztor. Der Krämermarkt ist traditionell die größte Warenschau in der ehemaligen Grafschaft Enzheim. Darum eilen auch viele Neugierige aus den Nachbardörfern herbei.

Seit halb eins sind die Stände und Buden umlagert. Nicht nur entlang der Stadtmauer zu beiden Seiten des äußeren Enztores. Auch rund um die Flößerlände. Ein süßer und zugleich würziger Duft hängt in der Luft. Die Kinder jauchzen. Ihnen läuft das Wasser im Mund zusammen. Sie drängeln und quengeln ihre Eltern zu den Schleckereien hin. Die Erwachsenen dagegen lassen sich treiben, von einem Händler zum nächsten, von Auslage zu Auslage. Dahin ein Grüßgott, dorthin ein schnelles Wort. Und immer wieder ein Schwätzchen. Aber das Ziel ist klar. Ein Bier, einen Wein, eine Brezel, eine Wurst, ein Schüsselchen Sauerkraut, ein Brot mit Griebenschmalz. Das und vielleicht noch mehr muss es heute schon sein.

Bonbons und Schokolade gibt's gleich am Enztor. Die kleinen und großen Leckermäuler umlagern den Zuckerbäcker und verstopfen immer wieder den Zugang zum Markt. Aber man hat heute Zeit. Nur ein paar Verdurstende schieben die Kinder zur Seite und pressen sich rücksichtslos durch die Menge. Sie müssen auf dem schnellsten Weg hinunter zur Flößerlände, ans Ende der Auslagen, dorthin, wo es Bier und Wein im Überfluss gibt und allerlei zu essen.

Neben dem Zuckerbäcker stellt ein Messerschmied seine scharfen Klingen aus: Taschen- und Klappmesser, Dolche, Küchenmesser, Bratenspieße, Rasiermesser, Scheren, Sensen und Sicheln. Gegenüber preist Seilermeister Häberle Seile und Stricke an. Am nächsten Tisch verkauft ein Beutler und Gürtler aus Ludwigsburg modische Lederwaren, Beutel, Taschen, Gürtel, Koppeln, Gurte, Riemen, Hosenträger und Handschuhe.

Ein Häfner aus Haslach krakeelt über die Zuschauer hinweg. Er schreit seinen Ärger hinaus. Billige Massenware mache seinem ehrbaren Handwerk schwer zu schaffen. Seine Kannen, Krüge, Teller, Töpfe, Schüsseln und Kacheln seien viel besser als das lieblos gegossene und gepresste Fabrikzeug. Steingut habe er im Angebot, aber auch lasiertes Steinzeug, hart gebrannt und für Flüssiges das ideale Geschirr. Sogar der Herr Oberamtsarzt lobe sein Geschirr über den Schellenkönig, weil es gesund sei.

Teure Kerzen aus Bienenwachs und billige aus Rindertalg gibt's am nächsten Tisch. Darüber ist der hiesige Metzger jedes Jahr aufs Neue erbost, hat er doch preiswerte Kerzen das ganze Jahr. Nebenan kräht ein Kammmacher. Sein Kropf schwillt an wie bei einem Kauder: »Hast du einen Kamm aus Horn, bist du wie Hochwohlgeboren.« Jeder Besucherin, die vor seinem Tisch stehen bleibt, hält er zuerst seine Luxuskämme aus Elfenbein und Schildplatt unter die Nase, bevor er sich auf die billigeren Hornkämme herablässt. In der nächsten Bude hockt ein Knopfmacher. Tisch und Wände sind über und über mit Knöpfen aus Horn, Schildpatt und Holz, aus Blech und Silber bedeckt. Manche sind sogar mit Seide oder buntem Stoff überzogen. Beim Bürstenbinder nebenan liegen Bürsten und Besen aus Schweineborsten und Pferdehaaren aus. Die ganz weichen, teuren Pinsel sind aus Dachshaaren und aus den Schwanzhärchen von Eichhörnchen gemacht.

Mitten durch die Menge wühlt sich der stämmige Schultes. Durch die von ihm geschlagene Schneise hinkt der klapperdürre Amtsbote. Heute Morgen hat er als Kirchendusler fette Beute gemacht. Jetzt ist er als Büttel gekleidet. Letzte Woche hat ihm der Schneider auf Kosten der Stadt einen neuen Amtskittel genäht. Außerdem trägt er eine blaue Schirmmütze mit rotem Band und weiß-rotem Kokon. Er strahlt wie ein Honigpferd und hüpft um den Schultes herum. Wieder und wieder versucht er, seinen Glückwunsch loszuwerden. Doch das Stadtoberhaupt muss leutselig in alle Richtungen grüßen, huldvoll nach allen Seiten die Hand reichen, anerkennende Schläge auf die Schulter erdulden, da ein Schnäpsle zwitschern, dort einen hochprozentigen Glückwunsch kippen. Der Hut hängt schon im Genick. Die Schritte werden von Stand zu Stand weicher und schwankender. Der Hochgeehrte ist wie gerädert. Aber er steht seinen Mann und schleppt sich weiter.

Beim Nagelschmied drängen sich die jungen Burschen. Klar, verschiedene Nagelsorten und rollenweise Draht gibt es zu bestaunen. Aber verlockender ist, dass man gegen Geld lange Nägel in einen Balken donnern darf. Wer weniger als drei Schläge braucht, kriegt ein paar Nägel umsonst. Die nimmt man natürlich mit. Aber die Hauptsache ist die Kraftprotzerei. Wer ist der Stärkste?

Gläser aller Art werden auf dem Nachbartisch feilgeboten. Glatte Tischgläser, teure Kristallgläser und geschliffene Pokale. Dazu Humpen und Kelche, Schalen und Vasen. Die nächste Bude ist über und über mit den neuesten Damen- und Herrenhüten aus Wolle oder Hasen-, Kaninchen-, Otter- und Biberfell behängt. Die prächtigen Deckel sind mit Bändern, Federn und Bommeln aufgeputzt. Auf der Seite, wo ein Spiegel hängt und viel Platz für die Kauflustigen ist, stapeln sich schwarze und blaue Hauben, aus Tuch oder Seide, mit und ohne Stickarbeiten. Dazu passende Kopf- und Halstücher hängen in großer Auswahl über der Auslage.

Nebenan erklingen Silcherlieder. Ein Mann in Schwarzwälder Tracht, umringt von vielen Menschen, kurbelt vertraute Weisen auf einer Drehorgel, dem letzten Schrei auf den Jahrmärkten. Der Schultes strahlt aus allen Knopflöchern. Er ist dem Instrumentenmacher beim Festzug in Stuttgart begegnet und hat ihn höchstpersönlich für den Enzheimer Kirbemarkt engagiert. Herzlich begrüßt er den Musikus und seine Frau mit Handschlag. Während der Drehorgler Musik macht, sitzt seine Frau in Tracht und mit Bommelhut zwischen ausgelegten und aufgehängten Gitarren, Mandolinen, Zittern, Drehleiern, Fideln, Flöten und Tamburinen mit und ohne Schellen.

Ein Brillenmacher aus dem Neckartal stellt Sehhilfen aus und beschwatzt die Marktbummler. Die neumodischen Ohrenbrillen mit Ohrbügeln drückten kaum noch auf die Nase. Sogar die bewährten Zwicker mit Federbügeln aus Eisen oder Kupfer könne er nun den empfindlichen Nasen empfehlen, weil die Druckstellen mit Leder gepolstert seien. Und für die feinen Pinkel gäbe es herrliche und preiswerte Monokel. Die klemme man, er macht es schnittig vor, zwischen Wange und Oberlid. Nach Gebrauch lasse man das Sehglas an einer feinen Silberkette oder edlen Seidenschnur elegant in die Westentasche gleiten. Und schon streitet sich die Kundschaft um die fünf Stühle, die vor einer Tafel stehen. Wer einen Platz ergattert hat, dem setzt der Brillenmacher Augengläser auf, durch die man Zahlen und Buchstaben von einer Tafel ablesen muss.

Auch Uhrmachermeister Brunnarius aus Stuttgart ist angereist, wie mit dem Schultes am 28. September in Stuttgart vereinbart. Er verkauft Tisch-, Buffet- und Wanduhren, Spieldosen und Taschenuhren sowie die bei Damen so beliebten Halsuhren. Der letzte Schrei der Schwarzwälder Uhrenindustrie ist das Uhrenmännchen. Auf einem Holzsockel steht eine bunt bemalte Metallfigur. Sie trägt im Arm eine kleine Buffetuhr mit Pendel, auf dem Rücken ein zweites Ührchen.

Durch die bunte Menge huscht der Papageienmann und sucht ein neues Opfer. Blitzschnell setzt er einem Burschen oder Mädchen seinen Papagei auf Kopf oder Schulter. Zur Gaude der Passanten begrüßt der bunte Vogel die Umstehenden mit »ade!« oder beschimpft sie mit einem lauten »Drecksack!«. Wer den Vogel hat, muss einen halben Kreuzer zahlen.

Hinter Büschen, wo's etwas ruhiger ist, steht ein Kasperletheater. Für einen kupfernen Viertelkreuzer dürfen die Kleinen zugucken. Gleich daneben sind Stände und Lauben voller Spielsachen. Pferde, Ochsen und andere Tiere, auch wilde, aus Holz oder bemalter Pappe. Bauernhäuser, Pferdeställe, Burgen und Schlösser aus Spanholz. Wagen und Schiffe. Baukästen, Puppenstuben mit gedrechselter Einrichtung. Komplette Stadt- und Landszenen in Spanschachteln. Vielerlei Zinnfiguren, nicht nur Soldaten, sondern auch Löwen, Tiger und Elefanten. Trommeln und Pfeifchen, Säbel und Patronentaschen. Getöpferte Vögel zum Hineinblasen. Spielkarten, Legespiele, Bilderbücher, Kugelspiele, Kreisel und – als Attraktion – ein bunt bemaltes Schaukelpferd, das man gegen einen Viertelkreuzer reiten darf. Den Kindern hüpft das Herz im Leib. Ihre Augen können sich nicht satt sehen. Am liebsten würden sie alles einsacken.

Ein Nürnberger Lebzelter, der hier seit Jahr und Tag seinen Stand hat, verkauft von den teuren Elisenlebkuchen nur wenige. Dafür umso mehr von den herzförmigen Lebkuchen, die man an einem roten Band um den Hals hängen kann. Sie sind mit bunten Märchenbildern beklebt oder mit farbigem Zuckerguss beschriftet. Ledige Burschen wollen rote Herzen, die vor der Brust baumeln, damit jedes Mädchen sofort sieht, wer noch zu haben ist.

Neben der Auslage eines Perlendrehers bleiben der Schultes und sein Amtsbote stehen. Vor den Schachteln voller Glas- und Holzperlen fädelt sich Frieda eine bunte Kette auf. Der Scharwächter, auch er von der Stadt mit einem neuen Uniformkittel ausgestattet, schaut ihr gebannt über die Schulter.

»So, so«, sagt der Schultes, und der Polizeidiener erschrickt zu Tode, weil er nur Augen für die Frieda hatte, »wie lang willsch mir no aus em Weg gange?«

»I gang neamerd aus em Weg.«

»Komm amol uff d Seit.«

Der Scharwächter gehorcht aufs Wort.

Neben der Bude macht der Schultes dem Uniformierten Vorhaltungen. »Komisch, dass du ausgrechnet mit dr Frieda unterwegs bisch.«

»Ben i gar net. I han se zufällig troffe.«

»Gell, willsch wisse, ob se di mit em Läpple zsamme gsehe hat?«

»I han dir scho fünfmol gsagt, dass i de Läpple net uff em Gwisse han.«

»On warum isch no d Agathe mit deine Wuserle net um de Weg?«

»Weil i em Dienst ben.«

Der Schultes lässt den Scharwächter stehen und trödelt mit dem dürren Heinrich weiter. Während sie von Tisch zu Tisch schlendern und die ausgelegten Waren betrachten, fragt er ihn aus, was der Scharwächter beim gemeinsamen Schützendienst auf dem Schlossberg erzählt habe.

Mit keinem Wort sei der Gottlob auf den Mord eingegangen, versichert der Amtsbote. Vielmehr habe er den Eindruck, dass der arme Mann gerade eine schwere Zeit durchleide. Seine Frau mache ihm die Hölle heiß. Jeden Kreuzer müsse er zuhause abliefern. Wenn er noch einmal besoffen heimkomme, dann könne er sofort ausziehen, habe ihm seine Frau gedroht. Auch fürchte er um sein Amt.

Dann verabschiedet sich der Büttel. Er muss bei den Händlern Standgeld kassieren. Er ist Ansprechpartner für alle umherziehenden Gaukler, Künstler, Krämer und Handwerker. Er weist ihnen vor dem Kirchgang die Plätze für Stände und Lauben zu. Dass ihm dabei fürs Entgegenkommen ein Handgeld oder allerlei Krimskrams in die Tasche geschoben wird, versteht sich von selbst. Der Wirtschaftskreislauf muss geschmiert werden, sonst läuft er nicht rund.

# Dienstag, 19. Oktober 1841

Schultes Fritz Frank fährt gegen neun mit seinem Einspänner zum Oberamt. Dort latscht er, ohne anzuklopfen, ins Dienstzimmer der Gendarmerie.

Der oberste Polizist des Bezirks steht am Fenster, die Hände auf dem Rücken. Kommandant Hornschuch schaut den Spatzen zu, die sich um ein paar Samenkörner streiten. Die dunkelblaue, zweireihige Uniformjacke mit schwarzem Kragen und schwarzen Ärmelaufschlägen spannt. Die graue Hose klemmt im Schritt. Eminenz haben einen saumäßigen Ranzen. Der schwarze Tschako liegt auf dem Schreibtisch. An der Brust baumelt die silberne Militär-Verdienstmedaille des Landes. Von allem, was nicht

Militär ist, sondert er sich gern ab. Dabei ist er ein Arschnahenker. Das sieht man gleich beim Hereinkommen. Wahrscheinlich träumt er oft vom nächsten Krieg, um endlich General zu werden.

Der Schnauzbärtige ist ungnädig und raubauzig. Erstens ärgert er sich, dass er in seiner himmlischen Ruhe gestört wird. Zweitens sind ihm die kümmerlichen Kommunalgrößen im Allgemeinen verhasst, weil er sich selbst als Diener Seiner Allerhöchsten Majestät sieht. Und drittens hat er im Speziellen schon lange einen heiligen Zorn auf den Schultheißen von Enzheim an der Enz. Der tituliert ihn nicht korrekt. Vermutlich missachtet und verspottet er ihn sogar. Wie sonst ließe sich erklären, dass in den Enzheimer Briefen ans Oberamt immer von Gendarmen gesprochen wird.

Statt eines Grußwortes ranzt er den Eintretenden an, der Dorfschultheiß von Entenheim solle sich endlich hinter die ungewaschenen Ohren schreiben, dass die Gendarmen schon 1823 zu Landjägern geworden seien. Auch seinen Entenheimern müsse er schleunigst beibringen, dass der Gendarm kein Gendarm ist, sondern ein Landjäger.

»Darum«, schnauzt Hornschuch den Gast an, »bin ich nicht Gendarmeriekommandant, wie Sie mich immer titulieren, sondern Kommandant des Landjägerkorps. Außerdem«, jetzt schlägt Feuer aus seinen Augen, »hat mir einer meiner Männer berichtet, dass Sie sich abfällig über meine Leute geäußert haben. Als Gurkentruppe hätten Sie uns beschimpft.«

»Nicht ganz«, gesteht der Schultes und kann ein Grinsen nur mit Mühe unterdrücken. »Ich hab gesagt, dass die Gendarmen durch Enzheim spazieren und Maulwürfe fangen statt Verbrecher.«

Der Dekorierte speit Verachtung. Bei jedem Wort sprüht er einen feinen Nieselregen durchs Zimmer, weil er große Zahnlücken im Unterkiefer hat. Selbstverliebt spielt er mit der Medaille an seiner Uniform, aber so aufdringlich, dass jeder sofort weiß, wessen Geistes Kind der Herr Kommandant ist. Als sei er in Gedanken, dreht Hornschuch den Silberorden um und um, schaut mal verträumt auf ihn herab, wischt mal mit dem Ärmel über ihn hinweg, damit er glänzt und gleißt. Dabei linst er aus den Augenwinkeln zum Gast hinüber, ob sein Orden die erhoffte Beachtung findet.

Der Schultes hat längst erkannt, dass auf der Vorderseite das Konterfei des Königs drauf ist und auf der Rückseite der Spruch *Für Tapferkeit und Treue*. Spitzbübisch sieht er den Dekorierten an. »Unser Feldschütz hat auch so ein Blechle am Kragen, sonst täten ihn die Landstreicher ja gar nicht als Respektsperson erkennen.«

Der Aufgeblasene läuft rot an. Gleich explodiert er. Doch der Schultes sticht ihm mit einem schnellen Satz die Luft ab: »Ich hab auch so ein Abzeichen.«

Eminenz fällt der Kiefer herunter.

Der Schultes legt nach. »Nicht in Silber.« Nach einer kleinen Pause. »Aus Gold.« Schließlich der Volltreffer: »Von Seiner Majestät höchstpersönlich verliehen.«

Der Lackaffe schluckt trocken. Er weiß nicht, was er sagen soll.

Diese Sprachlosigkeit macht sich der Schultes zunutze. Das Mobiliar des ermordeten Läpple müsse untersucht werden, sagt er. Dazu brauche er eine schriftliche Weisung an zwei Ludwigsburger Handwerksmeister, die sich weigerten, über den Einbau von Geheimfächern Auskunft zu geben. Auch müsse eventuell ein Zweitschlüssel gefertigt werden.

Der Kommandant eilt an sein Pult und schreibt einen Befehl an den Schlosser Vogel und den Schreiner Höfele in der Residenzstadt heraus. Ob der Herr Bürgermeister bei der Durchsuchung der Möbel Hilfe benötige, fragt Hornschuch unterwürfig.

Der Schultes dankt. Sein Amtsdiener und sein Feldschütz seien in der Lage, das Schließfach zu öffnen. Dazu müsse nicht extra ein Gendarm bis nach Enzheim spazieren.

# Donnerstag, 21. Oktober 1841

Schultes und Lehrer sind am Abend im Pfarrhaus zu Gast. Abel ist schon lange Witwer. Die Kinder sind aus dem Haus. Und die Nachbarin, die ihm tagsüber den Haushalt führt, rennt immer um fünf heim, weil sie für die eigene Familie kochen muss. Allerdings hat sie zuvor ein paar Wurstbrote für die Gäste bereitgestellt.

Die drei Herren wollen beraten, was sie noch tun könnten, um das rätselhafte Verbrechen aufzuklären.

»Vielleicht hat der Mörder das Geheimfach längst geleert«, sagt der Schultes.

»Möglich.« Abel wiegt den Kopf hin und her.

»Sie zweifeln, Herr Pfarrer?«

»Wissen wir, ob der Läpple den Schlüssel überhaupt bei sich hatte?«

Der Schultes zuckt die Achseln.

»Er könnte ihn irgendwo im Haus oder in der Scheune versteckt haben. Dann liegt er noch da. Auf einem Bauernhof ein Schlüsselchen finden?« Abel winkt ab. »Aussichtslos.«

»Wenn es kein Raubmord war, was sonst? Die Tat eines Irren?« Der Lehrer hat bisher nur mit einem Ohr zugehört. Voller Heißhunger ist er über die Brote hergefallen.

Abel lacht. »Irrsinn dürfte wohl das allerletzte Motiv zu diesem Verbrechen sein, Herr Lehrer. Der Mörder kann die Tat sehr wohl geplant haben, ohne es auf das Vermögen des Läpple abgesehen zu haben.«

»Wenn nicht Irrsinn, was dann? Eifersucht doch nicht.« Der junge Mann ist verwirrt. Bei jeder Besprechung bringt der Pfarrer ein anderes Tatmotiv ins Spiel. »Sie haben doch selber gesagt, dass der Läpple keiner hiesigen Bauern- oder Handwerkertochter die Heirat versprochen hat. Und jede Magd, die sich mit dem Kerl eingelassen hat, wusste ganz genau, dass sie nichts von ihm erwarten konnte. Höchstens ein paar Gulden, wenn's hoch kommt.«

Abel macht mit der Hand eine vage Bewegung, als müsse er etwas einwenden. »Genau darum denke ich, dass der Mörder ein Mann ist. Vielleicht einer, der dem Läpple nicht ans Geld wollte.«

»Sondern?«

»Ihn aus Rache tötete.«

»So eine Art wilde Gerechtigkeit?«

»Genau. Du hast mich vernichtet. Also vernichte ich dich. Wie's im Alten Testament steht. Aug um Auge, Zahn um Zahn.«

Den Schultes graust es bei dem Gedanken. »Dann werden wir den Kerl wohl nie erwischen.«

»Mich würde das nicht beunruhigen.« Abel lächelt vielsagend. »Ich habe irgendwo gelesen, nicht einmal jeder fünfte Mord wird aufgeklärt. Ganz abgesehen von den Toten, die man gar nicht als Opfer eines Verbrechens erkannt hat. Die ledigen Mütter, die ihre Neugeborenen aus Scham oder Not umbringen, die erwischt man fast immer. Weil sie nicht davonlaufen, sondern sich der Strafe stellen. Aber Giftmörder zum Beispiel werden nur ganz selten entdeckt. Der Tote liegt friedlich da, als sei er eingeschlafen. Wie soll man wissen, was er gegessen oder getrunken hat?« Abel grinst abfällig. »Und Wasserleichen werden ohne viel Federlesen sofort beerdigt. Aus den Augen, aus dem Sinn.«

»Das klingt so, als würden Sie nicht mehr ausschließen, dass wir den Mörder gar nicht finden?«

»Ja, Herr Bürgermeister. Wenn es ein Mord aus Rache war, werden wir den Fall wohl kaum aufklären können. Nur ein Zufall könnte uns dann noch helfen.«

Der Lehrer fragt schnell: »Warum, Herr Pfarrer?« Dann schnappt er sich noch ein Wurstbrot.

»Ich könnte mir vorstellen, dass ein Rächer nach der Tat das Gefühl hat, jetzt sei er mit dem Opfer quitt. Dann wäre es gut möglich, dass er die nächsten Jahre und Jahrzehnte unter uns lebt, ohne aufzufallen. Seine Rachegelüste sind ja mit der Tat verpufft.«

»Ach Gott«, seufzt der Schultes, »das könnte auf den Scharwächter passen.«

»Leider, Herr Bürgermeister. Seine Frau hat Ihnen ja gestanden, dass sie vom Läpple sitzengelassen und in die Schande gebracht wurde. Darum hasste ihr Mann den Läpple bis aufs Blut. Er fühlte sich und seine Agathe gedemütigt und zum Gespött der Stadt gemacht.«

»Dann muss ich ihn verhaften, Herr Pfarrer. Immerhin ist er Hilfspolizist. Ich brauche Ihnen nicht zu sagen, was die Leute mir als Schultheiß an den Kopf werfen, wenn ich einen Mörder länger als unbedingt nötig frei herumlaufen lasse.«

»Bedenken Sie bitte, dass der Mann an jenem Abend sturzbetrunken war. Das haben Sie selbst erzählt. Also könnte er doch im Affekt zugeschlagen haben. Wieder nüchtern geworden, wusste er vielleicht gar nicht mehr, was er getan hat.«

»Merkwürdig.« Der Schultes atmet tief durch. »Seit damals geht er mir aus dem Weg. Zugegeben, tagsüber muss er auf dem Schlossberg Vögel verscheuchen. Aber abends und sonntags weicht er mir auch aus. In der Linde war er seither nicht mehr. Als wär ich sein ärgster Feind. Noch mehr wundert mich, dass er seit jenem Tag nüchtern ist. Von heut auf morgen. Ich habe ihm das Trinken zwar schon oft verboten. Aber bisher haben meine Drohungen nur ein paar Tage gewirkt. Doch seit dem Mord ist er wie ausgewechselt. Das passt nicht zu ihm.«

»Für mich, Herr Bürgermeister, passt gerade das zu ihm als Täter. Er weiß, dass er sich im Suff verraten könnte. Also rührt er keinen Alkohol mehr an. Und seine Frau passt höllisch auf ihn auf. Möglicherweise ahnt sie etwas.«

»Soll ich ihn mit Schnaps abfüllen? Vielleicht singt er dann.«

Der Lehrer lacht, aber der Pfarrer wehrt ab: »Nein, Herr Bürgermeister. Mein ist die Rache, spricht der Herr. Die Agathe ist eine gute Seele. Sollte ihr Mann Schuld auf sich geladen haben, wird sie uns früher oder später einen Hinweis geben. Da habe ich volles Gottvertrauen.«

Der Lehrer ist satt. Er nimmt einen großen Schluck. »Der Scharwächter hat Familie. Der läuft uns bestimmt nicht davon.

Aber was ist, wenn ein Dienstbote den Läpple erdolcht hat? Zum Beispiel ein Knecht? Dann kassiert der an Martini seinen Jahreslohn und macht sich aus dem Staub.«

Dem Schultes ist es, als fahre er seit Sichelhenke Karussell. Auf und ab, hin und her. Ihm ist schon ganz schwindelig. Er verdreht die Augen.

Abel sieht's und lacht. »Darum müssen wir spätestens bis Martini das Versteck finden. Noch besser wär's, wenn wir das Buch in die Hände bekämen. Mit dem Geld rechne ich schon gar nicht mehr. Aber das Buch wäre wichtig. Für den Fall, dass es ein Raubmord war, könnten wir damit vielleicht den Kreis der möglichen Täter eingrenzen.«

Schultes und Lehrer schweigen. Sie gewinnen immer deutlicher den Eindruck, dass der Pfarrer sich längst damit abgefunden hat, den Mörder nicht zu entlarven.

Und schon sagt Abel: »Wenn wir nichts finden, werden wir wohl oder übel behaupten müssen, der Mörder sei längst über alle Berge. Davon geht die Welt nicht unter.«

Der Schultes schüttelt betrübt den Kopf. Für den Pfarrer wäre das keine Blamage, aber für ihn. Wie passt eine solche Niederlage zur bevorstehenden Ehrung? Am liebsten würde er sich in ein Mauseloch verkriechen.

»Ich habe den beiden Ludwigsburger Handwerkern geschrieben, dass ich bald komme und den Befehl der Gendarmerie vorlegen werde. Sie sollen bis dahin einen Nachschlüssel machen und mir antworten, wann der fertig ist.« Abel strahlt übers ganze Gesicht. »Ich freue mich schon auf das Fährtle in die schöne Residenzstadt.«

# Mittwoch, 27. Oktober 1841

Der Schultes hat in den letzten Tagen bei jeder Gelegenheit versucht, mit dem Scharwächter und dessen Frau ins Gespräch zu kommen. Umsonst. Sie sind ihm ausgewichen. Zumindest schien es so. Darum hat er sich am Morgen entschlossen, zwei Fliegen mit einer Klappe zu schlagen. Bis Monatsende müssen die Misthäufen und Jauchegruben ausgemauert oder mit Ton ausgeschlagen sein und der Gülleabfluss in die Kandeln unterbunden werden. Es ist also höchste Zeit, den Fortschritt mit eigenen Augen zu kontrollieren und Verstöße streng anzumahnen. Bei der Gelegenheit will er die Agathe Vorderlader zuhause aufsuchen.

Als er den Scharwächter und den Amtsboten vom Schlossberg her knallen und rätschen hört, macht er sich auf den Weg. Langsam stapft er die Hauptstraße hinauf, die Augen auf die Kandeln und Hofeinfahrten geheftet. Misthäufen und Jauchegruben müssen sechs Fuß von der Kandel weg sein, so steht es in der neuen Verordnung. Wo das noch nicht so ist, muss es bis Samstagabend gerichtet werden, denn am Montag ist schon der 1. November. Er hat sich fest vorgenommen, die neuen Richtlinien für öffentliche Sauberkeit unerbittlich durchzusetzen.

Kleine Mädchen hocken auf der Gass und kratzen mit Stöckchen und Kreidebrocken Tiere und Bäume aufs Pflaster. Andere Kinder döpfeln. Zwei ältere Buben, die an Georgi in die Schule kommen, folgen dem Schultes auf Schritt und Tritt.

»Was machsch du do?«

»Äbbes uffschreibe.«

»Was?«

»Jetzt guck halt zu.«

»Musch Rossbolle zähle?«

Der Dubbeler, Graf Heinrichs Jüngster, kommt vom Bäcker und gesellt sich dazu.

»Rat amol, Schultes, was i en meim Korb han.«

»Du wirst es gleich verraten.«

»Jetzt rat halt.«

»Weckle vom Bäcker.« Den Schultes strengt das Hochdeutsche zu sehr an. Langsam gleitet er in seine vertraute Mundart hinüber.

»Dees gilt net. Du hasch gschpickelt.«

»On was machsch mit de Weckle?«

»Heimbrenge. Mei Vadder wartet scho. Um neune gibts Morgaesse bei uns.«

»No musch aber jetzt dapfer springe.«

»Dees glaubsch au bloß du. Mei Mudder hat gsagt, mei Vadder häb en Ranze. Dees dät von de viele Weckle komme on vom Nixschaffe. Wann i koin gotzige Wecke heimbrenge dät on sage dät, dr Bäcker häb koine meh ghet, no krieg i an Schoklad, hat se mir versproche.«

»Aberjetza!«, verscheucht der Schultes die Kinder und den Dubbeler. Dabei muss er sich das Lachen verbeißen. Er kann sich gut vorstellen, wie Seine Erlaucht, vor Jahresfrist noch rank und schlank, durchs Faulenzen allmählich einen Ranzen ansetzt. Je älter Graf Heinrich wird, umso mehr hadert er mit seinem Schicksal. 1806 wurde er nämlich auf Napoleons Befehl zum Untertan des Königs von Württemberg degradiert.

Misthaufen für Misthaufen, Jauchegrube für Jauchegrube überprüft er zu beiden Seiten der Straße. Ausgemauert oder mit Ton abgedichtet? Ausreichend Abstand zur Kandel? Er ist sich nicht zu schade, mit seinen eigenen Schuhen auszumessen, ob sechs Fuß unterschritten werden, wobei er Schuh und Fuß gleichsetzt, obwohl das Schuhmaß in Württemberg schon lange nicht mehr gilt. Auch die Kandel selbst beäugt er. Unbeschädigt? Zu tief? Zu hoch?

Jede Beobachtung notiert er mit Bleistift auf einem Zettel. Bei groben Verstößen eilt er ins betreffende Haus und befiehlt, bis Samstag einen ordnungsgemäßen Zustand herzustellen. Widerborsten droht er saftige Strafgelder an. Kleinere Verstöße soll der Amtsbote am Abend abmahnen.

Hier und da ist in den Höfen das Gesinde noch beim Dreschen und Mosten. Der eine oder andere Bauer fährt die Öhmd ein, das letzte Heu. Aber sonst sind die Leute meist entspannt. Die Feld- und Scheunearbeiten werden deutlich weniger. Man hat mehr Zeit. Und so muss der Schultes da ein Schwätzchen halten, dort ein paar lobende Worte finden oder etwas tadeln. Dabei erkennt und spürt er, dass seine Enzheimer den Sinn der neuen Verordnung verstanden haben und bemüht sind, die Einfahrten sauber zu halten und Mist und Gülle von den Straßen zu entfernen.

So kommt er erst gegen halb zwölf an der Wette vorbei. Wäsche ist im Gras zur Bleiche ausgelegt. Erstklässler, wahrscheinlich eine Stunde früher aus dem Unterricht entlassen, spielen am Wasser und sammeln Enten- und Gänsefedern. Die meisten sind noch barfuß.

Schließlich klopft der Schultes an den Wengertturm. Die Scharwächterin ist zuhause. Verlegen bittet sie ihn in die Wohnstube. Die ist zugleich elterliche Schlafkammer und Arbeitsplatz für die Hausfrau.

Hastig räumt sie ihre Flicksachen vom Tisch, nimmt die Bügelwäsche vom Stuhl und bietet ihn dem Gast an. Dann putzt sie ihrem Jüngsten mit dem Schürzenzipfel die Rotzglocke aus dem Gesicht, hebt ihn hoch und setzt sich mit dem Kind im Schoß dem Schultes gegenüber.

»I han gwisst, dass du kommsch, Schultes.«

»Warum?«

»Mein Gottlob hat erscht gschtert gsagt: Pass uff, der Schultes kommt. Wirsch sehe!«

»Soso. Hat er Angst?«

Sie nickt und fängt zu weinen an. Auch der Kleine heult und rotzelt.

»Lass dir Zeit, Agathe.« Der Schultes weiß, sie wird ihm alles anvertrauen.

Nach ein paar Minuten haben sich Mutter und Kind wieder beruhigt. »Weisch, Schultes«, sagt sie entschuldigend, »mein Johann isch neamerd on hat nix wie Läus. On die sen krank.«

Dann erzählt sie, dass sich ihr Mann seit dem Mord am Läpple verändert habe. Stur wie ein Ochse sei er zuvor gewesen, wenn sie ihn bewegen wollte, mit dem Trinken aufzuhören. Danach habe er von heute auf morgen keinen Alkohol mehr angerührt. Er verlasse die Wohnung nur noch, wenn er zur Arbeit muss, sei es mit dem Amtsboten zusammen auf den Schlossberg zum Rätschen und Schießen, sei es allein bei der Streife durchs Städtle.

»Kannst du dir das erklären?«

Sie schüttelt den Kopf. Mit ihr rede er nicht darüber. Aber sie spüre ganz deutlich, dass er vor etwas Angst hat.

»Vor mir?«

»Gwieß net, Schultes. Au vor em Pfarrer net.«

»Aberjetza, vor wem dann?«

»I weiß net. Manchmol denk i, er hat Angscht vor sich selber. Irgend äbbes isch en em hee.«

»Ich muss ihn aber in den nächsten Tagen etwas fragen, Agathe.«

»I weiß. Du willsch wisse, ob er dr Läpple uff em Gwisse hat, gell?«

Er nickt und steht auf. »Ab Samstag brauchen wir keine Wengertschützen mehr. Die meisten Reben sind abgeerntet. Auch die Geiztrauben. Dann hat dein Gottlob heuer keinen Dienst mehr auf dem Schlossberg.«

»Weiß i. Hat er mir scho gsagt.«

»Gut.« Er fährt sich in Gedanken über das Gesicht. »Dann hat er jetzt viel Zeit zum Nachdenken. Sag ihm, er soll in den nächsten Tagen früh morgens zu mir kommen. Spätestens am nächsten Mittwoch! Dann ist Ultimo für ihn.« Er gibt ihr die Hand. »Er muss mir sagen, wie es in ihm ausschaut. Von Mann zu Mann. Sag ihm das.«

Bestürzt verlässt er den Wengertturm. Das hat ihm gerade noch gefehlt. Ausgerechnet der Scharwächter! Eigentlich müsste er ihn verhaften oder zumindest die Gendarmerie, äh, das Landjägerkorps benachrichtigen. Aber das bringt er nicht fertig. Noch nicht. Die Agathe tut ihm leid. Wohl darum hat er dem Kerl eine so lange Frist gesetzt, sich endlich zur Tat zu bekennen. Er hat selber Angst vor der Wahrheit.

# Sonntag, 31. Oktober 1841

*D*as Städtchen ist wie leergefegt. Die Enzheimer bibbern und schlottern in der Kirche. Sie hocken zusammengekauert, den Hals eingezogen. Die Hände unters Gesäß geschoben, versuchen sie, sich auf den Gottesdienst zu besinnen. Heute wird ein doppeltes Fest gefeiert. Reformationstag und König Wilhelms Thronbesteigung vor genau fünfundzwanzig Jahren.

Im Kirchenschiff muffelt es. Die Schäflein drängen sich dicht an dicht, sortiert nach Männlein und Weiblein. Im Schweinsgalopp haben sie die Wintersachen aus den Truhen gerissen. Auslüften? Dazu blieb keine Zeit. Zu plötzlich kam der Kälteeinbruch. Ein Duft nach Salbei, Kampfer, Spiritus, Terpentin und Naphtalin, was halt ein jeder gegen die Motten zwischen die Kleider gelegt hat, macht das Atmen schwer.

Seit gestern ist es frostig an der Enz. Heute Morgen sahen die Bäume und Gärten wie gezuckert aus. Die Straßen und Gassen waren rutschig. Jetzt liegt ein brenzliger Geruch über dem Städtle, denn aus allen Dächern steigen Rauchfahnen auf. Überall glühen die Öfen. Nur in der Kirche ist es saukalt.

Der neue Provisor hat Magengrimmen. Wie ein Häufchen Elend windet er sich auf der vordersten Bank. Sein erster öffentlicher Auftritt als Dirigent steht unmittelbar bevor. Mit dem Kirchenchor hat er zwei Psalmgesänge eigens für diesen Gottesdienst einstudiert: *Nun danket alle Gott mit Herzen, Mund und Händen* und *Lobe den Herren, den mächtigen König der Ehren*. Nervös zupft sich der junge Mann ständig am Ohr oder kratzt sich am Kopf. Abel, der schräg vor ihm auf einem Stuhl sitzt, sieht es und wirft ihm aufmunternde Blicke zu.

Während der Lehrling vor Angst schlottert, hockt der erfahrene Schulgeselle, der Unterlehrer, auf dem Orgelbock und bringt die Kirche zum Beben. Das Kornettregister gezogen, das so viel Luft braucht, fegt er mit fliegenden Haaren über die Tasten, bis die Orgel aus dem letzten Loch pfeift. Weil beiden die Luft ausgeht, dem Schuster auf dem Blasebalg und dem himmlischen Instrument auf der Empore, ächzen und seufzen sie zusammen wie ein altes Mühlrad, wenn das Wasser ausbleibt. Mit hängender Zunge holt der Schuster das Letzte aus seinem ausgeleierten Leib heraus. Doch die Orgelpfeifen japsen schon und fangen zu husten an.

Kaum hat die Musik ausgestottert, steht Abel im Talar vor dem Altar und verliest eine Erklärung: »Unser König, christlich getauft, hat in seiner Eigenschaft als Bischof von Württemberg höchstpersönlich verfügt, dass in allen Kirchen und Synagogen des Landes heute über den 85. Psalm, Vers 10 bis 12, gepredigt werden muss: *Doch ist ja seine Hilfe nahe denen, die ihn fürchten, dass in unserm Lande Ehre wohne; dass Güte und Treue einander begegnen, Gerechtigkeit und Friede sich küssen, dass Treue auf der Erde wachse und Gerechtigkeit vom Himmel schaue.* Dieses Psalmwort hat er ausgewählt, weil es für Christen und Juden gleichermaßen gilt und in Kirchen und Synagogen ausgelegt werden kann.«

Himmel hilf, jetzt ist es so weit. Der Provisor springt auf und stolpert über die eigenen Füße. Abel grinst. Ein paar jüngere Frauen lachen. Derweil nimmt der Kirchenchor Aufstellung auf den Altarstufen.

Die Leute recken die Hälse. »Wie heißt dr Neue?«, flüstert es in den Bänken. »Soso, Anton Baumeister.« »Waas! En Gälfiaßler? On der ka dirigiere?«

Und ob er kann. Die Bauersfrauen, die alten Knaben und ein paar Jüngere jauchzen im Gesangverein, reißen den Mund auf und kriegen einen roten Kopf. Die meisten haben nur noch wenige Zähne. Darum gurgelt, pfeift, zischt und spuckt es rund um den Altar, dass es eine wahre Pracht ist. Es hört sich an wie ein Harmonium, das einen Riss hat. Insgesamt klingt's aber nicht schlecht, weil es dem jungen Mann pressiert. Er dirigiert mit seinem Lampenfieber um die Wette. Also keine Musik zum Einschlafen, wie noch unter dem alten Schulmeister, sondern ein frischer Gesang mit ein paar interessanten Nebengeräuschen.

»Heiligs Donderwetter! Der kanns aber.« Die Leute nicken sich anerkennend zu.

Der Pfarrer steht auf der Kanzel, schaut und schaut. Alle sind sie gekommen. Sogar die Stundenleute, die Kulleaner und die Hahnschen Pietisten. Der Ehrung ihres weltlichen Königs fern zu bleiben, das trauen sie sich nicht. Nur Graf Heinrich fehlt. Das war zu erwarten. Die Frieda sitzt neben der Läpple. Gleich dahinter blitzt das Kopftuch der Scharwächterin auf. Ihr Mann hockt, in sich versunken, auf der anderen Seite in der hintersten Bank.

Abel beginnt, den Psalm auszulegen. Güte und Wahrheit treffen sich, Frieden und Gerechtigkeit küssen oder bekämpfen sich. So steht es im 85. Psalm. Ohne diese vier Grundwerte ist menschliches Leben nicht möglich. Aber nicht nur Güte und Wahrheit oder Frieden und Gerechtigkeit gehören zusammen. Auch Gerechtigkeit und Güte, Wahrheit und Frieden, Güte und Frieden und Wahrheit und Gerechtigkeit sind aufeinander angewiesen. Keiner der vier Werte kann ohne die anderen drei auskommen.

Im selben Augenblick, in dem er das verkündet, bemerkt Abel, dass die Scharwächterin zu weinen beginnt und ihr Mann versteinert vor sich hin stiert. Abel erschrickt. Aber schnell fasst er sich wieder. Alles, was er jetzt sagt, das spürt er ganz genau, ist für einige da unten nicht bloß Schall und Rauch. Ihr ganzes weiteres Leben hängt davon ab. Darum schiebt er den vorbereiteten Text auf die Seite und predigt frei, frisch von der Leber weg. Weil er seine Predigten nicht abschreibt, sie auch nicht abliest, traut er sich das zu. Er macht sie selber, entwickelt sie aus dem Stegreif. Das kann nicht jeder. Aber so haben's seine Enzheimer am liebsten. Nie langweilt ihr Pfarrer, salbadert auch nicht von der Kanzel herab. Gewiss, manchmal riffelt er sie. Selten faltet er sie auch zusammen. Aber meist baut er sie auf.

Beide Hände auf den Rand der Kanzel gestützt, wendet sich Abel an die Ängstlichen und Ratsuchenden.

Eine nur gerechte Welt, sagt er freundlich, wäre eine kalte Welt und sollte niemals Wirklichkeit werden. Denn die Gerechtigkeit fällt ihr Urteil allzu häufig ohne Ansehen der Person. Darum muss zur Gerechtigkeit immer die Güte hinzukommen, die nach der Wärme der menschlichen Beziehung fragt. Zuweilen, Abel holt tief Luft, sei es geboten, für einen gebeutelten Sünder Partei zu ergreifen. Jeder, der Schuld auf sich geladen hat, müsse die Wahrheit sagen. Dann dürfe er auf Güte hoffen. Nur so ließen sich die inneren Seelenqualen bändigen.

Der Scharwächter schlägt die Hände vors Gesicht. Abel sieht es von da oben. Und die Frau des um Fassung Ringenden nickt heftig und bindet das Kopftuch fester.

Fast hätte Abel vergessen, dass heute das Thronjubiläum ist. So beeilt er sich zu betonen, König Wilhelm anerkenne die genannten Grundwerte für sich und die Regierung als Maßstab des Handelns. Sonst hätte Seine Majestät nicht ausgerechnet diese Bibelstelle gewählt.

»Wir alle«, schließt der Pfarrer die Predigt, »sind unserem König für fünfundzwanzig Jahre in Frieden dankbar. Wir wünschen ihm ein langes Leben voller Güte und Wahrheit, Frieden und Gerechtigkeit zum Wohle unseres Landes. Amen.«

# Dienstag, 2. November 1841

Der Pferdeomnibus ist voll besetzt. Finkenberger hat mit den regelmäßigen Fahrten nach Ludwigsburg und Stuttgart die Sehnsüchte der Menschen geweckt und ihren Geschmack getroffen. Es gibt halt nichts Besseres als eine Idee, deren Zeit gekommen ist. Bei Sonnenaufgang sammeln sich die Reiselustigen vor dem Ochsen, und mit Sonnenuntergang sind sie wieder daheim. Bequemer geht es nicht.

Im Zucht- und Arbeitshaus in Ludwigsburg werden heute preisgünstige Stoffe versteigert. Eine Quantität Leinen, wie im *Enzheimer Intelligenz-Blatt* zu lesen war, gebleicht und ungebleicht. Sowie einige Schock Zwilch, besonders geeignet zur leichten Sommerbekleidung. Der Meistbietende erhält den Zuschlag. Die

Versteigerung beginnt um eins im Geschäftszimmer der Anstalt. Kauflustige können vorher die Qualität der Stoffe begutachten.

Darum haben sich fünf resolute Bäuerinnen entschlossen, erst im Zuchthaus preiswert einzukaufen und dann a klois bissele Residenzluft zu genießen. Die Frau vom Schultes ist auch dabei. Der Winter sei lang, sagt sie beim Einsteigen entschuldigend zum Pfarrer. Bis dahin lasse sich leicht das eine oder andere Blüsle oder Röckle oder Schürzle für den nächsten Sommer nähen. Auf dem Kutschbock neben dem Finkenberger fährt der Ochsenwirt mit. Er will in Stuttgart noch vor dem Winter, wenn sein Gasthaus wieder rappelvoll ist, Gläser kaufen. Sagt er. Aber in Wahrheit lockt ihn die Hauptstadt. »So lang mr no gsund isch on gute Schuh hat, muss mr ällweil dr Arbeit davolaufe«, hat der Knöpfle vom Rebstöckle zu ihm gesagt und ihm empfohlen, auch einmal zum Schwanzen nach Stuttgart zu fahren.

Das Quintett im Fond des Wagens schwätzt Hochwürden die Ohrlappen weg. Es sei eine Schande mit den Männern. Im Zuchthaus könnten sie wunderbare Stoffe machen, aber in Freiheit seien sie dazu entweder zu faul oder zu blöd. Dafür würden sie beim Essen und Trinken hinlangen wie die Holzfäller. Und wer müsse die guten Sachen auf den Tisch zaubern? Nicht die Mannsbilder. Mit ihren dicken Bäuchen und gelben Lederhosen seien sie viel zu ungeschickt dazu. Ohne Frauen sei die Welt bald am Ende. Darum habe die linke Bankreihe beim Vortrag am Sonntagnachmittag in der Kirche genau zugehört, während die rechte gerusel und gedusel habe, zumal der Kirchendusler nicht kassieren durfte. Es war ja kein Gottesdienst, sondern bloß ein Vortrag. Der Herr Pfarrer habe mit seinen Reformvorschlägen für Enzheim die Herzen der Frauen angerührt. Die meisten seiner Ideen ließen sich leicht und schnell verwirklichen, wenn …

»Solang d Mannsbilder s Sage hen, ka dees nix werre«, weiß die Goschlere aus der Küfergasse. »Koin Gockeler kanns leide, wenn an andrer uff seiner Mischte schärret.«

»Mr sott se halt au daheim eisperre wie em Zuchthaus, no wird dees bald andersch.«

»Vier Woche lang derf mr halt d Stadträt net an Brotkorb no lasse, no werre se lammfromm.«

»Oder wie wär no au dees, wenn oine von uns amol Stadtrat werre dät?«

Abel hört zu und grinst vor sich hin.

»Dees mit sällre Bank, dees isch net schlecht, Herr Pfarrer«, sagt eine Resolute und rückt das Kopftuch zurecht.

»Sparverein auf Gegenseitigkeit, bitte«, verbessert Abel.

»Von mir aus au dees. Aber s bescht isch gwä, wo Se gsagt hen, dass mr en Stuttgart au an Lade hat, wo mr Zucker on Salz ällweil eikaufe ka. Net bloß wie bei uns oimol em Jahr uff em Jahrmarkt.«

»Ja, ich habe in Stuttgart Stände und Lauben gesehen, die Köstlichkeiten aus der ganzen Welt feilbieten. Täglich.«

»Jetzet verzählet Se, Herr Pfarrer, was no?« Eine fragt, aber die anderen vier wollen vor Neugier schier verzwatzeln.

»Salz und Zucker. Kaffee, Tee, Kakao und seltene Gewürze. Auch Reis und Zitronen.« Abel besinnt sich. »Dazu Stoffe, Putzmittel, verschiedene Seifen sowie allerlei Haushaltswaren.«

»Haushaltswaren? Was isch au dees, Herr Pfarrer?«

»Messer, Gabeln, Löffel, Geschirr, Pfannen, Töpfe und so weiter.«

»Jetz do guck no.«

»Bis wann?«

»Ich verstehe nicht.«

»Bis wann gibts bei uns au so äbbes?«

Die Lindenwirtin ist verstummt. In ihr gärt es. Wenn Magdas Hochzeit und die Wahl ihres Schwiegersohns zum Schulmeister amtlich sind, will sie ihrem Mann die Hölle heiß machen. So ein Laden muss her. Genau das richtige Geschäft für ihre Magda.

»Bis wann? Das liegt nicht in meinen Händen, verehrte Damen. Aber im nächsten Frühjahr könnten wir in Enzheim so einen Laden einrichten. Ich werde den Herrn Bürgermeister fragen.« Abel wirft der Lindenwirtin einen auffordernden Blick zu.

»I sags em«, sagt die Gemeinte. Dabei hat sie längst beschlossen, noch vor Weihnachten die erste Enzheimer Viktualienbude zu eröffnen.

Schon ist der Omnibus mitten auf dem Ludwigsburger Marktplatz angekommen. Die fünf Frauen und Abel steigen aus. Nur der Ochsenwirt bleibt auf dem Kutschbock hocken. Sechs neue Passagiere steigen zu.

Der Unterlehrer hat den Weg zum Schreinermeister Höfele in der Bärenstraße genau beschrieben. Darum steht Pfarrer Abel keine fünf Minuten später in der Werkstatt, zückt das Schreiben des Landjägerkorps und erfährt alles, was er wissen muss. Auch Schlossermeister Vogel macht keine Fisimatenten. Gegen Quittung händigt er einen Ersatzschlüssel aus und erklärt genau, wie er zu gebrauchen ist.

So bleibt Abel bis zur Rückfahrt genügend Zeit für einen Streifzug durch Straßen und Läden der Residenzstadt und für ein opulentes Mahl in einem Gasthaus am Marktplatz.

## Mittwoch, 3. November 1841

Frühmorgens um halb acht steht der Scharwächter vor der Linde. Frisch gewaschen, nüchtern, mit ernster Miene.

Der Schultes bittet ihn in sein Amtszimmer neben der Gaststube. Auch er ist ernst und bedrückt. Er weiß, was jetzt auf ihn zukommen kann.

Der Hilfspolizist fackelt nicht lang. Er will reinen Tisch machen und legt gleich los, gesprächig wie nie zuvor.

»Weisch, Schultes, mir isch net wohl mit dem, was i dir jetzet sage muss.«

Das Stadtoberhaupt nickt betrübt.

Der Hagere in den armseligen, aber sauberen Kleidern tröstet seinen Vorgesetzten: »I versteh di scho. I dät dir s jo au sage, wenn i dees selber wüsst. Aber i weiß net viel.«

»Aberjetza, warum du nemme bsoffe bisch, dees weisch hoffentlich no?«

»Ganz genau weiß i dees, Schultes. An sällem Sonntag hat dr Pfarrer äbbes über d Sauberkeit gsagt. Net bloß em Gsicht on an de Händ. Au im Kopf on in dr Seel müsst mr sauber sei. No hann i s erschte Mal denke müsse, dass i au sauber sei muss. On beim Rätsche auf em Schlossberg han i gmerkt, dass koi gotziger Vogel vom Himmel ra gfalle isch. Weisch au warum?«

Der Schultes staunt und schüttelt den Kopf.

Der Scharwächter lächelt in sich hinein. Er hat in letzter Zeit offensichtlich viel über sich und die Welt nachgedacht.

»Weil se bloß so viel fresse on saufe, wie se vertrage. No han i denkt, Gottlob, han i mir denkt, Gottlob, jetzt weisch, wie du s mache musch.«

Dann berichtet der Scharwächter, dass er gestern Abend bei der Läpple gewesen sei. Mit ihr habe er sich ausgesöhnt. Die Frau sei völlig durcheinander. Die Schwägerin mache ihr das Leben zur Hölle und beschuldige sie, den Tod ihres Bruders herbeigeführt zu haben.

»On was hasch dr Läpple gsagt? Dass mit dr Sichl nach em Johann gschlage hasch?«

»I weiß net, Schultes! I schwörs!« Der Scharwächter erschrickt, weil er laut geworden ist. Betreten sieht er vor sich hin und gesteht leise: »I ben so bsoffe gwä, dass i nemme weiß, was i doe han.«

»Aberjetza! Du musst dich doch an irgendwas erinnern können.« Der Schultes ist unwillkürlich ins Hochdeutsche verfallen, weil er spürt, dass er jetzt amtlich werden muss.

»Ja«, sagt der Scharwächter. Auch er bemüht sich nun, nach der Schrift zu sprechen. »I glaub, i han dr Johann auf der Straß troffe. I weiß bloß net genau, wo es gwä ischt. Mir denkt, als wär der Haderlomp mit der Sichel in der Hand durch d Schlosstorgass auf mich zukomme.«

»Hast du ihn angesprochen?«

Der Scharwächter nickt. Er wisse es aber nicht genau. Leider. Das nehme er jederzeit auf seinen Eid. Ihm sei, als habe er den Läpple übel beschimpft. Sauigel, Drecksack, Affadackel, Rappelkasper und solche Wörter. Da habe ihm der Läpple vielleicht einen Schlag versetzt.

»Gib's endlich zu. Du hast ihm die Sichel aus der Hand gerissen und hast zugeschlagen.«

»Noi, Schultes. Ich ka me wirklich net erinnere. Vielleicht war's so, wie du gsagt hasch. Vielleicht au net. Du kannsch mache mit mir, was du willsch. Ich weiß es net. Glaub mir endlich.«

»Deinem Gefühl nach, Gottlob: Hast du ihn töten wollen?« Zum allerersten Mal hat der Schultes den Scharwächter beim Vornamen genannt.

Der Hilfspolizist sieht kurz auf. Er ist überrascht und zugleich sichtlich mitgenommen. Verlegen nickt er. »Jederzeit, Schultes. Mi däts au net reuen, wenn i's gemacht hätt. Aber i weiß es net. Das muscht du mir glauben.«

»Und wie soll es jetzt weitergehen, Gottlob?«

»I weiß, dass du mi verhafte musch. So ischt das Gesetz. Aber i bitt, lass mir no Zeit. Drei Tag. I muss no so viel mache für mei Frau und für meine Kinderle. Am Sonntag hat der Pfarrer gsagt, dass mr auf Güte hoffe darf, wenn mr ehrlich isch. Jetzt hoff i auf deine Güte, Schultes, dass du mir die Zeit noch gibsch. On du musch mir versprechen, dass du mei Agathe und meine Kinder net vergesse wirsch, wenn ich fort ben. Dafür schwör i dir, dass ich net davolauf.«

Zu dritt beratschlagen sie erneut, der Pfarrer, der Schultes und der Lehrer. Wieder hat sich die Lage verändert. Abel hat endlich den Schlüssel. Er weiß, wo und wie man die Geheimfächer öffnen kann.

»Wenn wir Läpples Geld finden, steht für mich fest, dass der Mord aus Rache begangen wurde. Denn dann hatte es der Täter nicht aufs Geld abgesehen«, sagt der Unterlehrer aufgeregt.

»Himmel hilf!« Der Schultes ist bestürzt. »Dann ist der Scharwächter schuldig.« Bedrückt sieht er vor sich hin.

»Wir drei werden in dem Fall vor Gericht bezeugen, dass unser Herr Vorderlader volltrunken und nicht bei Sinnen war.« Abel ist ruhig und gelassen, wie immer.

»Und dass der Läpple den Scharwächter bis aufs Blut gereizt hat«, fügt der Lehrer an.

Abel nickt. »Wenn wir uns für den armen Sünder vor Gericht einsetzen, wird er zwar etliche Jahre im Zuchthaus in Ludwigsburg einsitzen müssen. Vor dem Blutgericht werden wir ihn aber mit Sicherheit retten können.«

Der Schultes atmet befreit auf.

Dann verabreden sie, wie sie vorgehen wollen. Der Pfarrer und der Schultes werden am folgenden Abend das Personal im Läpplehof nochmal verhören. Gleich zu Beginn soll der Lehrer hereinplatzen und ganz aufgeregt bitten, den Herrn Pfarrer sofort sprechen zu dürfen. Die Läpple werde dem Pfarrer bestimmt ihre Wohnstube zum Gespräch unter vier Augen anbieten. So kann der Schultes die Knechte und Mägde in der Küche hinhalten, während Hochwürden und der Lehrer die Geheimfächer inspizieren.

# Donnerstag, 4. November 1841

Der Pfarrer und der Schultes sitzen in der Küche vom Läpplehof, zwischen ihnen die Bäuerin. Ihren Zweijährigen hat sie auf dem Schoß. Ihr gegenüber spielt die Schwägerin mit dem kleinen Mädchen und streicht ihm öfters übers Haar. An den beiden Längsseiten des Tisches haben sich die vier Knechte und sechs Mägde niedergelassen.

Sie seien gekommen, sagt der Pfarrer, weil in einer Woche Martini ist. Da sei ja der Jahreslohn fällig. So sei es seit alters her Brauch. Weil aber die Hausherrin kein Bargeld bei ihrem Mann gefunden habe, werde der neu gegründete Enzheimer Sparverein einspringen und ihr das Geld leihen. Außerdem sei sie als Frau nicht geschäftsfähig, obwohl ihr jetzt der Hof allein gehört. Darum werde der Herr Bürgermeister, bis eine andere Lösung gefunden sei, die Interessen der Hausherrin wahrnehmen und sie rechtlich vertreten.

»Haben Sie das verstanden?«, fragt Abel in die Runde.

»Dees heißt, dass d Bäuere koi Geld hat?«, vergewissert sich Oskar, der Rossknecht. »On Sie wellet uns trotzdem a Geld gäbe?«

»Genau so ist es.« Abel sieht den Oskar lange an. In seinem Kopf arbeitet es. Dann wendet er sich noch einmal an den Knecht: »Frau Läpple hat in der Tat kein Geld. Aber sie lässt sich vom Sparverein helfen. Sind Sie damit nicht einverstanden?«

Oskar grinst, und der Pfarrer lauscht. »Geld isch Geld. Von wems kommt, ka mir egal sei«, sagt der Oberknecht.

Es klopft an der Küchentür. Draußen steht der Lehrer. Er hat eine große Tasche in der Hand und ist aufgeregt. Er müsse dringend den Herrn Pfarrer sprechen.

Abel schaut verlegen in die Runde. Dann wendet er sich an den Schultes: »Bitte, Herr Bürgermeister, setzen Sie das Gespräch allein fort.« Er steht auf.

»Ganget doch in mei Wohnstub«, bietet die Läpple an. »Do send er ungstört.«

Während der Schultes auf einem Zettel notiert, wie viel jedem Knecht und jeder Magd an Jahreslohn zusteht, öffnen der Pfarrer und der Lehrer die Geheimfächer in der Wohnstube.

Die Schublade in der Truhe ist leer, das wissen sie schon und haben auch nichts anderes erwartet.

Dann steckt Abel den flachen Nachschlüssel in eine schmale Ritze innen am Sockel der Standuhr. Ein Fach klappt nach unten auf. Etwas plumpst zu Boden. Abel zieht zwei Hefte hervor, ein dickes und ein dünnes. Er drückt die Klappe wieder nach oben ins Schloss und wirft einen kurzen Blick in die Fundstücke.

»Hier drin«, flüstert er dem Lehrer zu und blättert das dicke Heft durch, »sind die Ausleihen der letzten Jahre genau aufgelistet.« Er nimmt ein paar Zettel heraus. »Die neuesten Schuldverträge, die noch nicht getilgt sind. Die hat er lose eingelegt.«

Er reicht das Heft an seinen Begleiter weiter und sieht sich das kleine Heft an. »Ah, ein Sparbuch der Württembergischen

Spar-Casse.« Er studiert die Einträge. »Nicht schlecht. Ein Guthaben von über 840 Gulden.«

Der Lehrer legt beide Hefte in seine Tasche. Dann öffnet Abel die Schranktür und kniet sich davor hin. Er langt mit der rechten Hand unter den Schrank und tastet die rückwärtige Seite der vorderen Bodenleiste ab. Ein Lächeln in seinem Gesicht, und schon drückt er das Schlüsselchen in einen von außen nicht erkennbaren Schlitz. Der Schrankboden schnappt auf. Abel klappt ihn zurück. Unter dem Boden ist das lang gesuchte Geheimfach, gefüllt mit lauter Silberstücken. Einergulden, Doppelgulden und Doppeltaler, in kleinen, mit Samt ausgelegten Kästchen gestapelt. Vermutlich hat der Läpple das so gemacht, damit es nicht verräterisch klimpert, wenn jemand gegen den Kasten stößt.

Der Lehrer ist fassungslos. So viel Geld auf einem Haufen hat er noch nie gesehen. Abel muss ihn aus allen Träumen reißen: »Die Tasche bitte!« Der Lehrer beeilt sich, sie vor den Schrank zu stellen.

Abel schichtet das Geld hinein und zählt überschlagsweise mit.

»Über tausendfünfhundert Gulden. Grob geschätzt.« Er schüttelt den Kopf. »Unglaublich, was der Kerl in so kurzer Zeit zusammengerafft hat.«

Er steht ächzend wieder auf. »Mit dem Geld auf der Bank und den zweihundert Gulden in Gold, die der Herr Bürgermeister in der Truhe gefunden hat, sind das insgesamt rund zweieinhalbtausend Gulden. Ein schwerreicher Mann war der Läpple. Aber jetzt hat er sich auf dem Friedhof mit einem ganz kleinen Häuschen aus vier Brettern begnügen müssen.«

Abel drückt die Klappe im Schrank wieder zu und sieht sich nochmals im Zimmer um. Dann betritt er den Hausflur und sagt zu seinem Begleiter, aber so laut, dass es jeder in der Küche hören muss: »Also, Herr Lehrer, wie eben besprochen. Warten Sie bitte einen Augenblick. Ich bin gleich so weit, dann können Sie mich zum Pfarrhaus begleiten.«

Er lässt den jungen Mann im Flur stehen und kehrt in die Küche zurück. Aufmunternd nickt er dem Schultes zu und setzt sich wieder neben ihn. Der Schultes schiebt ihm den Zettel mit den aufaddierten Löhnen der Knechte und Mägde zu. Abel überfliegt die Aufstellung, macht eine zustimmende Handbewegung und sagt zur Läpple: »Der Sparverein leiht Ihnen das Geld. Bitte kommen Sie morgen früh zu mir ins Pfarramt.«

»Muss dees sei, Herr Pfarrer? Ich fürcht mi. Ich will koi Geld im Haus.«

Abel überlegt einen Augenblick. »Gut, dann machen wir es anders. Bitte kommen Sie mit Ihren Dienstboten an Martini nach der Kirche zu mir. Dann kriegen Ihre Leute von mir den Lohn bar auf die Hand.«

Die Läpple ist erleichtert.

Abel sieht den Schultes an. »Dann können wir ja wieder gehen.« Beide erheben sich.

»Aberjetza, fast hätt ich's vergessen«, sagt der Schultes und setzt sich wieder. Auch Abel nimmt Platz.

Der Mörder sei leider noch immer nicht gefunden, sagt der Schultes, das Geld auch nicht. Der Kommandant der Landjäger meine aber, der Hausherr müsse Geld gehabt haben. Sonst hätte er keines verleihen können. Darum sollen ein paar Möbelstücke aus der Wohnstube unter Polizeiaufsicht untersucht werden. Von einem Fachmann aus Ludwigsburg. Der dulde aber keine Zuschauer. Darum müssten die Möbel aufs Rathaus gebracht werden.

»Ich schlage vor«, ergänzt der Pfarrer, wobei er die linke Augenbraue hebt und den Schultes anschaut, »wir nehmen zuerst die Truhe und den Kasten mit.«

Der Schultes zuckt zweimal mit der Augenbraue; er hat verstanden.

»Heut no?«, will der Rossknecht wissen.

Abel tut so, als sei er irritiert.

»Ob die Möbl heut no fort müsset, dät mi interessiere.«

»Am beschte gleich«, sagt der Schultes, »wenn i scho do ben. No isch älles erledigt.« Er versichert der Läpple, sie bekomme ihre Möbel bald wieder. Unversehrt.

Als die Bäuerin zustimmend nickt, bittet er sie, die Truhe und den Kasten sofort zu leeren. Den vier Knechten befiehlt er, sie sollten anspannen und die kostbaren Stücke zum Rathaus bringen. Er bleibe so lange da und passe auf, dass nichts beschädigt wird.

Beim Aufstehen blinzelt der Pfarrer ihm verstohlen zu. Laut sagt er: »Wenn Sie einverstanden sind, Herr Bürgermeister, eile ich mit dem Oskar voraus. Er kann im Rathaus einen geeigneten Platz suchen und notfalls freiräumen, bis die Fuhre da ist.«

Er hat die Türklinke schon in der Hand, da dreht er sich nochmal um und holt den Nachschlüssel aus der Tasche. Es ist ein flaches Schlüsselchen mit einer Spitze und zwei ungleichen seitlichen Dornfortsätzen. Ein auffälliges, weil noch nie gesehenes Stück. »Das habe ich neulich hier im Haus gefunden.« Er hält es in die Höhe. Die Knechte und Mägde recken die Hälse. »Weiß jemand, wo das hineinpasst?«

Keine Antwort, nur Kopfschütteln.

Sobald die Möbel leer sind, tragen sie die Knechte auf den Hof. Der Schultes lässt Decken bringen. Damit polstern die Mägde den Wagen aus. Die Männer heben den Kasten und die Truhe auf die Pritsche. Aufgesessen! Ab zum Rathaus!

Der Weg ist fast eben, darum zieht nur ein Pferd den Wagen durch die Foltergasse, die Luthergasse und das Feuergässle zum Rathaus.

Überall bleiben die Leute stehen. Manche fragen spöttisch, ob der Schultes neue Möbel gekauft habe, weil er jetzt so ein berühmter Mann sei. Andere wollen wissen, was da vor sich gehe.

Die Knechte ärgern sich. Doch der Schultes tröstet sie: »Wenn d Wäschweiber ums Herdfeuer rumstandet, no muss a jede no a Scheitle neischmeiße. Do bisch machtlos.« Den Zuschauern gibt er jedoch bereitwillig Auskunft. Die Landjäger würden in den Möbeln nach Läpples Geld suchen, sagt er jedem, der es wissen will.

Schnell spricht sich die Kunde im Städtle herum. Die Läpple pfeife aus dem letzten Loch, jetzt müsse sogar die Polizei nach ihrem Geld fahnden. Aber genau das freut den Schultes. Alle sollen wissen, dass in diesen Möbeln ein Vermögen versteckt sein könnte.

Vor dem Rathaus werden sie schon vom Pfarrer und vom Rossknecht erwartet. Oskar habe im Erdgeschoss ein geschicktes Plätzchen gefunden, lobt Abel. Gleich neben der Haustür. Darum müsse man die Möbel nicht weit tragen. Es sei ein Raum mit zwei großen Fenstern. So hätten die Inspektoren genug Licht bei der Arbeit.

Abel steht dabei und grinst bis hinter beide Ohren. Er und der Lehrer haben inzwischen das Geld gezählt. 1682 Gulden im Kasten, 200 Gulden in der Schublade und 842 Gulden auf der Bank in Stuttgart. Macht zusammen 2724 Gulden. Wenn die Läpple ihr Versprechen hält, sind das 1362 Gulden für soziale Aufgaben in der Stadt und in der Kirchengemeinde.

Der Schultes kommandiert und dirigiert. »Aberjetza, Männer, uffpasse!«, schreit er. »Koin gotzige Macke will i an dene teure Möbel sehe!«

Die Knechte schwitzen und fluchen. Die Zuschauermenge wächst und wächst, die Zahl der Kommentare auch.

»Do kannsch sehe, was dr Läpple für a Lompaseckl gwä isch. Älles zahlt von de arme Leut ihrm letzte Geld.«

»Dr Deifl scheißt ällweil uff de größt Haufe.«

»Au em schönschte Vogl fallet amol seine Fedre raus.«

»On do drin isch em Läpple sei Geld?«, will einer vom Schultes wissen.

»Nix gwieß weiß mr no net«, sagt der Schultes und zuckt die Achseln.

»Warum hen ihr euch d Kammer mit de größte Fenster rausgsucht? Bis morge wird dees ganze Geld fort sei.«

»Noi«, beruhigt ihn der Schultes, »die Fenster sen viel z kloi für die große Möbl.«

Als die Arbeit getan ist, bedankt er sich bei den Knechten und schließt das Rathaus ab.

Man gibt sich zufrieden und trollt sich.

Doch im Schutz der Dunkelheit schleichen zwei dunkle Gestalten ums Rathaus. Es sind der Lehrer und der Amtsbüttel. Leise schließen sie das Haupttor auf, verschließen es von innen und richten sich in der Kammer neben den beiden Möbelstücken einen Schlafplatz her.

# Freitag, 5. November 1841

*S*turm peitscht das Wasser der Enz und pfeift durchs untere Tor die Gassen hinauf. Der Wind heult um die Häuser, rüttelt an Fensterläden und Türen, faucht durch alle Ritzen, reißt Ziegel von den Dächern, schmeißt über den Haufen, was im Weg steht. Hunde heulen. Katzen ducken sich in stille Winkel. Das Vieh brüllt.

Der Schultes wälzt sich aus dem Bett und zündet eine Handlampe an.

Schlaftrunken ranzt ihn seine Frau an: »Spinnsch du, mitte en dr Nacht Licht brenne!«

»Aberjetza, hörsch net, dass dr Sturm älles zsammereißt?«

Sie setzt sich auf. »Solang dir net en Ziegel uffs Hirn fallt on deine Dachsparre lädiert, isch net schlimm. On no isch au net viel hee.«

Er zieht das Genick ein. Braut sich sogar schon im eigenen Schlafgemach ein Gewitter zusammen?

Minna winkt ab. »Blöder als jetzt kasch gwieß nemme werre!« Sie legt sich wieder hin und dreht sich zur anderen Seite.

Er streckt ihr die Zunge raus. Heimlich. Denn er braucht keinen Zwist, sondern seine Ruhe.

Leise schleicht er sich ans Fenster. Er will durch den Fensterladen in den Hof spähen. Doch sie hat Ohren wie ein Luchs und schnauzt ihn an: »Lieg na, Kerle, on gib a Ruh!«

»Und wer guckt no nach em Vieh?«

»Saudumme Frag. Du weisch ganz genau, dass du di auf deine Knecht und Mägd verlasse kannsch.«

Seufzend fügt er sich.

Gerade will er den Docht herunterdrehen, da rumpelt es im Haus.

»Einbrecher!!« Minna steht senkrecht im Bett, die Augen kreisrund vor Schreck. »Fritz …!« Ihr versagt die Stimme.

»Aberjetza was? Uffstehe oder naliege? Wie wärs dr Frau Bürgermeister genehm?«

Wieder ein Geräusch!

»Horch!« Sie bibbert von Kopf bis Fuß.

Schritte? Pochen? Stimmen?

Minna zittert wie Espenlaub. Ihre Betthaube ist verrutscht. »Fritz, do isch äbber Fremds im Haus.« Sie wirft eine Wolldecke über, denn ihr Herz ist in die Kniekehle gerutscht. Sie friert vor Angst.

Der Schultes lauscht.

Lärm. Getöse. Verdächtige Geräusche.

Er rückt die Bettmütze zurecht, setzt sich auf und zieht die Hose übers Nachthemd. Hinten im Schlafzimmerkasten lehnt das alte Sturmgewehr, das der Großvater in Napoleons Diensten bis nach Russland geschleppt hat. Das holt der Schultes heraus. Patronen hat er keine. Darum pflanzt er das rostige Bajonett auf den Lauf und nimmt die Lampe vom Nachttisch.

Nachthaube und Bettmütze dicht an dicht schleichen die Wirtsleute barfuß die Treppe hinunter. Er hält sie sicher, sie hält ihn warm. Er vorweg, in der Rechten den Schießprügel, in der Linken das Licht. Sie, untergehakt, ängstlich, einen halben Schritt hinter ihm, mit aufgerissenen Augen und offenem Mund.

Das ganze Haus ächzt und stöhnt.

»I fürcht mi, Fritz.« Sie vergeht schier vor Angst.

Der Schultes senkt das Gewehr, damit er die Angreifer auf Distanz halten kann. »Wenn oiner kommt, na renne mir dem s Bajonett in de Ranze.«

Eng umschlungen im Hausflur angekommen, wird ihnen das Jaulen und Heulen des Windes unheimlich.

»Hörsch du au, was i hör, Fritz?«, flüstert Minna ihrem Mann zu.

»Sei still«, zischt er zurück, »do schwätzt äbber.«

Beide halten den Atem an, spitzen die Ohren. Sie krallt sich an seinem Arm fest. Er packt das Gewehr, bis die Knöchel weiß werden.

Den Stimmen nach müssen es zwei Männer sein. Ganz deutlich ist ein Wort zu verstehen: Einbrecher. Die Geräusche an der Tür sind untrüglich. Gleich brechen die Spitzbuben ins Haus ein.

Die Nerven des Hausherrn sind bis zum Zerreißen gespannt. Er ist zum Angriff bereit.

Die Tür springt auf. Der Schultes reißt die Lampe hoch. Minna stößt einen spitzen Schrei aus.

»Net steche, Schultes, i bens bloß!«

»Aberjetza, was machsch au du vor der Haustür?«

»I ben em Stall gwä«, verteidigt sich der Oberknecht Karl, »und na han i dr Nachtwächter vor em Haus schreie höre.«

»Schultes!!« Hinter dem Knecht taucht zuerst die Laterne und dann das Mondgesicht des Nachtwächters auf. »Schultes, im Rathaus sen Einbrecher!«

»Wie kommsch au uff die Idee?«

»Do schwätzt äbber im Rathaus.«

»S wird am End doch net dr Nachtkrapp sei«, schnauzt der Schultes den Nachtwächter an und befiehlt ihm, die Runden durchs Städtle fortzusetzen und nach dem Rechten zu sehen.

Es summt und brummt in der ehemaligen Residenzstadt an der Enz. Wilde Gerüchte fressen sich wie ein Lauffeuer von Haus zu Haus. Überall stehen die Leute zusammen und tratschen. Die Klatschweiber rennen von Tür zu Tür und hecheln das neueste Geschwätz durch. Das Rathaus sei in der Nacht überfallen und der Amtsbote schwer verletzt worden. Und dem Lehrer hänge das linke Auge raus.

Im Rathaus lässt sich der Schultes aus erster Hand berichten. Der dürre Heinrich hat eine Beule auf der Stirn und einen Bluterguss am Bauch, während den jungen Mann ein blaues Auge ziert.

»Es muss schon weit nach Mitternacht gewesen sein«, sagt der Lehrer, »als mich ein Schrei geweckt hat.«

»Mir isch oiner uff de Bauch tappt. No han i halt schreie müsse.« Den Heinrich graust es jetzt noch, wenn er bloß dran denkt. »On wo i han uffstande welle, no han i an Schlag verwischt. Mitte ins Gsicht. No han i zubisse.«

Nein, gesehen hätten sie den Kerl nicht, sagen beide aus. Wegen der dichten Wolken hätten sie weder Mond noch Sterne gesehen. Außerdem sei bald Neumond, also die Nacht besonders finster. Und eine Laterne anzünden, das habe man ihnen ausdrücklich verboten. Aber ein Mann sei es mit Sicherheit gewesen. Garantiert keine Frau. Ein jüngerer, kräftiger Mann. Das könnten sie beschwören.

Ein Raucher, ergänzt der Amtsbote. Den Tabakgeschmack habe er noch auf der Zunge. Eine tiefe Stimme habe der Drecksack auch. Und an der Hand sei er verletzt, weil er vor Schmerzen gejault habe wie ein waidwunder Wolf. »Saumäßig zubisse han i. Die Finger von dem Herrgottsblitz spür i jetzt no in meim Maul.« Den Heinrich schüttelt es vor Ekel. »A richtig starke Männerhand isch dees gwä, Schultes, on stunke hat se wie Kuhscheiße.«

Der Kerl müsse durchs Fenster eingestiegen sein, sagt der Lehrer. Wie ein geölter Blitz sei der Einbrecher da wieder hinaus. Mit dem Prügel habe er ihn noch am Fuß erwischt. Ach ja, die Hose müsse sich der Kerl auch zerrissen haben, als er durchs Fenster sei. Ganz deutlich habe man das gehört.

»Und warum habt ihr den Verbrecher erst gehört, als er schon im Haus war?«

Im Rathaus sei es saumäßig kalt gewesen, verteidigt sich der Amtsbote. »Drum hen mir mit Schnaps einheize müsse. No hen mir gut schlafe könne.«

»Dann schlaft jetzt daheim weiter«, ordnet der Schultes an. Aber den Lehrer bittet er, einen Umweg übers Wengerttor zu machen. Der Scharwächter müsse sofort kommen.

Kurz darauf erscheint der Scharwächter in Begleitung seiner Frau im Rathaus.

Kaum sind sie in der Amtsstube, schon fängt sie laut zu jammern an. »Mei Gottlob, mei Gottlob! Was soll bloß aus uns werre?«

Ihr Mann ist gefasst. Aber er macht ein betrübtes Gesicht. »I han denkt, i häb no drei Täg.«

Der Schultes schaut zunächst ihn verdutzt an, dann sie. Endlich begreift er. »Gottlob, net zum Einsitze han i di komme lasse.«

»Warum no?«

»Aberjetza, zeig mir deine Händ!«

Der Scharwächter streckt ihm gottergeben beide Hände hin. Er erwartet, der Schultes werde ihn jetzt fesseln und abführen lassen.

Der Schultes schaut ratlos auf die Hände. Sie sind sauber, bis auf die Trauerränder unter den Fingernägeln. Aber alles ist unversehrt. Nirgendwo ein Schmarren oder eine Bisswunde.

Mit der Frage, wo er letzte Nacht gewesen sei, kann der Scharwächter nichts anfangen. Verwirrt schaut er das Stadtoberhaupt mit großen Augen an.

Seine Frau kommt ihm schluchzend zu Hilfe. »Im Bett. Wo denn sonscht.«

Dass ins Rathaus eingebrochen wurde, das hat sich – o Wunder – noch nicht bis zum Wengertturm herumgesprochen. Die beiden, das wird dem Schultes schnell klar, sind völlig ahnungslos. Darum schickt er sie wieder heim. Natürlich gelte die Abmachung, versichert er beim Abschied. Übermorgen, Sonntag, um sechs nach dem Abendläuten, sei endgültig Schluss. Dann werde er den Gottlob Vorderlader höchstpersönlich ins Spritzenhaus einschließen. Tags drauf, reibt er dem Scharwächter unter die Nase, würden ihn die Landjäger nach Ludwigsburg bringen. Dann nehme die Gerechtigkeit ihren Lauf.

# Samstag, 6. November 1841

Kurz nach elf pocht es an der Tür zum Pfarrhaus. Die Haushälterin macht auf.

Draußen steht die Läpple. Hinter ihr duckt sich ein verheultes Mädchen, das Kopftuch tief ins Gesicht gezogen.

»Mir möchtet dr Herr Pfarrer spreche«, sagt die Läpple.

Die Haushälterin geht voraus zur Amtsstube und klopft.

»Herein.« Es klingt eher mürrisch und abweisend als freundlich und einladend.

»Die zwei Weiber möchtet zu Ihne, Herr Pfarrer.« Sie schiebt die beiden in das Dienstzimmer.

Abel sitzt am Schreibtisch. Mit gerunzelter Stirn, die Brille auf die Nasenspitze gerutscht, schaut er auf. Er ist in Gedanken noch in sein Buch vertieft. Doch sobald er die Besucherinnen wahrgenommen hat, setzt er ein empfangsbereites Gesicht auf.

Kaum hat die Haushälterin den Raum verlassen, fragt er: »Wo drückt der Schuh, Frau Läpple?«

»I weiß net, wo i anfange soll, Herr Pfarrer.«

»Wollen Sie die Vereinbarung über das Barvermögen Ihres Mannes rückgängig machen?«

»Noi, gwieß net.«

»Dann sagen Sie mir einfach, was Sie auf dem Herzen haben.«

Stockend erzählt sie, dass heute Morgen die Welt vollends aus den Fugen geraten sei. Erst habe sie beim Frühstück festgestellt, dass der Oskar, ihr Oberknecht, immer noch fehlt. Schon gestern hätten ihn die Mägde überall gesucht. Vergeblich. Dann habe ihr die Schwester ihres verstorbenen Mannes vor den versammelten Dienstboten harte Vorwürfe gemacht, sie sogar beschuldigt, am Tod ihres Bruders mitschuldig zu sein. In dem Irrenhaus könne sie nicht länger bleiben, habe ihr die Schwägerin an den Kopf geworfen. Denn ohne Geld und ohne Bauer werde der Hof rasch verkommen. Darum wolle sie lieber heute als morgen fort von hier. Sie habe schon gepackt und fahre um zwölf mit der Post zu ihrer Schwester nach Besigheim. Die wisse ihre Arbeit wenigstens zu schätzen.

Kaum sei die Schwägerin aus dem Haus gewesen, da sei die Frieda zu ihr gekommen. Wie ein Häufchen Elend sei sie bloß dagehockt und habe Rotz und Wasser geheult. Sie müsse zum Herrn Pfarrer, traue sich aber allein nicht hin.

Abel hat schweigend zugehört. Jetzt legt er die Hände auf den Tisch, lehnt sich zurück und denkt nach.

»Liebe Frau Läpple, dass die Schwägerin aus dem Haus ist, kann sich für Sie zum Guten wenden.«

»On wer passt no uff meine Kinder uff, wann i uff s Feld muss?«

»Da finden wir eine Lösung. Sagten Sie nicht, dass die Frieda gut mit Kindern umgehen kann?«

»Säll scho, aber die will ja fort.«

Frieda heult auf und jammert unter Tränen vor sich hin. Zweimal muss Abel nachfragen, bis er versteht, dass sie nicht mehr weiß, wo sie bleiben könne.

»Du wolltest doch fort.«

»Bis geschtert, jo.«

»Und heute nicht mehr?«

Sie schüttelt den Kopf.

»Was ist heute anders als gestern?«

Frieda seufzt und schluchzt in einem fort. Sie schäme sich so, nuschelt sie. Erst als Abel ihr versichert, dass alles, was sie hier beichtet, weder er noch Frau Läpple weitersagen, beruhigt sie sich allmählich und erzählt eine höchst verworrene Geschichte.

Vorgestern habe der Herr Pfarrer doch ein Schlüsselchen gezeigt. Da sei sie erschrocken. Denn so eines habe sie schon einmal gesehen. Darüber habe sie noch am selben Abend mit dem Oskar sprechen wollen, der habe sie jedoch ausgelacht. Gestern habe sie den Oskar erneut zur Rede gestellt. Aber der habe bloß gejammert, weil ihm die Hand saumäßig weh tue. Er habe sie beim Mosten in die Presse gebracht. Und als sie ihn trösten wollte, da habe er gesagt, sie solle ihm vom Hals bleiben. Er habe genug von Enzheim und von ihr. Sie sei eine dumme Kuh. Er haue jetzt ab. Und zwar ohne sie.

»Willst du damit sagen, dass der Oskar so einen Schlüssel besessen hat?«

Sie nickt.

»Weißt du, woher er ihn hatte?«

»Gfunde, hat er gsagt.«

»Wo?«

»Hat er net gsagt.«

»Hat er dir anvertraut, wem der Schlüssel gehörte.«

»Vielleicht em Läpple, hat er gsagt.«

»Warum vermutet er, dass der Schlüssel dem Läpple gehört haben könnte?«

»Er häb in der Scheuer durch d Heuluk gsehe, wie dr Läpple so a Schlüssele in sei Ührle nei hat.«

»Warum hast du ausgerechnet mit dem Oskar darüber gesprochen und nicht mit einer anderen Magd oder mit der Bäuerin?«

»Dr Oskar hat mr versproche, er dät mi möge on dät mi mitnehme.«

»Wohin?«

»Fort halt. Heirate dät er mi.«

»Du weißt ganz genau, dass du ohne Geld oder Vermögen nicht heiraten darfst. So steht's im neuen Heiratsgesetz. Das hast du doch in der Sonntagsschule gelernt.«

»Jo, aber dr Oskar hat gsagt, bald häb er s Geld beinander, dass mir heirate könnet.«

Abel fährt sich mit den Händen übers Gesicht. Er ist fassungslos. Zunächst will er seine Gedanken sortieren. Darum schweigt er eine Weile.

»No könntesch jo bei mir bleibe, Frieda«, unterbricht die Läpple die Stille, »on uff meine Kinderle uffpasse.«

Frieda sieht die Bäuerin dankbar an.

»Schlag ei«, sagt die Läpple und hält der Magd die Hand hin.

Frieda schlägt freudig ein.

»Noch eine Frage«, wendet sich der Pfarrer an die Magd. »Raucht der Oskar?«

»Jo, so stinkige dicke Stumpe.«

Als Pfarrer Abel zum Abendessen auf dem Läpplehof eintrifft, sitzt Karl, der Ober- und Rossknecht des Lindenhofs, bei der Läpple in der Wohnstube. Karl war in vielen Stellungen. Doch dem Schultes dient er schon seit zehn Jahren.

»Also«, sagt Abel zur Läpple, »machen wir es so, wie heute Nachmittag mit Herrn Bürgermeister besprochen.«

»Gut, Herr Pfarrer.« Die Hausherrin steht auf. Sie ist aufgeräumter als sonst und hat ein Lächeln im Gesicht. »No ganget mir en d Küch zum Nachtesse.«

In der Küche sitzen drei Knechte und sechs Mägde. Die Schwägerin fehlt, Oskar auch. Frieda hat die beiden Kinder auf dem Schoß.

Der Pfarrer spricht den Segen, dann wird aufgetischt. Es gibt Brotsuppe, gestandene Milch, Pellkartoffeln, Rettichsalat, Quark und Käse. Ein typisches spätherbstliches Abendvesper in Enzheim. Wie üblich schweigen alle beim Essen, bis der Hausherr oder die Hausherrin sich räuspert und mit ein paar Sätzen den unterhaltsamen Teil der Mahlzeit eröffnet.

»I freu mi«, sagt die Läpple, »dass dr Herr Pfarrer heut do isch. On dr Karl au, den kennet ihr jo älle.«

Abel legt das Besteck zur Seite, das die Hausherrin ihm zu Ehren aus dem Wohnzimmerbuffet geholt hat. Er nimmt noch schnell einen Schluck. Dann dankt er für die Einladung. Heute sei er da, weil es viele Neuigkeiten gebe.

Die Knechte und Mägde hören auf zu kauen. Sie legen die Löffel weg und lauschen. Denn Neues bekommt man in Enzheim höchst selten zu hören.

Alles, was er jetzt sage, beginnt Abel, dürften sie getrost im Städtle erzählen. Das Wichtigste vorweg: Läpples Geld sei gefunden worden.

Getuschel rund um den Tisch.

»Und zwar in den Möbeln, die ihr vorgestern ins Rathaus geschafft habt.«

»Heidanei!«, rutscht es einer Magd heraus.

Die Bäuerin, Abel schaut die Läpple an, habe jedoch alles, was ihr Mann durch Wucher unredlich erworben habe, der Stadt und der Kirche vermacht. Zum Wohle der Armen und der Schulkinder. Den Schuldnern, die zu viel Zins bezahlten, könne man leider nichts mehr zurückgeben. Fast alle hätten heimlich Geld geborgt und wollten auch jetzt nicht bekannt werden. Und etliche wohnten gar nicht mehr in Enzheim; sie seien ausgewandert.

Die Läpple senkt verschämt den Blick. Ihr wäre es am liebsten, wenn kein Aufheben um ihre Person gemacht würde. Doch Abel ist anderer Meinung. »Frau Läpple ist eine Wohltäterin unserer Stadt. Dafür danken wir herzlich, der Herr Bürgermeister und ich.«

»On weiß mr au, wer dr Läpple uff em Gwisse hat?«, will einer der Knechte wissen.

»Ja«, sagt Abel. »Zwar hat der Täter noch nicht gestanden. Aber eine Flucht ist in meinen Augen so etwas wie ein Geständnis.«

»Abghaue?«

»Ja, offensichtlich.«

»S wird doch am End net dr Oskar gwä sei?«

Abel zögert einen Augenblick. Er sieht dem Knecht direkt in die Augen. »Doch.«

Entsetzen am Tisch. Frieda weint. Die anderen kreischen und schreien durcheinander.

Nach einer Weile klatscht Abel in die Hände und bittet um Ruhe. Er habe noch eine Neuigkeit.

Stille. Man hätte eine Stecknadel fallen hören.

»Vorläufig, zunächst bis Georgi, wird unser lieber Karl vom Lindenhof«, er deutet mit einer ausladenden Geste auf ihn, »der Hausherrin als Ober- und Rossknecht zur Seite stehen. Jetzt in der Winterszeit ist nicht so viel zu tun. Darum traut sich Karl zu, auf beiden Höfen zu helfen. Außerdem ist der Herr Bürgermeister bis auf Weiteres für das Vertragliche auf dem Läpplehof zuständig, weil Frau Läpple keine Verträge rechtsgültig schließen darf.«

Freudiges Geplapper. Karl ist beliebt. Ihm folgen die Knechte und Mägde gern.

»Frau Läpple hat mir gesagt, sie könne mit allen am Tisch gut zusammenarbeiten. Von ihr aus muss morgen niemand fort. Darum meine Frage: Wer von euch will hier bleiben und einen neuen Arbeitsvertrag?«

Alle melden sich.

»Also morgen nach der Kirche im Pfarrhaus. Dann bekommt ihr von mir euren Jahreslohn. Und im Beisein des Herrn Bürgermeisters müsst ihr der Bäuerin mit Handschlag versprechen, bis zum nächsten Martinsfest treu zu dienen.«

# Donnerstag, 11. November 1841
## (Martini)

Martini ist da, der Tag des heiligen Martin. Neben Georgi der wichtigste Tag im Kalender.

Martini ist der Zahl- und Ziehtag, sagen die Enzheimer. Den ganzen Vormittag muss der Schultes die Pässe der Handwerksburschen, Knechte und Mägde unterschreiben. Denn ohne das amtliche Dokument darf keiner weiterziehen. Ausstehende Zahlungen werden fällig. Das Geschäftsjahr wird bilanziert und abgerechnet.

Um neun ist Gottesdienst. Danach gehen die Bauern, Wengerter und Handwerker aufs Rathaus und zahlen ihre Steuern und Abgaben. Zu den Säumigen hinkt der Amtsbote als Presser, wie man in Enzheim despektierlich sagt. Er heizt ihnen ein, setzt sie unter Druck, bis sie mit Geld im Hosensack zum Schultes rennen. Wenn nicht, werde der Pass eingezogen und eine saftige Geldbuße fällig, droht er ihnen mit rollenden Augen und erhobenem Zeigefinger.

Vor dem Mittagessen bekommen die Knechte und Mägde den vereinbarten Jahreslohn. Dienstboten, die fort wollen oder müssen, weil sie der Bauer nicht weiterbeschäftigt, nehmen Abschied. Ein kurzes Ade, schon marschieren sie zum Tor hinaus, das Reisebündel auf dem Rücken, immer der Nase nach.

Am Nachmittag macht der Hausherr Inventur in Werkstatt, Scheune und Keller. Wie viel Material für neue Aufträge ist noch vorhanden? Wie viele Fässer, Getreidesäcke und Fuder Heu und Stroh sind eingelagert? Und dann schätzt er, was ihm nach Abzug aller Löhne, Steuern und Abgaben fürs nächste Jahr bleibt.

An Martini beginnt das Winterhalbjahr. Es endet an Georgi, dem 23. April. An jenem ersten Frühlingstag kommen die Erstklässler in die Schule. Nach der Einschulung treiben die Knechte und Mägde das Vieh wieder auf die Weide, während der Schultes im Rathaus die neuen Fleckendienstler bis zum Herbst vereidigt: Waldschütz, Feldschütz, Nachtwächter, Amtsbüttel, Gemeindehirte, Kelterknecht, zwei Holzknechte, Farrenhalter, Gemeindeschäfer, Fronmeister, zwei Obsthüter, zwei Wengertschützen und drei Wegknechte, die als Vorspann den Fuhrleuten helfen und die Schlaglöcher in den Straßen ausbessern müssen. Nur die Hebamme stellt er fürs ganze Jahr an.

Aber bis dahin ist es noch lang. Denn für die armen Leute fängt an Martini die bittere Jahreszeit an. Arbeit als Fleckendienstler oder Tagelöhner gibt es im Winter nicht. Jetzt rächt sich, wenn einer keine Vorräte angelegt hat. Ein bisschen Bargeld im Strohsack oder auf der hohen Kante. Mehl zum Backen, wenn man beim Ährenlesen fleißig war. Kartoffeln, Kraut, Bohnen, Linsen, Gsälz und Hutzeln für den knurrenden Magen. Vielleicht sogar eingemachtes Fleisch und Gemüse, sofern man eine günstige Bezugsquelle hatte. Eingemachte Nüsse, Berberitzen und Hagebutten. Eingelegte Gurken und Zwiebeln. Schmalz und Bucheckern, für die man beim Ölmüller etwas Öl bekommt. Lesholz und Tannenzapfen aus dem Wald für den Ofen.

Martini ist Jammertag und Freudentag in einem. Je nachdem, ob der Jahresverdienst reicht, um gut über den Winter zu kommen, oder ob man Schulden machen muss.

An Martini wird geseufzt, gefastet und gejammert oder geschlachtet und gefestet. An Martini wird mit dem Schicksal gehadert oder musiziert und getanzt. An Martini bekommt der Pfarrer von jedem Bauern eine Gans und von jedem Wengerter den Gefällwein als Teil seines Jahreslohns. Der Lehrer kriegt von jedem Bauern eine Läutgarbe oder den entsprechenden Wert in Weizen oder Roggen, von den Handwerkern einen Mesnerlaib, vom Schultes ein Paar gebrauchte Schuhe und vom Pfarrer eine abgelegte Hose. Und an Martini schnitzen die Kinder Rübengeister und erschrecken bei hereinbrechender Nacht die Nachbarn, verkleidet als Märte, als Martin.

Doch heuer wird an Martini vor allem geratscht und getratscht. An allen Ecken und Enden schnattert und schäddert es. Die Bäffzger verzapfen Lettagschwätz und Lohkäs. Die anständigen Leute kommen der Wahrheit ziemlich nahe: Die Läpple sei unschuldig. Nun, das hat man ja gleich gewusst. Aber dass der Pfarrer und der Schultes sie über den grünen Klee loben, das verdrießt den einen oder anderen. Dafür steigt bei den Hagestolzen im Städtle die Hoffnung. Die Bäuerin vom Läpplehof soll ihr Sach beinander haben, hören sie von allen Seiten. Und dass die junge Witwe nicht hässlich ist, weiß jeder, der Augen im Kopf hat. Also putzen die hoffnungsfrohen Junggesellen vorsorglich Kittel und Stiefel und träumen von einer reichen Einheirat.

Nachmittags um fünf sitzen der Schultes und der Unterlehrer beim Pfarrer, trinken Wein und essen Zwiebelkuchen. Abel und der Kastenpfleger haben das Geld im Armenkasten gezählt und ins Vermögen der Kirchengemeinde verbucht. Der Schultes hat, nach Vorarbeit des Lehrers und Ratsschreibers, die Stadtkasse geprüft. Jetzt strecken die drei alle viere von sich und denken über das verflossene Jahr nach. Sie saldieren, wie viel es abgeworfen hat.

Pfarrer Abel ist höchst zufrieden, für sich selbst und für die Kirchengemeinde. Hagelschlag, Maifröste und Ernteausfälle haben seinem Gehalt nichts anhaben können. Im Gegenteil, diesen Sommer hat er sogar eine Teuerungszulage bekommen. Wein-

und Mostfass sind randvoll, im Stall hinterm Pfarrhaus schnattern die Martinigänse. Übers Jahr blieb Abel viel Zeit für sein Steckenpferd, die Sternguckerei. Auch die Geschichte mit dem Läpple hat ihn letztendlich gaudiert. Überdies klimpern 681 Gulden aus dem Vermögen des Ermordeten im Kasten.

Der Schultes ist mit der diesjährigen Ernte nicht zufrieden. Die Sache mit Magda hat er noch nicht ganz verdaut. Aber er mag den jungen Mann, insofern macht die Ehe mit seiner Tochter Sinn, zumal er einen rechtschaffenen Tochtermann bekommt. Bargeld wird er den jungen Leuten nicht geben, wohl aber einen Laden einrichten. Das hat seine Minna beschlossen. Und für 681 Gulden kann die Stadt Gutes tun. Die außergewöhnliche Ehrung, von Seiner Majestät höchstpersönlich ausgesprochen, überstrahlt natürlich alles. Sie wird ebenso in die Familienchronik eingehen wie ins Geschichtsbuch der Stadt. Er weiß, jetzt ist er ein berühmter Mann.

Der Lehrer hat ein eher durchwachsenes Jahr hinter sich. Im Frühjahr die zweite Dienstprüfung, danach monatelang nur Arbeit, Tag und Nacht, weil der Schulmeister krank war. Vor vier Wochen der absolute Tiefpunkt. Da wollte er an seiner Zukunft verzweifeln. Und nun die Heirat mit der Tochter des Bürgermeisters und vielleicht sogar die Wahl zum Schulmeister.

Für die drei Herren ist Martini heuer ein Freudentag. Also hört man sie behaglich schnurren.

»Kennen Sie Calw?«, fragt Pfarrer Abel und süffelt an seinem Wein.

Zweifaches Kopfschütteln.

»Da sitzen die Pfeffersäcke. Keine Wucherer. Ehrbare Kaufleute. Und warum sind die Calwer so reich? Weil sie rechnen können und Ideen haben. Sogar eigene Schulbücher haben sie sich gedruckt. Vom Geld der Läpple werde ich Calwer Rechenbücher für unsere Schule kaufen.«

»Darf man das überhaupt, Herr Pfarrer?«

»Sie meinen, den hohen Herren im Kultministerium könnte missfallen, dass unsere Kinder Schulbücher haben und rechnen können?«

Der Lehrer nickt.

»Keine Sorge, Herr Lehrer. Die sollen nur kommen. Mein Buckel ist breit. Vermutlich haben die Schlafhauben in Stuttgart noch nie etwas von Rechenbüchern gehört. Mehr als die vier Rechenarten kennen sie sowieso nicht. Darum machen wir's ab jetzt wie die Calwer. Wenn die Bücher da sind, Herr Lehrer«, Abel hebt mahnend den Zeigefinger, »dann wird noch mehr gerechnet als bisher. Jeden Tag eine Stunde. Vom ersten Schuljahr bis ins achte hinauf.«

»Bevor ich's vergesse, Herr Pfarrer«, sagt der Schultes und erhebt sein Glas. »Glückwunsch! Wäre Ihnen bei der Läpple nicht aufgefallen, wie der Rossknecht spricht, hätt ich ihm heute seinen Pass gegeben und sein Dienstbüchlein dazu.«

Abel wehrt bescheiden ab. »Weil Sie gerade an die tiefe Stimme erinnern, Herr Bürgermeister: Weiß eigentlich der Scharwächter schon von seinem Glück?«

»Ich war am letzten Samstagabend bei ihm und hab ihm eine Gans gebracht, damit er heuer auch Martini feiern kann.«

»Recht so«, lobt der Pfarrer. Er schlürft nachdenklich seinen Wein. »Ich rätsle immer noch, wie es passiert ist.«

Der Schultes zuckt die Schultern: »Genau werden wir's erst wissen, wenn der Rossknecht beichtet. Aber so viel steht für mich fest: Erst ist der Läpple mit der Frieda die Schlosstorgasse hinauf. Das hat die Pauline Schneider gesehen. Dann muss der Oskar gekommen sein. Noch vor sechs. Zum Schluss die anderen.«

»Stand der Läpple in seinem Hof, als der Oskar kam?«, fragt der Lehrer.

Bevor der Schultes antworten kann, sagt Abel: »Ich stelle mir vor, dass der Läpple dem Knecht etwas zugerufen hat. Und schon sind sie voller Wut aufeinander los.«

Der Schultes breitet ratlos die Arme aus. »Vielleicht war's so. Aber ich glaub es nicht.«

Der Pfarrer sieht den Bürgermeister verwundert an. »Wie soll's Ihrer Meinung nach dann gewesen sein?«

»Also genau weiß ich's auch nicht«, seufzt der Schultes. »Aber ich meine, dass der Läpple schon in den Brennnesseln stand, als der Oskar kam. Wahrscheinlich hat die Frieda den Läpple abgewehrt. Sie habe schon einen Freund, den Oskar. Der Läpple und die Frieda hätten gestritten, hat die Pauline gesagt. Daraufhin hat der Läpple den Oskar abgepasst und ihm gekündigt. Der ist voller Wut zum Läpple hin, hat ihn niedergeschlagen und den Schlüssel aus der Uhr genommen. Auf die Gelegenheit, an den Schüssel zu kommen, hat er schon lange gewartet.«

Abel kneift die Augenbrauen zusammen. »Wie kommen Sie zu der Auffassung?«

»Nur die Kätter hat den Läpple gehört. ›Verschwind, du Tagdieb! Uff der Stell aus meine Auge. Pack dei Sach und verschwind!‹ So hat sie's berichtet. Wenn der Läpple in seinem Hof gestanden wäre, hätte er über das leere Grundstück hinweg brüllen müssen, damit ihn der Oskar versteht. Dann hätten das viele Leute gehört.« Der Schultes reibt sich das Auge. »Ich denk mir, so war's. Aber beweisen kann ich's auch nicht.«

Nachdenklich fragt der Lehrer: »Und wo war die Frieda, Herr Bürgermeister? Hat sie's gesehen?«

»Glaub ich nicht. Wenn sie im Haus oder in der Scheune war, hat sie nichts mitbekommen. Hab ich selber ausprobiert.«

Der Lehrer schüttelt den Kopf. »Dass der Oskar eifersüchtig war, weil der Läpple mit der Frieda anbändeln wollte, kann ich noch verstehen. Aber einen Menschen wegen ein paar hundert Gulden umbringen, bloß weil man heiraten will?«

Abel tröstet: »Dafür wird er jetzt im ganzen Land als Verbrecher gejagt.«

Der Schultes lacht, dass der Bauch wackelt. »Gejagt? Bis der Kommandant die Zeitung auswendig kann und seine Gendarmen die Wanderstiefel geschnürt haben, ist der Oskar über alle Berge.«

Abel schenkt Wein nach, dann erhebt er sein Glas. »Prosit, meine Herren. Trinken wir auf das Wohl der alten Katharina. Ohne ihren Hinweis auf die tiefe Stimme hätten wir den Mord nicht aufgeklärt und nicht so viel Geld in der Kasse. Auch verworrene Geister haben ab und zu lichte Momente.«

# Anhang: Kleines Wörterbuch

*S*chwäbisch ist zweifellos eine schöne und kreative Mundart. Damit das auch außerhalb Schwabens bekannt wird, folgt hier für nichtschwäbische Leserinnen und Leser eine Wörterliste, die in diesem Roman verwendete Dialekt- und Sachwörter erklärt.

Natürlich deuten die wörtlichen Reden im Text das Schwäbische nur an; lautgetreu geschrieben wären sie schwer zu lesen, auch für Schwaben. Vor allem die charakteristischen Nasal- und Gutturallaute können mit unseren 26 Buchstaben nicht annähernd wiedergegeben werden.

Zwei kleine Lesehinweise. Im Schwäbischen wird *st* in der Regel zu *sch* oder *scht*, zum Beispiel *isch* (ist), *gehsch/gohsch* (gehst) oder *Mischt* (Mist), *Moscht* (Most). Viele Vokale und Konsonanten werden verschluckt, bei Verben (zum Beispiel *mache* statt machen, wobei das *e* wie im englischen Artikel *the* ausgesprochen wird) genauso wie bei allen anderen Wortarten, zum Beispiel *dr* (der), *au* (auch), *awa* (ach was), *bsoffe* (besoffen), *di* (dich), *dei* (deine), *do* (dort), *ka* (kann), *Rege* (Regen), *Fra* (Frau), *Ma* (Mann).

Der Pfarrer und der Unterlehrer mühen sich redlich, nach der Schrift zu sprechen. Und das wollen wir augenzwinkernd anerkennen. Der Schultes, der bisher über seinen Flecken noch nicht hinausgekommen ist, bewundert die beiden Herren ob ihrer Kunst, die er für ausgefeiltes Hochdeutsch hält. Also strengt er sich an, sich auch gebildet auszudrücken, zumindest dann, wenn er mit diesen beiden Herren parliert oder in amtlicher Mission unterwegs ist. Wenn er aber seinem Herzen Luft machen oder irgendwo seinen Senf dazugeben muss, dann kann es leicht sein, dass er ins Schwäbische verfällt, was in diesem Roman nur unzutreffend eingefangen werden kann.

| | |
|---:|:---|
| a, an | *ein, eine, an* |
| äbber | *irgendwer* |
| äbbes | *etwas* |
| Äbire | *Kartoffel* |
| äll, älle | *alle, alles, ganz* |
| alloi | *allein* |
| ällweil | *immer, derzeit* |
| amol | *einmal* |
| Andreaskrankheit | *Gicht* |
| annewäg | *trotzdem* |
| Arschnahenker | *Lahmarsch, Faulenzer* |
| au | *auch* |
| aushausig | *verschwenderisch* |
| awa! | *ach was! (ablehnender Ausruf)* |
| Bäbb | *Kleister* |
| bache | *backen, gebacken* |
| bäffzge | *kläffen, spotten* |
| baladere | *laut schwatzen* |
| be, ben | *bin* |
| biegle | *bügeln* |
| bisch | *bist du* |
| Blätsch | *herabhängende Mundwinkel, verdrießliches Gesicht* |
| bockle | *klopfen, pochen* |
| Bossen | *Schnürstiefel; zum Bossen: zum Trotz* |
| bruddle | *brodeln, vor sich hin köcheln* |
| Bschole | *Einfaltspinsel* |
| Büble | *Ärmeljacke, auch Weiberkittel oder Kittele* |
| d, de | *die, dem, den* |
| Dabber | *ungeschickter Mensch* |
| Dachtel | *Ohrfeige* |
| dahoim | *daheim, zuhause* |
| dapfer | *schnell, hurtig* |
| dät, dätsch, dädet | *täte, tätest, würden tun* |
| dahanne | *hier* |
| dees | *das* |

| | |
|---|---|
| dei | *deine* |
| deier | *teuer* |
| Deifl | *Teufel* |
| derf | *darf* |
| derre | *dieser; vo derre: von dieser* |
| di | *dich* |
| do | *da, dort* |
| doe | *getan* |
| Dommsei | *Dummsein, Dummheit* |
| donderschlächtig | *sehr, gewaltig* |
| döpfle, Döpfel | *kreiseln; Holzkreisel, den man mit einer kleinen Peitsche am Schnurren hält* |
| dr | *der, den* |
| dra | *dran* |
| druff | *drauf* |
| Dubbel/er, Dibbel | *dummer Kerl* |
| dudle | *trinken* |
| Dukaten | *Münz-Sonderprägung in 986-er Gold: 1 Dukat (Wert: 5½ Gulden) und 4 Dukat (Wert: 22 Gulden)* |
| durmelig | *verwirrt* |
| dusle | *schlummern* |
| dusma | *langsam* |
| e | *ein, eine* |
| ehmde | *öhmden, die zweite Heuernte einbringen* |
| eifre | *eifersüchtig sein* |
| eigschnappt | *eingeschnappt, beleidigt* |
| em | *einem, dem, im, ihm* |
| en | *einen, in, ihn* |
| Epflkuache | *Apfelkuchen* |
| Erdefetz | *durchtriebener Kerl, den man zugleich bewundert* |
| Fetzatriegel | *nichtsnutziger Lump (von Triegel: Sautrog)* |
| Fiedle | *Hintern* |
| Fleckendienste | *Gemeindedienste (von Fleck: Gemeinde, Dorf)* |

| | |
|---|---|
| Fra | *Frau* |
| Fuder | *altes Heu- und Strohmaß: 1 Fuder = 4 Bund Stroh bzw. 5 Pfund Heu; 1 Bund = 20 Pfund Heu oder Stroh* |
| Fuß | *1 Fuß (früher 1 Schuh) = 28,6 cm* |
| gä | *geben, gegeben* |
| gäble | *streiten, reizen* |
| Gälfiaßler | *Gelbfüßler, Schimpfwort sowohl für einen Badener als auch für einen Schwaben. Badische Soldaten trugen früher gelbe Gamaschen. Der Gelbfüßler, der mit der gelbledernen Kniebundhose, war einer der sieben Schwaben.* |
| gang, gange | *gehe, gehen* |
| Gant | *Zwangsversteigerung* |
| Gaude | *Freude, Spaß* |
| gaudiert | *freut (sich)* |
| Gefällwein | *einen Teil der Abgaben und Besoldungen durften die Weinbauern mit Wein begleichen* |
| geits | *gibt es* |
| gell | *nicht wahr (eigentl. gelt, gilt)* |
| Georgi | *23. April (behördlicher Neujahrstag)* |
| geschtert | *gestern* |
| Geseire | *Geschwätz* |
| ghet | *gehabt* |
| Gicker | *junger Hahn* |
| glei | *gleich* |
| glitte | *geduldet* |
| Glump | *Gelumpe* |
| Gockeler | *Hahn* |
| gohsch | *gehst* |
| Goller | *eine Art Bluse aus weißem Leinen oder buntem Wollstoff, die den Hals der Frau züchtig bedeckt* |

| | |
|---|---|
| Gosch | Mund, Maul; Gosch: schwatzhafter Mund; Göschle: kleiner, süßer Mund; Rädichgosch, Rettichgosch: böse Zunge; Schlabbergosch: Plappermaul; Schwertgosch: scharfe Zunge; Raffel: böser Mund, Lafett: großer Mund, so groß wie eine Lafette, ein Geschütz; Maultasch: hässlicher Mund; Labbel: hängender Mund; Lefz: großlippiger Mund; Schädder: böses Mundwerk |
| Goschlere | eine unentwegt Redende |
| gotzig | einzig |
| grätig | übellaunig |
| Gsälz | Marmelade |
| Gschieß | (unnützes) Getue |
| Gulden | 1 Gulden = 60 Kreuzer (siehe dort); silbergedeckte Währung: 1 Gulden = 10,6 Gramm Raugewicht bzw. 9,54 Gramm reines Silber. Es gab Silbermünzen zu ½, 1, 2 (»Doppelgulden«) und 3½ Gulden (»Doppeltaler«). Goldmünzen (5 und 10 Gulden) wurden nur in geringer Stückzahl geprägt. Daneben gab es noch Sonderprägungen in Gold, die sog. Dukaten (siehe dort). |
| gwä | gewesen |
| gwieß | gewiss |
| häb | habe |
| Habermark | Haferbrei |
| Haderlomp | Streitkopf, böser Kerl; abgeleitet von Hader (Streit) und Lomp (Lump) |
| Hagestolz | Junggeselle |
| hälinge | heimlich |
| Häs | Kleidung; Wengerthäs: Arbeitskleidung für den Weinberg |
| hasch | hast (du) |
| Hauchzet, Hauzet | Hochzeit |
| hee | hin, hinüber, tot |

| | |
|---|---|
| hen, han | *habe, haben* |
| henke | *hängen* |
| Henne | *Hühner* |
| Hennadepperle | *kleine Schrittchen, auch Katzedepperle genannt* |
| hieche | *hallen, tönen* |
| Hirsch | *zum Hirsch werden: fahriger Mensch werden* |
| hoim | *heim, heimwärts, nach Hause* |
| Hudel | *Lump* |
| Hutzeln | *Dörrobst, meist getrocknete Birnen* |
| i | *ich* |
| iebrich | *übrig* |
| isch | *ist* |
| Jacobi | *25. Juli* |
| jegesle | *Ausdruck der Verwunderung; o jegesle: um Himmels willen* |
| ka | *kann* |
| Kandel | *Rinne an der Straßenseite, Gosse* |
| kasch | *kannst* |
| Kasten | *(1) Kleiderschrank; (2) (Geld)Kiste; (3) Kirchenvermögen* |
| Kastenknecht | *kirchlicher Mitarbeiter* |
| Kastenpfleger | *auch Heiligenpfleger: Kirchenpfleger, Verwalter des Kirchenvermögens* |
| Kirchendusler | *(1) Kirchenschläfer; (2) amtlich bestellter Wecker der Kirchenschläfer* |
| Kirchenkonvent | *Ortsgericht, zuständig für Sitte und Anstand in der Gemeinde, bestehend aus Pfarrer, Schultheiß, Kastenpfleger und zwei Stadträten* |
| Kittel | *Jacke* |
| Klufemichel | *Pedant, der sogar mit den Klufen (Nadeln) geizt* |
| koi | *kein* |
| koin | *keinen; koin Fatz: gar nichts (keine Faser)* |
| koschte | *kosten* |

| | |
|---|---|
| krebsle | *klettern* |
| Kreuzer | *60 Kreuzer = 1 Gulden. Ab 1837 wurden nur noch Münzen zu ¼, ½, 1, 3 und 6 Kreuzer geprägt, aber es war noch altes Kleingeld zu 10, 12, 20 und 24 Kreuzer im Umlauf.* |
| Kulleaner | *pietistische Gruppierung, ursprünglich aus Hülben auf der Schwäbischen Alb* |
| Lättagschwätz | *sinnloses Gerede, sinnloses Zeug* |
| lätz | *schlecht, schlimm, übel* |
| Läuf | *Beine* |
| Läutgarbe | *Garbe als Jahreslohn fürs Glockenläuten* |
| lefft | *läuft* |
| Leich | *(1) Leiche; (2) Beerdigung* |
| leit | *liegt* |
| Lodderfall | *wankelmütiger Kerl* |
| Lohkäs | *Unsinn* |
| Lole | *einfältiger Mensch* |
| Lompafetz | *kleiner Gauner* |
| Lompagruscht | *Lumpenzeug, Abfall* |
| luck | *locker, leicht* |
| Luckeleskäs | *Milchkäse (Quark, mit etwas Salz und Kümmel verrührt)* |
| Mahd, Mad | *(1) die mit der Sense frisch gemähte Grasreihe, die zu Heu trocknet; (2) eine Wiese, die nur einmal im Jahr gemäht und dann als Viehweide genutzt wird* |
| Malefizaff | *schlimmer Kerl* |
| Martini | *11. November; Tag des Winterbeginns* |
| Maunzer | *Jammerlappen* |
| meh | *mehr* |
| mei, meire | *mein, meine, meiner* |
| Mesnerlaib | *Brotlaib als Dank für den Mesnerdienst* |
| mi | *mich* |
| miaßdeschd | *müsstest* |
| Michele | *s Michele treibe: zum Narren halten* |
| migge, Migge | *bremsen, Bremse* |

| | |
|---|---|
| mir | (1) mir; (2) wir |
| Mischte | Misthaufen |
| Ma | Mann |
| mogsch | magst |
| Morgaesse | Frühstück |
| Moscht | Most |
| mr | man, wir |
| Muggaschnapper | Mückenschnapper, Kleinkrämer |
| musch, muasch | musst |
| na | dann, hin |
| naidigschd | nötigste, wichtigste |
| neamerd | niemand |
| nei | hinein |
| nemme | nicht mehr |
| Nestkegele | Nesthäkchen |
| net | nicht |
| no! | Ausdruck des Erstaunens (offenes o) |
| no | hin, dann, noch (nasaler gesprochen als no!) |
| nogstellt | hingestellt |
| noch | nach |
| noi | nein |
| nomol | noch einmal |
| nomschnappe | hinüberschnappen, durchdrehen |
| Numerostutzen | Kilometerstein |
| obedusse | erregt, aus der Fassung gebracht |
| Oberamt | Kreisbehörde im Königreich Württemberg |
| oifach | einfach |
| oiga | eigen, eigenartig, eigensinnig |
| oim, oin, oine | einem, einen, eine |
| om de Weg | unterwegs |
| omöglich | unmöglich |
| on, ond | und |
| Ortsschulrat | örtliches Schulamt, bestehend aus Pfarrer (= Schulleiter), Schultheiß und gewählten Elternvertretern |
| Peterling | Petersilie |

| | |
|---|---|
| Prag | *Höhenrücken nördlich von Stuttgart* |
| Provisor | *Junglehrer (eigentlich: provisorischer Lehrer)* |
| Pfund | *bis 1859 galt: 1 (leichtes) Pfund = 12 Unzen = 257,6 Gramm. Das württ. Maß- und Gewichts-Gesetz von 1859 bestimmte: 1 (neues, französisches) Pfund = 500 Gramm.* |
| ra | *runter* |
| rallig | *brünstig* |
| Ranze, Ranzen | *(1) Bauch (der hat en Ranze vom Saufe); (2) Rücken (du kriegsch de Ranze voll)* |
| Reispräsentle | *Mitbringsel, Andenken* |
| richte | *herrichten, ausbessern* |
| rusle | *schnarchen* |
| s | *es* |
| sälle/-re/-er | *jene, jener, jenes* |
| sau! | *(1) lauf! (ursprünglich: Befehlsform von sausen); (2) schwäbischer Komparativ, der den Wörtchen so, sehr entspricht: blöd, saublöd; dumm, saudumm; gut, saugut* |
| Saublodere | *Schweinsblase* |
| schäddere | *klappern, ratschen, blechern, tönen* |
| Schädderhexe/-bix | *Klatschbase* |
| schalu | *verwirrt* |
| Scharwächter | *eigentlich: scharfer Wächter; Ortpolizist* |
| scharwenzelt | *schmeichelt, kriecht* |
| Schäslo | *Sofa* |
| scheniere | *genieren, belästigen, nicht erfreuen* |
| schepps | *bucklig* |
| Scheuer | *Scheune* |
| schiech | *schief, hässlich; net schiech: hübsch* |
| schlag mes Blechle | *Ausdruck der Verwunderung, etwa: soll mich der Blitz treffen!* |
| Schlägle | *Schlagfluss, Schlaganfall* |
| schlotze | *schlürfen, lutschen* |
| Schneddergoiß | *Kreuzung aus Schnattergans und Meckerziege* |

| | |
|---|---|
| Schnitz | *in Stücke geschnittene Äpfel, Birnen oder Kartoffeln* |
| scho | *schon* |
| Schranne | *kleines Hangstück eines Weinbergs, von einer Weinbergmauer gestützt* |
| Schütz | *Wächter: Feldschütz, Stadtschütz, Wengertschütz; in manchen Gemeinden auch anderes Wort für Scharwächter* |
| schwanze | *streunen* |
| Schwarzwelscher | *Trollinger* |
| s | *das, es* |
| Sappermenter | *auch Sappramenter, Sakramenter: einer, der ein Sakrament missachtet* |
| Schoppe, Schoppen | *altes württ. Flüssigkeitsmaß: 0,459 Liter* |
| se | *sie* |
| sei | *sein* |
| sen, send | *sind, seid* |
| Siech | *Spitzbube, Halunke* |
| Sidel | *Truhe* |
| siedichs | *siedendes Donnerwetter; Steigerungsform von Donderwetter, heilgs Donderwetter!* |
| sieh | *(ich) sehe* |
| Simri | *bis 1856 wurde das Getreide in Württemberg nicht gewogen, sondern mit Hohlmaßen gemessen: 1 Scheffel (354,4 Liter) = 8 Simri; 1 Simri = 44,3 Liter* |
| Soich | *(1) Urin; (2) Unsinn* |
| soichnass | *vollgepinkelt, tropfnass* |
| solle | *soll ich* |
| sott mr (au) | *sollte man (auch)* |
| Staffeln | *schmale, steile Treppenstufen* |
| Steckfluss | *Asthma* |
| Stockpfeife | *in den Griff eines Spazierstocks eingebaute Tabakpfeife* |
| stotzig | *steil, vornehm* |

| | |
|---|---|
| Stuckplätz | *minderwertiges Leinwandstück, meist zum Hemdenflicken verwendet* |
| Stumpe, Stumpen | *Zigarren* |
| Sutrai | *Untergeschoss* |
| Tochterma | *Schwiegersohn (wörtlich: Tochtermann)* |
| überzwerch | *ungeschickt* |
| übrich | *übrig* |
| uf, uff | *auf* |
| uffhenke | *aufhängen* |
| Uglück | *Unglück* |
| umenand | *umher* |
| verdlaufe | *fortlaufen* |
| verbobbere | *bibbern, zittern* |
| verloffe | *weggelaufen* |
| verhebe | *aufhalten* |
| verkuttle | *verhandeln* |
| verzehle | *erzählen* |
| verreck! | *energisch (auch verächtlich): hör auf!* |
| Wasen | *(1) Wiese; (2) Cannstatter Volksfest* |
| Wette | *Feuerteich* |
| Wei | *Wein* |
| weisch | *weißt du* |
| welle, wellet | *wollen* |
| weng | *wenig; a weng: etwas, kurz* |
| Wengert | *Weinberg* |
| Wengerter | *Weinbauer* |
| wern, werre | *werden* |
| wetze | *rennen* |
| worre | *geworden* |
| wüeschd | *böse* |
| Wuserle, Wusele | *Kinder* |
| Zeischdich | *Dienstag* |
| zsamme | *zusammen* |
| zubitschiere | *versiegeln* |
| zviel | *zu viel* |
| Zwilch | *grobes Leinen* |

# Gerd Friederich:

In Ihrer Buchhandlung

**Wenn Sie wissen wollen, was vorher war:**

## Kälberstrick

### Eine schwäbische Kriminalgeschichte aus dem Jahr 1840

Eine skurrile, urkomische Kriminalgeschichte und das einzigartige Porträt eines schwäbischen Landstädtchens im Biedermeier. Palmsonntag 1840: Dem Schultheiß, Lindenwirt und Weingärtner Fritz Frank wird gemeldet, der Häfnerbauer liege mit einem Strick um den Hals im Heu. Kriminalpolizei und Kriminaltechnik sind noch nicht erfunden und die hohe Obrigkeit ist weit weg. Also muss sich die dörfliche Dreifaltigkeit aus Pfarrer, Schultheiß und Lehrer wohl oder übel des Falles annehmen.

*216 Seiten. ISBN 978-3-87407-985-3*

## Der Kainsmaler
**Roman**

*376 Seiten, fester Einband.*
*ISBN 978-3-87407-825-2*

## Der Dorfschulmeister
**Roman**

*376 Seiten, fester Einband.*
*ISBN 978-3-87407-825-2*

## Schwabenbomber
**Historischer Roman**

*432 Seiten.*
*ISBN 978-3-8425-1151-4*

www.silberburg.de